Le Livre de Poche Jeunesse

Silver

Kerstin Gier

Kerstin Gier est née en 1966, à Bergisch Gladbach, en Allemagne. Elle aime le soleil, le jardinage, les gâteaux à la fraise... et surtout l'écriture ! Depuis plus de vingt ans, elle écrit des romans pour la jeunesse. La *Trilogie des Gemmes* est un succès international.

Du même auteur :

- Rouge rubis - Tome 1
- Bleu saphir - Tome 2
- Vert émeraude - Tome 3

KERSTIN GIER

Silver

Livre premier

Traduit de l'allemand
par Nelly Lemaire

Titre original : *Silber*

Pour F.

C'est toujours bien de rêver avec toi.

What if you slept
And what if
In your sleep
You dreamed
And what if
In your dream
You went to heaven
And there plucked a strange and beautiful flower
And what if
When you awoke
You had that flower in your hand
Ah, what then ?

Samuel Taylor Coleridge

Chapitre 1

Le chien reniflait ma valise. Pour un chien des stups, il avait le poil étonnamment doux. J'allais lui grattouiller les oreilles quand il retroussa les babines et poussa un « wouaf » menaçant. Puis il s'assit et se remit à flairer mes affaires. Le douanier, apparemment aussi surpris que moi, nous regarda d'un air méfiant, le chien et moi, avant de saisir ma valise.

— Bon, voyons voir ce que notre Ambre a trouvé là ! dit-il.

Eh bien, super ! J'avais à peine débarqué sur le sol britannique, qu'on me suspectait déjà de transporter de la drogue. Derrière moi, les vrais trafiquants devaient doucement rire : ils allaient maintenant pouvoir passer sans problème leurs montres suisses ou leurs drogues de synthèse. Incroyable qu'un douanier sensé puisse demander à une fille de quinze ans, une blonde banale, avec une queue-de-cheval, de quitter la file au lieu de s'intéresser plutôt à ce type à l'air sournois ou à ce garçon échevelé et d'une pâleur douteuse qui s'était bizarrement endormi dans l'avion juste avant l'atterrissage. Pas étonnant de le voir maintenant arborer un sourire narquois : ses sacs étaient probablement bourrés de substances illégales. Mais je n'allais pas me laisser gâcher ma bonne humeur ! Une fois la douane passée, une vie merveilleuse nous attendait, avec la maison dont nous avions toujours rêvé !

Ma petite sœur Mia était déjà tirée d'affaire et dansait nerveusement d'un pied sur l'autre. Je lui lançai un regard rassurant. Tout allait bien. Pas de raison de s'inquiéter. Ceci n'était que le dernier obstacle qui nous séparait de notre nouvelle vie merveilleuse. Le vol s'était bien passé, sans turbulence aucune. Mia n'avait pas eu envie de vomir et, pour une fois, je ne m'étais pas trouvée assise à côté d'un de ces gros types qui prennent tout l'accoudoir et puent la bière. Et, même si Papa avait réservé comme d'habitude nos billets dans une de ces compagnies *low cost* dont on dit qu'elles embarquent toujours trop peu de kérosène, l'avion n'avait pas connu de problèmes quand il avait dû faire quelques tours au-dessus de Heathrow. Et puis, il y avait eu aussi ce beau brun qui se trouvait de l'autre côté du couloir, une rangée plus avant, et s'était souvent retourné vers moi avec un grand sourire. Je m'apprêtais à lui parler mais j'avais laissé tomber quand je l'avais vu feuilleter un magazine de foot en remuant les lèvres comme un gamin de CP. D'ailleurs, ce même garçon fixait maintenant ma valise avec une certaine curiosité. Et il était loin d'être le seul.

Je levai de grands yeux vers le douanier et lui dédiai mon plus charmant sourire.

— S'il vous plaît, nous sommes pressées, l'avion a déjà pris du retard et nous avons mis une éternité à récupérer nos bagages. Notre mère nous attend dehors, elle est venue nous chercher, ma petite sœur et moi. Je vous jure que ma valise ne contient que du linge sale et…

Là, je m'arrêtai tout à coup en pensant à ce qui s'y trouvait aussi.

— … En tout cas, pas de drogue, complétai-je ensuite, un peu gênée, en regardant le chien d'un air réprobateur.

Quel imbécile, ce chien !

Impassible, le douanier hissa la valise sur une table. Un collègue ouvrit la fermeture Éclair et souleva le couvercle. Tous les gens autour comprirent instantanément ce que le chien avait reniflé. Franchement, on n'a pas besoin d'avoir le flair d'un chien de race pour ça.

— Oh, mais qu'est-ce que… ? demanda le douanier.

Son collègue se pinça le nez tout en commençant du bout des doigts à dégager quelques affaires. Les spectateurs devaient penser que mes vêtements puaient bestialement.

— Du fromage de l'Entlebuch, lui expliquai-je tandis que mon visage virait sans doute au rouge bordeaux du soutien-gorge qu'il tenait dans les mains. Deux kilos et demi de fromage suisse au lait cru !

Cela dit, je ne me rappelais pas qu'il puait autant.

— Il est meilleur au goût qu'à l'odeur, précisai-je.

Ambre, cet idiot de chien, s'ébroua. J'entendis des rires. À coup sûr, les vrais passeurs devaient se frotter les mains. Je préférais ne pas savoir ce que faisait le beau brun. Il se félicitait probablement de ne pas m'avoir demandé mon numéro de portable.

— On peut dire que c'est une planque géniale pour de la drogue ! dit un plaisantin derrière nous.

Je regardai Mia avec un gros soupir et Mia m'imita. Nous étions vraiment pressées.

C'était vraiment naïf de notre part de penser que ce seul fromage nous séparait encore de notre merveilleuse nouvelle vie. En vérité, il ne faisait que prolonger le temps où nous avions cru dur comme fer avoir une nouvelle vie merveilleuse devant nous.

D'autres filles de notre âge avaient sans doute des rêves différents, mais Mia et moi désirions ardemment un véritable chez-nous. Pour plus d'une seule année. Et avec une chambre chacune.

C'était notre sixième déménagement en huit ans, ce qui signifiait six pays différents sur quatre continents différents, recommencer six fois dans une nouvelle école, se faire six fois des amis et dire six fois « au revoir ». Nous étions des pros de l'emballage et du déballage, nous réduisions nos biens personnels au minimum et pas question pour nous d'emporter un piano.

Mum était experte en littérature (avec deux titres de docteur) et, à peu près tous les ans, elle était chargée de cours dans une nouvelle université. Jusqu'en juin nous avions vécu à Pretoria, et avant à Utrecht, Berkeley, Hyderabad, Édimbourg et Munich. Nos parents étaient séparés depuis sept ans. Papa était ingénieur et tout aussi peu sédentaire, c'est-à-dire qu'il changeait souvent de lieu de résidence. Nous ne pouvions même pas passer nos vacances d'été toujours au même endroit mais seulement là où il se trouvait alors. Pour l'instant, il officiait à Zurich, de sorte que ces vacances s'étaient comparativement super bien passées (randonnées en montagne et visite de la réserve naturelle de l'Entlebuch incluses), mais tous les endroits où il avait échoué n'étaient malheureusement pas aussi agréables. Lottie, qui s'occupait de nous depuis douze ans et avait donc déjà déménagé huit fois avec nous, disait parfois que nous devions être reconnaissantes de connaître ainsi tant de choses du monde, mais, sincèrement, quand on a passé un été au bord de la zone industrielle de Bratislava, la gratitude a tout de même des limites.

Depuis la rentrée, Mum enseignait au Magdalen College d'Oxford, réalisant ainsi un de ses grands désirs. Elle rêvait depuis des décennies d'une chaire à Oxford. Un rêve allait aussi s'accomplir pour nous avec le petit cottage du XVIIIe siècle qu'elle avait loué un peu à l'écart. Nous allions enfin nous installer et avoir un vrai chez-nous. La présentation de l'agent immobilier nous avait donné l'image d'une maison romantique, confortable et apparemment remplie de merveilleux secrets effrayants de la cave au grenier. Il y avait un grand jardin avec de vieux arbres et une grange, et les fenêtres des chambres au premier étage offraient – du moins en hiver – une vue jusqu'à la Tamise. Lottie avait l'intention de faire un potager et des confitures et d'adhérer à l'Association des femmes rurales. Mia voulait construire une maison dans un arbre, acheter une barque et domestiquer une chouette. Quant à moi, je rêvais de trouver au grenier une caisse pleine de vieilles lettres et d'explorer les mystères de la maison. Nous voulions aussi absolument accrocher une balançoire dans les arbres, une sorte de lit de fer rouillé où nous pourrions nous allonger pour contempler le ciel. Nous organiserions au moins tous les deux jours un vrai pique-nique anglais et la maison embaumerait les gâteaux de Lottie. Peut-être aussi la fondue, car les employés de la douane avaient tellement disséqué sous nos yeux notre bon fromage de la réserve de l'Entlebuch qu'on ne pourrait plus rien en tirer d'autre.

Une fois sorties du hall – finalement, on n'enfreignait nullement la loi en important en Angleterre des kilos de fromage pour sa consommation personnelle, mais il ne pouvait plus faire office de cadeau pour Lottie –, Mum mit moins d'une minute à briser notre rêve d'une vie tranquille à l'anglaise.

— Il y a un petit changement de programme, mes puces, dit-elle après nous avoir embrassées.

Son sourire forcé cachait mal sa mauvaise conscience.

Derrière elle, un homme s'approcha avec un chariot à bagages vide et, sans y regarder vraiment, je sus qu'il s'agissait là du changement de programme en personne.

— Je déteste les changements de programme, marmonna Mia.

Mum garda son sourire crispé.

— Vous allez aimer celui-là, mentit-elle. Bienvenue à Londres, la ville la plus excitante du monde !

— Bienvenue chez nous, compléta Mr Changement-de-programme d'une voix chaude et profonde en chargeant nos valises sur le caddie.

Moi aussi je détestais les changements de programme. Et cela du plus profond de mon cœur.

Chapitre 2

Lors de notre première nuit londonienne, je rêvai d'Hänsel et Gretel ; plus exactement, Mia et moi étions Hänsel et Gretel, et Mum nous abandonnait dans la forêt. « C'est pour votre bien ! » affirmait-elle avant de disparaître entre les arbres. Le pauvre petit Hänsel et moi errions, désemparés, jusqu'à une étrange et inquiétante maison en pain d'épice. Heureusement, je me réveillai avant de voir sortir la méchante sorcière, mais mon soulagement ne dura qu'une seconde, car je pris vite conscience que le rêve n'était pas si loin de la réalité. La veille, Mum nous avait rabâché au moins dix-sept fois « C'est pour votre bien ! ». Je lui en voulais encore tellement que j'aurais pu grincer sans arrêt des dents.

Je comprenais bien que des personnes de plus de quarante ans ont, elles aussi, le droit d'avoir une vie amoureuse, mais n'aurait-elle pas pu attendre pour cela que nous soyons adultes ? On n'en était plus loin. Et si elle voulait absolument se mettre avec Mr Changement-de-programme, une relation de week-end ne suffisait-elle pas ? Devait-elle pour autant chambouler notre vie ? Ne pouvait-elle pas au moins nous demander notre avis ?

En réalité, Mr Changement-de-programme s'appelait Ernest Spencer. La veille, il nous avait amenées ici avec sa voiture et il n'avait pas arrêté de faire tout naturellement la conversation comme s'il ne remarquait pas que Mia et moi ne disions pas un mot et nous retenions de pleurer de rage et de déception. (Un très long trajet entre l'aéroport et la ville !) Mais quand Ernest sortit nos bagages du coffre et, en dernier, le sachet contenant le fromage, Mia retrouva subitement sa voix.

— Non, non, fit-elle avec son sourire le plus délicieux en lui redonnant le sachet. C'est pour vous. Un petit souvenir de Suisse.

Ernest envoya à Mum un regard super heureux.

— Merci, c'est vraiment très gentil.

Ma sœur et moi échangeâmes un sourire narquois, mais ce fut là le seul bon moment de la soirée. Ernest monta les bagages, nous montra l'appartement et repartit chez lui avec le fromage en miettes puant après avoir embrassé notre mère et nous avoir assuré qu'il se réjouissait beaucoup de nous revoir le lendemain soir. Nous étions en effet invitées chez lui pour faire la connaissance de ses enfants.

— Nous nous en réjouissons aussi, lui assura Mum. Bien sûr.

Dès qu'il avait passé le seuil de notre porte, Ernest Spencer nous était devenu suspect par son attitude, en accord avec son prénom ultraconservateur. Rien que ses cadeaux prouvaient le sérieux de sa relation avec notre mère. Jusqu'alors, les hommes qui entraient dans la vie de Mum avaient toujours cherché de leur mieux à ignorer notre existence. Ernest, lui, avait non seulement apporté des fleurs mais il avait aussi offert à Lottie ses chocolats préférés et à moi un livre sur les messages secrets, les codes et leur déchiffrage, que je trouvais réellement très intéressant. Il était juste tombé un peu à côté pour Mia. Il lui avait trouvé un livre intitulé *Maureen, la petite détective* pour lequel, avec ses presque treize ans, elle avait tout de même quelques années de trop. Mais le simple fait qu'Ernest se soit documenté sur nos centres d'intérêt le rendait douteux.

En tout cas, Mum le portait aux nues. Allez donc savoir pourquoi. Ce ne pouvait pas tenir à son physique : il était chauve, il avait de grandes oreilles et des dents bien trop blanches. Lottie avait beau nous affirmer qu'Ernest était un bel homme, nous ne partagions pas son avis. Possible qu'il eût de beaux yeux, mais qui pouvait le regarder dans les yeux avec de telles oreilles ? De plus, il était vieux comme tout, plus de cinquante ans. Veuf depuis plus de dix ans, il vivait à Londres avec ses deux enfants. Cette histoire était vraie : Mia (la « petite » détective) et moi l'avions aussitôt vérifié sur Google. Google connaissait Ernest Spencer parce qu'il était l'un de ces avocats-stars qui offrent leur visage aux caméras, que ce soit devant un palais de justice ou sur le tapis rouge d'un gala de charité. Et sa défunte femme s'était trouvée en deux cent unième position (ou quelque chose comme ça) pour accéder au trône anglais, ce qui lui permettait de fréquenter les cercles les plus haut placés. C'est aussi grâce à ses relations que notre mère pouvait enseigner à Oxford.

D'après les lois de probabilité, Ernest et Mum n'auraient jamais dû se rencontrer. Mais le destin commun et la spécialité d'Ernest – le droit économique international – l'avaient conduit six mois auparavant à Pretoria, où il avait rencontré notre mère au cours d'une soirée. Et c'est d'ailleurs nous, pauvres idiotes, qui l'avions encouragée à se rendre à cette soirée. Pour qu'elle rencontre des gens !

Et voilà le résultat…

— Ne bouge pas, mon petit cœur !

Lottie tirait sur ma jupe dans tous les sens pour la rallonger. En vain. Voilà douze ans que Lottie Wastlhuber était arrivée chez nous comme fille au pair et elle y était restée. Pour notre bonheur. Nous aurions sinon été nourries de sandwichs, car Mum avait l'habitude de sauter un repas sur deux et détestait cuisiner. Sans Lottie, personne ne nous aurait fait des coiffures rigolotes à la Gretel ni n'aurait fêté avec nous les anniversaires de nos poupées ou bricolé des décorations pour le sapin de Noël. Oui, probable aussi que nous n'aurions jamais eu de sapin de Noël, Mum n'accordant que peu d'importance aux coutumes traditionnelles. D'autre part, elle avait tout du prof distrait. Elle oubliait tout : passer reprendre Mia après son cours de flûte, le nom de notre chien ou l'endroit où elle avait garé sa voiture. Sans Lottie, nous aurions toutes été littéralement perdues.

Cependant, Lottie n'était pas infaillible. Comme chaque année, elle m'avait acheté pour l'école un uniforme trop petit et, comme chaque année, elle voulait m'en rendre responsable.

— Je ne comprends pas comment on peut pousser si vite en un seul été, se plaignait-elle en essayant de boutonner la veste sur ma poitrine. Et même… là-haut aussi ! Tu le fais exprès !

— C'est clair !

Malgré ma mauvaise humeur, je ne pus m'empêcher de sourire. Lottie aurait pu se réjouir un peu pour moi.

« Là-haut » n'avait certes encore rien d'impressionnant pour une fille de bientôt seize ans, mais maintenant au moins je n'étais plus plate comme une limande ! De sorte que je ne trouvais pas si mal non plus de devoir laisser ma veste ouverte. Avec la jupe trop courte, elle me donnait une allure plutôt sexy, comme si je cherchais à montrer le plus possible de mon physique.

— Liv est plus chouette que moi, grinça Mia qui était déjà harnachée. Pourquoi est-ce que tu ne m'as pas pris aussi une taille trop petite, Lottie ? Et pourquoi les uniformes scolaires sont-ils toujours bleu foncé ? Et pourquoi portent-ils le nom de Frognal Academy alors qu'ils n'ont même pas de grenouille dans leur logo ?

Rageuse, elle désigna l'emblème brodé sur la poche de poitrine de sa veste.

— J'ai l'air tarte avec ça !… De toute façon, tout est tarte ici, ajouta-t-elle en montrant les étranges meubles alentour. C'est tarte, non, Livvy ? Nous étions tellement contentes à la pensée de vivre dans ce cottage à Oxford. Et nous avons atterri ici…

« Ici », c'était l'appartement où Ernest nous avait déposées la veille, au troisième étage d'un immeuble de style, quelque part dans le nord-ouest de Londres : un truc avec quatre chambres, des sols en marbre brillant et des tas de meubles et d'objets qui ne nous appartenaient pas. (La plupart étaient dorés, jusqu'aux coussins du canapé.) La plaque de sonnette indiquait que cet appart était d'habitude occupé par des gens du nom de *Finchley* et ceux-ci collectionnaient apparemment les danseuses en porcelaine. Il y en avait partout.

J'acquiesçai donc d'un signe de tête.

— Nous n'avons même pas nos affaires importantes ici, claironnai-je aussi.

— Pschtt, fit Lottie en jetant un regard inquiet par-dessus son épaule. Vous savez bien que ce n'est que provisoire. Et que le cottage était une catastrophe.

Elle avait renoncé à tirer sur ma jupe, c'était de toute façon inutile.

— Oui, si l'on en croit Mr Spencer, dit Mia.

(Il nous avait demandé de l'appeler par son prénom, mais nous préférions faire semblant de l'avoir oublié.)

— Votre mère a vu le rat de ses propres yeux, dit Lottie. Vous aimeriez vraiment vivre dans une maison pleine de rats ?

— Oui ! fîmes-nous d'une seule voix.

D'abord, les rats valaient mieux que l'image qu'on s'en faisait (nous l'avions au moins appris avec le film *Ratatouille*), et puis cette histoire de rat était certainement inventée de toutes pièces comme le reste. Nous n'étions pas complètement débiles, nous savions exactement ce qui se tramait ici. La veille au soir, notre mère en avait fait un tout petit peu trop pour nous persuader. Elle avait prétendu que notre cottage de rêve sentait le moisi, que le chauffage ne fonctionnait pas bien, que des corneilles avaient fait leur nid dans les cheminées, que les voisins étaient bruyants et l'environnement sinistre. D'après elle, on n'aurait même pas pu voir la Tamise. De plus, les transports n'avaient rien de pratique et l'école où elle nous avait d'abord inscrites avait une mauvaise réputation. De sorte, nous avait-elle dit, qu'elle s'était vue obligée de résilier le bail et de louer cet appartement… provisoirement, bien entendu. (Comme tous ceux où nous avions logé jusqu'alors…)

Oui, bon, avait-elle concédé, tout cela s'était passé dans notre dos, mais seulement parce qu'elle n'avait pas voulu nous gâcher les vacances chez notre père. De toute façon, avait-elle ajouté, elle ne voulait que notre bien, elle ferait tous les jours la navette entre ici et Oxford pour nous permettre d'étudier dans une excellente école et – sincèrement, mes petites puces ! – n'était-ce pas plus cool d'habiter à Londres plutôt qu'à la campagne ?

Naturellement, tout cela n'avait rien à voir avec le fait que Mr Ernest Spencer-je-sais-ce-qui-est-bien-pour-vous vivait, comme par hasard, dans ce quartier de Londres et qu'il voulait avoir Mum le plus près de lui. L'établissement que nous allions fréquenter était aussi, par le plus grand des hasards, justement celui de ses enfants… dont nous devions faire la connaissance précisément au cours de ce dîner chez lui.

Il était clair qu'une catastrophe s'annonçait. La fin d'une époque.

— Je ne me sens pas bien, dis-je.

— C'est parce que vous êtes énervées, répliqua Lottie en passant une main apaisante sur l'épaule de Mia tout en replaçant une mèche de cheveux derrière mon oreille. C'est normal aussi de l'être le premier jour dans une nouvelle école. Mais, croyez-moi, vous n'avez aucune raison d'avoir des complexes. Vous êtes toutes les deux très jolies et, futées comme vous êtes, vous arriverez sans peine à suivre les cours.

Puis, avec un sourire plein d'amour, elle ajouta :

— Mes merveilleuses elfes blondes si intelligentes !

— Oui, tu parles ! Des elfes avec appareil dentaire, lunettes d'intello et nez beaucoup trop long, grommela Mia sans faire attention aux grands yeux ronds de Lottie embués d'émotion. Et sans domicile fixe !

Mais avec une mère à la masse, la fille au pair sans doute la plus vieille en service au monde et un tas de rêves en ruines, complétai-je en pensée. Toutefois, je ne pus faire autrement que répondre au sourire de Lottie par un autre sourire devant son visage plein de fierté et d'optimisme à notre égard. Et puis, elle n'y était pour rien.

— Tu ne devras porter cet appareil dentaire que six mois, ma puce, ce n'est pas si terrible, dit ma mère en arrivant de la pièce d'à côté.

Comme toujours, elle n'avait perçu que la partie de l'histoire qu'elle voulait bien entendre.

— Mais ces uniformes sont très jolis, ajouta-t-elle avec un sourire radieux avant de se mettre à fouiller dans un carton de déménagement portant l'inscription *chaussures*.

Évidemment, ses chaussures étaient arrivées avec nous dans ce taudis alors que mes caisses pleines de livres moisissaient je ne sais où dans un conteneur avec mon journal intime et mon étui à guitare.

Dans ma colère, je fixai le dos frêle de ma mère. Pas étonnant que Mr Spencer se soit entiché d'elle ! Pour une prof de littérature, elle avait vraiment belle allure avec ses cheveux blonds, ses longues jambes, ses yeux bleus et ses superbes dents. Elle ne faisait ses quarante-six ans qu'au petit matin, après une soirée bien arrosée. Mais sinon, elle ressemblait à Gwyneth Paltrow. Toutefois, sa nouvelle coiffure était épouvantable, on aurait dit qu'elle avait le même coiffeur que la duchesse Camilla.

Mum jetait derrière elle sur le tapis les chaussures qui ne l'intéressaient pas. Notre chienne Butter – de son plein nom Princess Buttercup formerly known as Doctor Watson (« Doctor Watson » venait du temps où nous étions persuadées qu'elle était un mâle) – s'empara d'une chaussure de jogging et la traîna sous la table basse où elle commença à la mâchouiller avec délice. Personne ne l'en empêcha, car elle non plus n'avait pas la vie belle pour le moment. Je parie qu'elle aurait autant apprécié que nous cette maison avec jardin. Mais, naturellement, personne ne lui avait rien demandé non plus. Les chiens et les enfants n'avaient aucun droit dans cette famille.

Une deuxième chaussure de jogging m'atterrit sur le tibia.

— Mum, fis-je, énervée. Tu ne penses pas qu'il y a déjà assez de désordre ici ?

Ma mère fit la sourde oreille et continua à farfouiller dans le carton de chaussures tandis que Lottie m'envoyait un regard réprobateur. Je la fusillai des yeux. Quoi ? Je n'avais même plus mon mot à dire maintenant ?

— Ah, les voilà !

Ma mère avait enfin trouvé les escarpins noirs qu'elle cherchait et elle les brandissait triomphalement.

— Eh bien, c'est le principal, grommela Mia.

Mum enfila ses chaussures et se retourna vers nous.

— On peut y aller, dit-elle gaiement sans se laisser troubler par nos regards assassins.

Lottie nous étreignit.

— Vous allez y arriver, mes petites. Après tout, ce n'est pas votre première rentrée !

Chapitre 3

Je levai le menton et redressai les épaules de mon mieux dans ma veste étriquée. Lottie avait raison : ce n'était pas la première fois que nous changions d'école, nous avions déjà surmonté des choses beaucoup plus difficiles. Là au moins, nous pouvions comprendre et parler la langue du pays, ce qui n'avait pas toujours été le cas, par exemple à Utrecht. Même si Mum affirmait que, quand on comprend l'allemand, on comprend aussi le néerlandais. Ben voyons ! Et on ne devait certainement pas craindre ici de tomber sur un mille-pattes géant dans les toilettes comme à Hyderabad. (Il m'arrivait encore de rêver à cet énorme monstre qui m'avait fixée de ses yeux horrifiants !) Ici, au contraire, tout devait être super clean. La Frognal Academy était un lycée privé mixte dans le noble quartier londonien de Hampstead, ce qui signifiait que, contrairement à mon antépénultième école à Berkeley, en Californie, on ne passait pas les élèves au détecteur métallique le matin pour vérifier qu'ils ne portent pas d'armes. Et il devait certainement se trouver ici aussi des élèves plus sympas que cette fille qui n'arrêtait pas de me fixer comme si je sentais mauvais. (Ce qui n'était pas le cas – à cause du fromage, j'étais même restée sous la douche un quart d'heure de plus que d'habitude.)

J'espérais juste qu'on ait doté Mia d'une « marraine » plus sympa.

— Liv, c'est l'abréviation de Livetta ou de Carlivonia ?

Hein ? Elle se moquait de moi, là ? Personne au monde ne porte ces prénoms, j'espère ! Cela dit… elle s'appelait elle-même Persephone.

— D'Olivia, répondis-je.

Je me sentais énervée parce que, sous le regard critique de Persephone, j'aurais préféré que Lottie m'ait tout de même acheté une veste à ma taille. Et ne pas porter ces lunettes d'intello qui, avec ma queue-de-cheval, devaient sérieusement contraster avec ma jupe trop courte et ma veste étriquée.

La directrice m'avait attribué Persephone comme marraine parce que, d'après nos emplois du temps, nous aurions presque tous nos cours ensemble. Dans le bureau de la directrice, Persephone m'avait encore souri gentiment ; ses yeux avaient même brillé quand elle avait appris que j'avais – entre autres – vécu auparavant en Afrique du Sud et aux Pays-Bas. Mais leur éclat avait disparu dès que je lui avais avoué, en réponse à sa question, que mes parents n'étaient ni diplomates ni propriétaires d'une mine de diamants. Depuis, elle n'avait pas arrêté de froncer le nez. Elle me faisait penser à ces petits singes renfrognés qui, à Hyderabad, nous fauchaient le petit déjeuner quand on n'y prêtait pas attention.

— Olivia ? reprit-elle. Je connais au moins dix Olivia. Le chat de mon amie s'appelle aussi Olivia.

— En revanche, tu es la première Persephone que je rencontre.

Parce que c'est un nom qu'on ne donnerait même pas à un chat, pensai-je.

En partant, Persephone secoua ses cheveux.

— Dans notre famille, tout le monde porte des prénoms de la mythologie grecque. Ma sœur s'appelle Pandora et mon frère Priamos.

Les pauvres ! Mais ça valait toujours mieux que « Persephone ». Comme elle me regardait du coin de l'œil pour guetter ma réaction, je m'empressai de dire :

— Et tous vos prénoms commencent par P. C'est… euh… très pratique.

— Oui, ça va bien avec notre nom : Porter-Peregrin.

Persephone Porter-Peregrin (nom de nom !) rejeta encore ses cheveux en arrière et poussa une porte vitrée constellée d'affiches et de petites annonces.

Un poster de ciné kitsch me sauta aux yeux. Le film s'appelait *Bal d'automne* et, sous le titre en lettres d'or, on voyait danser un couple en smoking et robe de tulle rose sous une pluie de feuilles multicolores. Le film était programmé pour le 1er octobre et on pouvait déjà se procurer des tickets au secrétariat. J'aimais le cinéma mais je n'allais pas vider mon porte-monnaie pour ce genre de romance-ado débile. Alors qu'on savait dès les cinq premières minutes comment ça allait se terminer.

Derrière la porte vitrée, l'effervescence régnait. Nous nous retrouvâmes soudain dans un flot d'élèves qui partaient en même temps dans toutes les directions. À la Frognal Academy, tous les élèves, du premier cycle jusqu'au dernier, étaient dans le même bâtiment et je cherchai instinctivement la tête blonde de Mia. C'était la première fois depuis des années que nous avions cours dans le même établissement, et je l'avais persuadée d'évoquer, mine de rien, que sa grande sœur pratiquait le kung-fu, si jamais on venait à lui chercher des noises.

Mais je ne la vis nulle part. Je parvenais à peine à suivre Persephone dans la foule. La partie personnelle de notre conversation semblait terminée, elle ne paraissait pas avoir envie de fréquenter plus que nécessaire quelqu'un qui portait le nom du chat de son amie et dont les parents n'étaient ni diplomates ni propriétaires d'une mine de diamants.

— Cantine du premier cycle !

Tel un guide de voyage mal luné, elle me désignait de temps à autre un endroit en me balançant des mots pardessus l'épaule sans s'occuper de savoir s'ils me parvenaient.

— Cafétéria cycle moyen et supérieur, premier étage ! Toilettes, là ! Salle d'ordinateurs, violette ! Biologie, verte !

De nouveau une porte vitrée pleine d'affiches. Et de nouveau celle de *Bal d'automne* du plus mauvais goût. Cette fois, je m'arrêtai pour mieux l'examiner. Oui, c'était sans aucun doute un film de la pire espèce. La fille sur l'affiche regardait langoureusement son cavalier, tandis que lui avait l'air un peu pincé comme s'il l'enviait de pouvoir porter un diadème alors qu'il devait se contenter d'une affreuse raie sur le côté.

Mais j'étais peut-être injuste et ce film de lycéennes n'était peut-être pas du genre inepte habituel avec l'intrigante pom-pom girl de service, le charmant mais superficiel capitaine de football américain et la pauvre et merveilleuse fille laissée-pour-compte mais au cœur d'or. C'était peut-être aussi un film d'espionnage, et la robe en tulle rose, le sourire langoureux et le diadème débile n'étaient peut-être qu'un camouflage pour subtiliser au garçon à la raie de côté la clé d'un coffre-fort rempli de papiers secrets qui serviraient à sauver le monde. Ou alors, ce type était un tueur en série qui avait jeté son dévolu sur les filles du lyc…

— Laisse tomber !

Persephone avait apparemment remarqué que je ne la suivais plus et elle était revenue vers moi.

— Le bal, c'est pour les élèves du cycle supérieur. Les autres ne peuvent y aller que sur invitation.

Je mis quelques secondes à comprendre ce qu'elle voulait dire (oublier le *serial killer* me prit un long moment) et ce fut exactement le temps que mit Persephone à sortir un tube de rouge à lèvres de son sac et à en dévisser le capuchon.

Mon Dieu, que j'étais sotte ! Le *Bal d'automne* n'était pas un film mais l'affreuse réalité. Je ne pus m'empêcher de ricaner.

Près de nous, quelques élèves commencèrent à jouer au ballon… Avec un pamplemousse !

— C'est un bal traditionnel qui célèbre l'anniversaire de la création de cette école. Tout le monde doit être habillé comme à l'époque victorienne. Naturellement, j'y serai, m'informa Persephone en retouchant ses lèvres.

J'allais l'admirer de pouvoir faire ça sans miroir quand je m'aperçus qu'il s'agissait d'un gloss transparent, qu'elle pouvait s'étaler jusque sous le nez si elle voulait.

— Avec un ami de ma sœur, dit-elle encore. Elle est dans le comité du bal. Eh, bande d'idiots, arrêtez ça tout de suite !

Le pamplemousse avait failli l'atteindre à la tête. Failli seulement. Dommage !

— Mais il y a une fête de Noël pour toutes les classes, ajouta-t-elle généreusement. Tu pourras y aller avec ta petite so…

À cet instant, elle s'arrêta de parler et même de respirer. Elle ne fit plus que fixer un point derrière moi, comme un petit singe pétrifié, le gloss à la main.

Je me retournai pour chercher la cause de son apnée. En tout cas, un ovni n'avait pas atterri. Mais un groupe d'élèves plus âgés forçait tout autant l'attention. Quatre garçons. Et presque tout le monde dans ce couloir semblait n'avoir d'yeux que pour eux. Peut-être parce qu'ils discutaient nonchalamment tout en marchant d'un même pas comme au rythme d'une musique qu'ils étaient seuls à entendre. En fait, il ne manquait plus que le ralenti et une machine à vent pour agiter leurs cheveux. Ils se dirigeaient droit sur nous et je me demandai lequel d'entre eux avait bien pu transformer Persephone en statue de sel. D'un coup d'œil rapide, je m'aperçus qu'ils en étaient tous capables, à supposer qu'elle apprécie les grands blonds sportifs. (Ce qui n'était pas mon cas : j'avais un faible pour les bruns ténébreux qui lisaient des poèmes, jouaient du saxophone et appréciaient les films de Sherlock Holmes. Malheureusement je n'en avais pas encore rencontré beaucoup. Bon, je n'en avais encore rencontré aucun. Mais il devait bien y en avoir quelque part !). Le plus beau des quatre était le deuxième à gauche, avec des cheveux d'or bouclés qui encadraient un visage d'ange au teint de porcelaine. À côté de lui, les trois autres avaient plutôt l'air normal.

Persephone produisit une sorte de son éraillé.

— Salut, Japskrch !

Elle n'obtint pas de réponse ; les garçons étaient bien trop pris par leur conversation pour nous accorder un regard. Probable aussi qu'aucun d'eux ne s'appelait Japskrch.

Le pamplemousse fendit de nouveau les airs et se serait très certainement écrasé sur le nez de Persephone si je ne l'avais pas rattrapé au vol. Un acte réflexe plus qu'une bonne action délibérée. Un type du club des blondinets décontractés (celui tout à gauche) avait eu stupidement la même idée ou plutôt le même réflexe, si bien que nous nous heurtâmes les épaules en sautant. Mais le pamplemousse atterrit dans ma main.

Le garçon me toisa de toute sa hauteur.

— Pas mal, fit-il en remettant vite en place sa manche retroussée.

Pas assez vite pour moi. J'avais eu le temps de lire les mots tatoués à l'envers de son poignet : *numen noctis*.

Il me fit un grand sourire.

— Basket ou hand ?

— Ni l'un ni l'autre. J'avais seulement faim.

— Ah bon !

Il rit, et j'allais réviser les critères de mon idéal masculin au profit des grands blonds tatoués au teint pâle, aux cheveux ébouriffés et aux yeux gris ardoise quand il ajouta :

— C'est bien toi la fille au fromage de l'aéroport. Qu'est-ce que c'était déjà comme sorte ?

Tant pis.

— Du fromage de l'Entlebuch, répondis-je dignement en m'écartant un peu de lui.

Finalement, il n'était pas si génial que ça. Il avait le nez trop long, des cernes sombres sous les yeux et ses cheveux n'avaient encore certainement jamais vu de peigne. Je le reconnaissais : c'était le type qui s'était bizarrement endormi dans l'avion. En tout cas, il paraissait bien réveillé maintenant. Et des plus amusés.

— Ah oui, c'est vrai, du fromage bio de l'Entlebuch, remarqua-t-il avec un petit rire.

Je fis mine de m'intéresser à quelque chose derrière lui. L'ange au teint de porcelaine avait passé son chemin mais l'un de ses amis blonds s'était arrêté près de Persephone. Il me sembla le connaître et je mis quelques secondes à comprendre pourquoi. Je faillis en pouffer de rire. Incroyable ! C'était Ken qui se trouvait là devant moi ! La version en chair et en os de la poupée Barbie que Mia avait reçue de notre grand-tante Gertrude à Noël. Ken-rasage, pour mieux dire. (Les cadeaux de tante Gertrude prêtaient toujours à rire. Elle m'avait offert un set de perles à repasser !)

Persephone semblait avoir repris vie, suffisamment en tout cas pour pouvoir respirer de nouveau et lever les yeux au plafond. Ses joues étaient étrangement rouges mais j'avais du mal à savoir si c'était de colère ou par manque d'oxygène. Les joueurs de foot-pamplemousse avaient eu la bonne idée de partir plus loin.

— Une de tes nouvelles amies, Aphrodite ? demanda Kenrasage en me montrant.

Les joues de Persephone virèrent au cramoisi.

— Oh, salut Jasper ! Je ne t'avais pas vu, dit-elle d'une voix presque normale (donc colossalement blasée), juste un peu moins perçante qu'auparavant. Eh, mon Dieu, non ! C'est la Cook qui me l'a collée sur le dos ! Une nouvelle élève. Olive Quelquechose. Ses parents sont missionnaires ou un truc comme ça.

Ou un truc comme ça… Je lui lançai un regard stupéfait à travers mes lunettes de fille de missionnaire. Était-ce la seule alternative qu'elle avait trouvée aux propriétaires de mines de diamants et aux diplomates ?

Ken-rasage m'examina de la tête aux pieds en se frottant son menton mal rasé. Il fallait absolument que je le montre à Mia, la ressemblance était frappante. (*Ken a rendez-vous avec Barbie, mais il est gêné par sa barbe de trois jours. Aide-le à se raser.*)

— Comment tu t'appelles ? me demanda-t-il.

— Mais tu viens de l'entendre : Olive Quelquechose, répondis-je. (*Barbie est un peu surprise par le comportement de Ken. Normalement, il a de meilleures manières et ne montre pas ce regard lubrique. C'est pourquoi elle ne tient pas à lui révéler son vrai nom.*)

Il se frotta de nouveau le menton.

— Si tes parents sont missionnaires, alors tu es encore à coup sûr…

— Il faut y aller, l'interrompit le garçon de l'avion en le prenant assez brutalement par le bras. Allez, viens, Jasper !

— On a tout de même bien le droit de demander, protesta Ken-rasage qui avait apparemment du mal à se défaire de ma vue. De belles jambes, du reste. Pour une fille de missionnaire !

Je me préparais à rétorquer quelque chose (comme s'il connaissait une seule fille de missionnaire, ce m'as-tu-vu !), mais avant que je puisse ouvrir la bouche, Persephone m'avait agrippée par la manche.

— On doit se dépêcher nous aussi. On a chimie avec Roberts, je ne veux pas arriver en retard dès le premier jour.

Je trébuchai quand elle m'entraîna en avant, mais je la suivis tout de même avec gratitude car je n'avais rien trouvé de parfait à répondre.

Blog à potins

Ici, le blog à potins de la Frognal Academy, avec les derniers ragots, les plus folles rumeurs et les scandales chauds bouillants de notre école.

Qui suis-je ? Je m'appelle **Secrecy**, je suis parmi vous et je connais tous vos secrets.

UPDATE ACTIVITY

3 septembre

L'école a repris et j'en profite pour saluer tous mes fidèles lecteurs. Pour les nouveaux : n'essayez pas de deviner qui je suis. Jusqu'ici, personne n'a encore réussi.

Avez-vous vu notre rouleau compresseur Hazel Pritchard ? Méconnaissable, pas vrai ? Il lui manque treize kilos et demi de graisse. Sa mère l'a envoyée en Écosse dans un camp d'amaigrissement où, pour six cents livres par jour, elle s'est nourrie exclusivement de fromage blanc écrémé et d'eau. Mais personne ne doit le savoir :

la version officielle, c'est que Hazel, en raison d'une allergie, a dû modifier légèrement son régime alimentaire et qu'elle ne s'est même pas aperçue qu'elle mincissait jour après jour... Quoi qu'il en soit, elle ne mérite plus son surnom de « rouleau compresseur ». Il faudrait plutôt l'appeler Hazel-Pritchard-mincie-à-l'insu-de-son-plein-gré, mais je trouve ça un peu lourd. Qu'en pensez-vous ?

Le polar annuel refait surface à la Frognal Academy : qui invitera qui au bal d'automne et pourquoi ? Comme le comité organisateur a supprimé l'élection du roi et de la reine du bal (quelqu'un d'entre vous a-t-il compris pourquoi ? En quoi ce genre d'élection témoignerait-il de harcèlement et de discrimination ?), j'ai décidé de poursuivre cette belle tradition et de procéder ici à une élection interne. Vous pouvez m'envoyer vos propositions à secrecy.buzz@yahoo.com.

La question qui est sur toutes les lèvres, c'est naturellement : Qui va décrocher Arthur Hamilton ? Pour les nouveaux : Arthur est le plus beau mec de l'école et même de tout l'hémisphère ouest. Et, depuis le départ de Colin Davison, il est aussi le nouveau capitaine de notre équipe de basket. Officiellement, Arthur sort avec Anabel Scott qui a obtenu son diplôme l'an dernier et qui poursuit maintenant ses études à Saint-Gall, en Suisse, mais – s'il vous plaît, les gars, ne lisez pas, ceci est uniquement pour les filles ! – c'est de nouveau un cœur à prendre, et, si je vous dis ça, ce n'est pas seulement parce que je suis persuadée que les relations à distance ne peuvent pas durer très longtemps. Bon, sur Facebook, leur statut relationnel est inchangé, mais sincèrement : l'une d'entre vous les a-t-elle vus ensemble depuis le dernier bal de fin d'année ? Et pourquoi Anabel semble-t-elle toujours au bord des larmes ?

Mais qui s'en étonne ? Pas moi, en tout cas. Entretemps, il n'aura échappé à personne que, depuis la mort tragique de Tom Holland, l'ex-petit ami d'Anabel, Anabel et Arthur ne forment plus ce couple radieux qui faisait pâlir de jalousie tous ceux qui les voyaient. Pour les nouveaux : il va falloir vous mettre à la page ! Ce pauvre Tom a perdu la vie sur la route en juin dernier. Et puis ex, mon œil ! J'ai déjà évoqué ici une ou deux fois que ça marchait encore du tonnerre entre Anabel et lui et tout le monde l'aura compris, sauf peut-être Arthur. Mais le désespoir d'Anabel à l'enterrement de Tom aurait dû lui mettre la puce à l'oreille. (D'ailleurs, ce n'est pas Arthur qui a consolé Anabel, mais Henry Harper – juste pour vous rafraîchir la mémoire et vous embrouiller un peu plus :-))

Alors, qu'en pensez-vous ? Qui sera la nouvelle élue d'Arthur ? Je prends volontiers les paris.

À bientôt !

Secrecy

Chapitre 4

— Ma marraine s'appelle Daisy Dawn Steward ! dit Mia en crachotant des miettes de pain à chaque consonne. Sa passion, c'est Taylor Lautner. Elle a passé toute la journée à parler de lui.

Ah, j'avais encore mieux à lui annoncer !

— La mienne s'appelle Persephone Porter-Peregrin. Et elle ne m'a plus parlé après m'avoir traînée dans la première salle de classe. Ce qui d'ailleurs n'était pas si grave ; je crois que ce qu'elle aime par-dessus tout, c'est froncer le nez.

— Vraiment des noms étranges, on dirait des chevaux de course, remarqua Lottie.

Elle ne commenta pas le choix de Taylor Lautner. Il y avait de cela deux ans, elle avait elle-même collé un poster de lui dans son placard. Soi-disant pour les loups, qu'elle trouvait trop mignons.

Abstraction faite des rideaux écossais à fils d'or et des danseuses en porcelaine omniprésentes, on se sentait assez bien dans la cuisine de cet appartement étranger. Une pluie d'automne frappait doucement la fenêtre et l'air embaumait un parfum de vanille et de chocolat. Lottie nous avait fait nos biscuits préférés : des petits sablés de Noël à la vanille d'après une recette de sa grand-mère. Et avec ça, un chocolat chaud avec de la crème Chantilly saupoudrée de vermicelles de chocolat. Elle nous avait aussi préparé des serviettes pour nos cheveux dégoulinants de pluie. Lottie éprouvait apparemment plus de pitié pour nous qu'elle ne voulait l'avouer. Normalement, elle avait pour principe de ne pas nous servir des sablés de Noël avant le premier dimanche de l'avent ; elle était à cheval sur les traditions et gare à nous s'il nous arrivait de fredonner « Douce nuit, sainte nuit » au mois de juin – on ne plaisantait pas avec ça. Elle prétendait que ça portait malheur.

Nous passâmes un moment sympa à nous goinfrer de sablés tout en commentant des courses hippiques imaginaires : *Persephone Porter-Peregrin mène à la corde, cette année elle a remporté presque tous les derbys ici à Ascot, elle laisse derrière elle Sablé à la vanille, mais que se passe-t-il ?... Avec le dossard numéro 5, Daisy Dawn se pousse en avant, quel suspense ! Elle rejoint Persephone dans la dernière ligne droite et... oui ! Incroyable !... L'outsider Daisy Dawn remporte la course avec une longueur de tête d'avance !*

— Contrairement aux spéculos ou au pain d'épice, les sablés à la vanille n'appartiennent pas forcément à la tradition de Noël, marmonna Lottie en allemand, plus pour elle que pour nous.

Papa avait autrefois tenu à avoir une jeune fille au pair allemande pour que nous puissions mieux apprendre sa langue maternelle. Quand il nous parlait en allemand, nous avions tendance à ne pas répondre ou alors en anglais (en fait, plutôt moi, car, à l'époque, Mia ne savait encore rien dire d'autre que « dadada »), et cela ne correspondait pas à son idée d'une bonne éducation bilingue. Au début, comme Lottie ne comprenait pas un mot d'anglais, nous devions toujours faire des efforts pour lui parler en allemand, et notre père exultait. Jusqu'à ce qu'il se rende compte que nous adoptions aussi le dialecte de Lottie. Il comprit alors que son plan ne fonctionnait pas aussi bien qu'il l'aurait voulu.

— Ce sont des biscuits qu'on peut tout aussi bien consommer dans l'année, dit Lottie qui craignait toujours que l'enfant Jésus ne lui en veuille pour les sablés à la vanille. Mais seulement pour les cas exceptionnels.

— Nous sommes de graves cas exceptionnels, lui assura Mia. De malheureuses enfants de divorcés sans maison et sans espoir, complètement désorientées dans une grande ville étrangère.

Ce n'était, hélas, nullement exagéré : nous n'avions retrouvé le chemin de la maison qu'à l'aide de passants attentionnés et d'un gentil chauffeur de bus. Comme nous n'avions pas noté le numéro de notre maison provisoire et que les maisons se ressemblaient toutes ici, nous aurions sans doute continué d'errer sous la pluie battante comme Hänsel et Gretel dans la forêt si Buttercup ne s'était pas trouvée à la fenêtre et n'avait pas aboyé comme une folle. Maintenant, cette finaude reposait sur mes genoux en espérant qu'un sablé trouverait miraculeusement le chemin de sa gueule.

— Oui, ce n'est vraiment pas facile pour vous, concéda Lottie avec un profond soupir qui me donna aussitôt mauvaise conscience.

Pour lui soulager un peu le cœur, nous aurions pu lui raconter que ça ne s'était pas si mal passé que ça à l'école, au contraire. Le premier jour s'était nettement mieux déroulé que, par exemple, à Berkeley où cette bande de filles avait menacé de me plonger la tête dans la cuvette des WC. (Le premier jour, elles s'étaient contentées de me menacer, mais, au cinquième, elles l'avaient vraiment fait. C'était d'ailleurs le jour où je m'étais inscrite au cours de kung-fu.) La journée d'aujourd'hui était de loin différente de ce premier jour de classe mémorable et de ceux qui avaient suivi. À part Persephone et Ken-rasage, aucun élève ne m'avait paru désagréable et les professeurs m'avaient l'air corrects eux aussi. J'avais eu l'impression de bien suivre tous les cours, la prof de français m'avait félicitée pour ma prononciation, les salles étaient claires et agréables et le repas servi à la cantine avait même été assez bon. Ma voisine au cours de français s'était occupée spontanément de moi à la place de Persephone ; elle m'avait emmenée déjeuner avec elle et présentée à ses amis. Ils m'avaient appris qu'il valait mieux éviter la purée de pois cassés et que le bal d'automne était déjà cool en soi parce qu'un groupe dont je n'avais malheureusement jamais entendu parler allait s'y produire. Pour un premier jour d'école, ça s'était assez bien passé. Et même encore mieux pour Mia.

Oui, voilà ce que nous aurions dû raconter à Lottie, mais ça faisait du bien d'être prises en pitié et chouchoutées, d'autant plus que la journée n'était pas encore terminée. Le plus difficile était encore à venir : le dîner dans la maison d'Ernest au cours duquel nous devions faire la connaissance de sa fille et de son fils. C'étaient des jumeaux de dix-sept ans, et, à en croire Ernest, ils étaient pétris de talents et de vertus. Je les détestais déjà.

Lottie semblait aussi ne penser qu'à cet événement.

— Je t'ai sorti pour ce soir ta jupe de soie rouge et ton chemisier blanc, Mia. Et j'ai repassé pour toi, Liv, la robe pour le thé bleue de ta mère.

— Pourquoi pas aussi la petite noire avec les strass ? ironisai-je.

— Oui, et des gants de cuir glacé, compléta Mia. Pfff… C'est seulement un dîner débile. Un lundi soir tout à fait ordinaire. Moi, je mets un jean.

— Il n'en est pas question, protesta Lottie. Vous allez vous montrer sous votre plus beau jour.

— Dans la robe pour le thé de Mum ? Et toi, qu'est-ce que tu vas mettre, Lottie ? Ta robe bavaroise des grands jours ?

Mia pouffa de rire et je l'imitai.

Lottie prit ses grands airs – elle comprenait encore moins la plaisanterie sur les robes bavaroises que sur les traditions de Noël.

— Je le ferais sans hésiter, car la robe bavaroise est une tenue qui convient parfaitement à toutes les circonstances ! Mais je vais rester ici avec Buttercup.

— Quoi ! tu veux nous laisser aller là-bas toutes seules ? s'écria Mia.

Lottie ne répondit pas.

— Oh, je comprends. Mr Spencer ne t'a pas invitée, dis-je avec un soudain mal au ventre.

Mia ouvrit de grands yeux courroucés.

— Ce stup…

Lottie entreprit aussitôt de défendre Ernest.

— Ce serait surtout des plus déplacés. Car enfin, on n'emmène pas sa nounou à ce genre de... d'affaires de famille.

— Mais tu fais partie de la famille ! protesta Mia en émiettant un sablé à la vanille tandis que Buttercup levait des yeux pleins d'espoir. Quel sale arrogant, ce type !

— Non, ce n'est pas vrai, la contredit Lottie. Le comportement de Mr Spencer envers moi est absolument irréprochable. C'est un homme gentil et correct et je crois qu'il éprouve des sentiments sincères et honnêtes pour votre mère. Il s'est vraiment efforcé de trouver une solution quand le cottage s'est révélé inhabitable. Sans son aide, nous n'aurions pas obtenu cet appartement et vous n'auriez jamais été acceptées à la Frognal Academy ; ils doivent avoir là-bas une longue liste d'attente. Vous devriez commencer à l'apprécier. Et vous allez vous habiller correctement pour ce soir ! Le problème était que Lottie avait autant de mal à prendre un air sévère que Buttercup un air menaçant. Cela tenait au doux regard brun de chien qu'elles avaient toutes les deux.

J'éprouvai pour elle à cet instant une immense tendresse.

— D'accord, dis-je. Si tu me prêtes ta robe bavaroise. Mia partit d'un fou rire.

— Oui, tu sais, ta robe qui convient à toutes les circonstances...

— Ce n'est pas la mienne qui convient toujours mais n'importe quelle robe bavaroise, remarqua Lottie en prenant son air supérieur.

Elle rejeta ses boucles brunes en arrière et poursuivit en allemand :

— Je ne veux pas te décevoir, mon petit cœur. Mais pour ma robe bavaroise, tu n'as pas assez de « bois devant la cabane ». Tu comprends ?

« Du bois devant la cabane » signifiait sans doute quelque chose comme « du monde au balcon », c'est-à-dire le contraire de « plate comme une limande ».

Je pourrais toujours essayer de briller au cours d'allemand avec cette expression.

Ma tentative de rire vira en une sorte d'ébrouement.

— Je t'aime bien, Lottie, dis-je, avec plus de sérieux que je ne l'avais voulu.

Chapitre 5

Je pensais qu'Ernest Spencer aurait une maison beaucoup plus grande et beaucoup plus tape-à-l'œil ; je fus presque déçue quand le taxi s'arrêta devant une modeste maison de brique dans la Redington Road. Construction traditionnelle, fenêtres à croisillons blancs, pignons et encorbellements, cachée derrière des haies et de hauts murs comme la plupart des autres maisons du quartier. Il avait cessé de pleuvoir et le soleil couchant nimbait tout d'une lumière dorée.

— Très joli, murmura Mia, surprise, quand nous suivîmes notre mère sur le chemin pavé qui menait à l'entrée, en passant devant des hortensias en fleur et des buis taillés en boule.

— Toi aussi, chuchotai-je en retour.

C'était vrai : Mia était à croquer avec sa chevelure coiffée en une mignonne tresse que Lottie avait tenu à lui faire pour compenser le jean que Mum (au grand dam de Lottie) nous avait permis de porter… Sans doute aussi parce qu'elle avait voulu mettre elle-même sa robe pour le thé fraîchement repassée.

Mum actionna la sonnette et un harmonieux triple accord se répandit dans toute la maison.

— Soyez gentilles, s'il vous plaît ! Et tâchez de bien vous comporter !

— Tu veux dire qu'il ne faudra pas comme d'habitude s'envoyer de la nourriture par-dessus la table, roter bruyamment et raconter des blagues obscènes ? dis-je en soufflant une mèche de cheveux de mon front.

Lottie avait voulu aussi me tresser les cheveux, mais j'avais eu la bonne idée de m'éterniser dans la baignoire, de sorte qu'elle n'en avait plus eu le temps.

— Franchement, Mum, assurai-je, c'est plutôt à toi qu'il faudrait demander de bien se tenir !

— Exact. Nous, nous avons des manières impeccables. Bonsoir monsieur, fit Mia avec une petite révérence à la statue massive près de la porte, hybride d'aigle (de la tête au nombril) et de lion (pour le reste). Permettez-moi de me présenter, je m'appelle Mia Silver, voici ma sœur Olivia et cette femme au front plissé est le professeur et docteur Ann Matthews, notre mère-corbeau. Puis-je vous demander à qui j'ai l'honneur ?

— C'est l'Effroyable Freddy, alias Fat Freddy !

La porte d'entrée s'était ouverte sans bruit et devant nous se tenait un garçon, grand, un peu plus âgé que moi, vêtu d'un long T-shirt noir à manches longues et d'un jean. Je respirai de soulagement. Heureusement que notre mère-corbeau avait préféré porter elle-même sa robe pour le thé débile, je me serais terriblement ridiculisée avec ça.

— Mes grands-parents ont reçu ce truc-là en cadeau de mariage, dit le garçon en tapotant le bec de l'Effroyable

Freddy. Ça fait des années que Dad voudrait le coller au fond du jardin mais il doit bien peser une tonne.

— Bonjour, Grayson !

Mum embrassa le garçon sur les deux joues et nous montra du doigt.

— Voici mes deux petites puces, Mia et Liv !

Ma sœur et moi détestions qu'elle nous appelle ses « puces ». Grayson nous sourit.

— Salut, content de vous connaître.

— Oui, c'est sûr, marmonnai-je.

— Tu as du rouge à lèvres sur la joue, dit Mia.

Mum soupira et Grayson eut un air un peu étonné. Il ressemblait beaucoup à son père, cheveux mis à part : même carrure, même assurance, même sourire de politicien. C'est sans doute pourquoi j'eus l'impression de le connaître. Toutefois, il n'avait pas les oreilles aussi grandes que celles de son père, mais ça pouvait encore venir. J'avais lu un jour que les oreilles et le nez sont les seules parties du corps qui continuent à pousser jusqu'à un âge avancé.

Mum passa devant Grayson d'un pas énergique, comme si elle connaissait la maison par cœur, et nous n'avions plus qu'à la suivre. Nous restâmes toutefois plantées dans le couloir car elle avait subitement disparu.

Grayson ferma la porte derrière nous et s'essuya la joue d'un revers de main. En réalité, Mia avait totalement inventé cette histoire de rouge à lèvres.

— Nous sommes aussi super heureuses d'être ici, dit Mia après quelques secondes de gêne. Est-ce qu'il y a au moins quelque chose de bon à manger ?

— Je crois que oui, répondit Grayson en souriant de nouveau.

Je ne sais pas comment il s'y prenait. En tout cas, je ne parvins pas à lui retourner son sourire. Sale prétentieux !

— Mrs Dimbleby a préparé des cailles au four.

— Mrs Dimbleby ? répétai-je. La cuisinière, je suppose. Et Mr Dimbleby est certainement le jardinier.

— Cuisinière et gouvernante.

Grayson souriait encore mais, à la façon qu'il avait de me regarder (le sourcil levé), je compris qu'il avait très bien perçu mon brin d'ironie. Je remarquai qu'il n'avait pas les yeux bleus d'Ernest mais un regard noisette qui contrastait joliment avec ses cheveux blonds.

— Pour autant que je sache, Mr Dimbleby vend des assurances. Dad s'occupe lui-même du jardin, il dit que ça le détend.

Il leva encore un peu plus son sourcil.

— J'ai entendu dire que vous avez une nurse ?

— Eh bien…

Mince ! Heureusement nous fûmes interrompus par Ernest au bras duquel Mum se cramponnait comme à une bouée de sauvetage. Il nous dédia un sourire radieux. On aurait dit qu'il n'avait encore jamais rien vu de plus réjouissant.

— Bien, je vois que Grayson a déjà pris vos manteaux. Bienvenue à la casa Spencer. Venez, Florence nous attend avec l'entrée.

Grayson renonça comme Mia et moi à lui expliquer que nous n'avions pas de manteaux (comment aurions-nous pu en porter alors que nos affaires d'automne et d'hiver se trouvaient encore dans je ne sais quel carton de déménagement ?). Mum nous lança un dernier regard d'avertissement avant de franchir avec Ernest une porte à double battant.

Nous les suivîmes sans un mot vers la salle à manger qui faisait aussi office de salon. C'était une belle pièce avec parquet, grandes baies vitrées offrant une magnifique vue sur le jardin, cheminée ouverte, canapés blancs garnis de coussins, piano et grande table. Une pièce généreuse, non surdimensionnée et… étonnamment agréable.

Jamais je n'aurais cru Ernest capable d'avoir de tels canapés sans style, datant déjà un peu, avec des bords usés et des coussins colorés dépareillés. Il y en avait même un en fourrure, de couleur orange et marrant comme tout, en forme de chat, qui s'étira à notre passage.

— C'est Spot, notre chat.

Une fille venait de se glisser près de nous pour poser une assiette sur la table. Il ne pouvait s'agir que de la sœur jumelle de Grayson, elle avait les mêmes yeux noisette.

— Et vous devez être Liv et Mia, ajouta-t-elle. Ann nous a déjà tant parlé de vous. Tu as une jolie coiffure, Mia.

Elle semblait sourire aussi facilement que son frère, mais chez elle c'était encore plus charmant parce qu'elle avait des fossettes aux joues, un nez en trompette et un teint délicat plein de taches de rousseur.

— Je suis Florence. Je me réjouis tellement de vous connaître.

Elle était petite et mignonne, avec une poitrine généreuse ; ses cheveux bouclés d'un châtain brillant encadraient son visage et ondulaient jusqu'à ses épaules. Mia et moi en restâmes sidérées. Elle était absolument parfaite.

— Quelle jolie robe, Ann ! dit-elle à Mum d'une voix de miel. Le bleu te va merveilleusement bien.

Je me sentis soudain pataude, maigre comme un balai, affublée d'un long nez, mais surtout horriblement immature. Mum avait raison : nous n'avions vraiment pas de manières. Nous avions lancé des regards sombres et des mots insolents (et du fromage suisse) autour de nous, dans le seul but de la punir. Comme des enfants rebelles qui se roulent par terre au supermarché. Florence et Grayson en revanche ne faisaient pas de faux pas, ils se comportaient en adultes. Ils ne laissaient rien paraître, souriaient, distribuaient des compliments et menaient une conversation polie. Peut-être se réjouissaient-ils vraiment que leur père ait rencontré notre mère. Ou peut-être faisaient-ils aussi semblant. En tout cas, ils nous battaient de loin.

Honteuse, je décidai de me comporter dorénavant de la même façon bien élevée et polie. Ce qui toutefois ne fut pas aussi simple.

— En entrée, nous n'avons qu'un tout petit rien, dit Florence en nous souriant quand tout le monde fut à table. Parce que Mrs Dimbleby a acheté beaucoup trop de cailles. J'espère que vous les aimez avec de la purée de céleri.

Bon, ça commençait bien… Du céleri… Beurk.

— Ça me semble… intéressant, dis-je le plus poliment possible.

« Intéressant » était un mot passe-partout.

— Malheureusement, je suis végétarienne, déclara Mia, toujours beaucoup plus maligne que moi. Et allergique au céleri.

— Oh, eh bien, je vais te faire un sandwich si tu veux.

Florence souriait tellement que ça en faisait mal aux yeux.

— Vous logez dans l'appartement des Finchley, n'est-ce pas ? Est-ce que Mrs Finchley collectionne toujours ces charmantes figurines de porcelaine ?

J'hésitai à répondre encore « Oui, c'est très intéressant », mais Mia répondit avant moi :

— Non ! Maintenant elle collectionne des trucs atrocement kitsch. Des danseuses à l'air débile.

Je baissai vite les yeux sur mon assiette pour ne pas pouffer de rire. Mais grand Dieu ! Qu'est-ce qu'il pouvait bien y avoir là-dedans ? J'arrivai encore à identifier ce qui ressemblait à de la viande, mais que pouvait bien être ce tas de morceaux visqueux à côté ?

Assis à ma droite, Grayson parut deviner mes pensées.

— Les chutneys sont la spécialité de Mrs Dimbleby, me glissa-t-il. C'est un chutney de tomates vertes.

— Ah… euh… intéressant.

Je m'en enfournai une bonne cuillerée et faillis la recracher aussitôt. Du coup, j'oubliai mes bonnes résolutions.

— Che chont des raichins checs là-dedans ? demandai-je à Grayson.

Il ne répondit pas. Il avait sorti son iPhone de sa poche et regardait ses messages sous la table. J'y aurais bien jeté un œil moi aussi mais j'avais déjà suffisamment à faire pour avaler cette saleté de chutney. En plus des raisins secs, il contenait un mélange d'oignons, d'ail, de curry, de gingembre et… oui… sans équivoque !… de cannelle. Et quelque chose qui, sous mes dents, ressemblait à des boutons de culotte pourris. Mrs Dimbleby avait probablement mis là-dedans tout ce qui était à jeter et qui encombrait la cuisine. Si c'était là sa spécialité, je préférais ne pas savoir à quoi ressemblait ce qu'elle ne savait pas aussi bien faire. Mia m'envoya un sourire narquois quand je fis tout descendre avec une gorgée de jus d'orange.

— Mais, Dad, les Finchley ne reviennent-ils pas le mois prochain d'Afrique du Sud ? demanda Florence.

— Oui, en effet. Ils reprendront leur appartement le 1er octobre.

Ernest jeta un bref regard à Mum et prit une grande inspiration.

— C'est justement de cela que nous voulions vous parler ce soir, ajouta-t-il.

Le cadran de l'iPhone de mon voisin de table se mit à clignoter. Voyant mes regards curieux, Grayson plongea davantage sa main sous la table comme s'il craignait que je lise par-dessus son épaule. Pourtant, ses textos ne m'intéressaient pas plus que ça. Je trouvais beaucoup plus fascinant le tatouage à l'envers de son poignet. Des lettres noires, à moitié cachées par l'ourlet de son T-shirt.

— Tu fais partie du groupe des blondinets de l'école, chuchotai-je. C'est pour ça que j'avais l'impression de te connaître.

— Pardon ?

— Nous nous sommes déjà croisés. Je vous ai vus aujourd'hui, toi et tes amis.

— Ah, vraiment ? Je ne m'en souviens pas.

Évidemment. Il ne m'avait pas regardée.

— Peu importe. Joli tatouage.

Sub um… mais je n'arrivais pas à lire le reste.

— Quoi ?

Il avait suivi mon regard.

— Ah, ça ! Ce n'est pas un tatouage. C'est du feutre. Euh… une antisèche pour le latin.

Tiens donc !

— Intéressant, fis-je. Laisse-moi voir !

Mais Grayson n'en avait pas l'intention. Il descendit la manche de son T-shirt sur son « antisèche » et se consacra de nouveau à son iPhone.

Ça devenait vraiment intéressant. La tête ailleurs, je portai une nouvelle cuillerée de chutney à ma bouche. Erreur fatale, la deuxième bouchée était encore plus atroce que la première. Toutefois, je pus cette fois identifier les boutons pourris comme étant des noisettes.

— Eh bien, voilà…

Ernest avait pris un air solennel et cherché la main de Mum. Celle-ci fixait des yeux la jolie composition florale au centre de la table. À coup sûr, on allait passer aux choses sérieuses.

— Ann… je veux dire… votre mère… voilà…

Ernest s'éclaircit la voix et reprit au début. Cette fois, sans bégayer, mais comme s'il s'adressait à la commission économique de la Cour de justice de l'Union européenne.

— Ann et moi avons décidé d'interpréter ce ratage avec le cottage comme un signe du destin nous engageant à enforcir notre relation et à évacuer le problème de logement en… disons… fusionnant.

Cinq secondes de silence suivirent cette déclaration, puis je fus prise d'une terrible quinte de toux parce qu'en cherchant mon souffle j'avais avalé de travers un raisin sec. Il me fallut un moment pour résoud… pardon, pour évacuer ce problème. Mes yeux pleuraient mais je m'aperçus nettement que Florence avait perdu son sourire. Le soleil lui-même avait cessé de briller par la fenêtre ; il s'était couché derrière le toit de la maison voisine. Grayson avait toujours les mains occupées sous la table. Il était sans doute en train de googler « enforcir ». Pourtant le sens était clair comme de l'eau de roche.

— Lottie dit que, s'il faut absolument utiliser des mots compliqués, il faut au moins le faire correctement, déclara Mia.

— Oui, Dad, qu'est-ce que ça veut dire exactement ?

La voix de Florence avait perdu sa douceur de miel. Elle avait plutôt pris le goût du chutney.

— Que vous vous cherchez un appartement en commun ? glapit-elle. Là, maintenant ? Mais ça ne fait même pas six mois que vous vous connaissez !

— En quelque sorte… en fait… non.

Ernest souriait toujours mais la sueur perlait sur son crâne chauve.

— Après mûre réflexion, nous avons… À notre âge, le temps est un précieux…

Il secoua la tête. Visiblement, il était terriblement agacé par son bredouillage.

— La maison est assez grande pour nous tous, lâcha-t-il finalement d'un ton énergique.

— Et vous avez grandi ici, ajouta Mum avec un léger tressaillement au coin des lèvres. Nous n'avons surtout pas voulu vous imposer un déménagement pour votre dernière année scolaire.

Non, bien sûr, les déménagements n'étaient pas bons pour l'équilibre psychique des jeunes. Nous en étions bien l'exemple. Mia poussa un son bizarre comme celui de Buttercup quand on lui marche sur la patte.

— Nous devons nous installer dans cette maison ? demanda-t-elle doucement. Et y vivre tous ensemble ?

Ernest et Mum, qui se tenaient toujours la main, échangèrent un bref regard.

— Oui, répondit ensuite Ernest d'une voix ferme.

Et Mum acquiesça.

J'avais donc bien compris.

— Mais c'est insensé ! s'écria Florence en repoussant son assiette. La maison est juste assez grande pour nous. Où pourrions-nous caser encore trois autres personnes ?

— Quatre ! voulus-je rectifier.

Elle avait oublié Lottie. Mais ma voix s'enroua, quelque chose était encore resté coincé dans ma gorge.

— La maison est immense, Florence, dit Ernest. Nous avons six chambres. On devrait pouvoir s'arranger sans problème. J'ai pensé que Grayson prendrait la chambre de devant, toi tu retrouverais ton ancienne chambre, et Mia et Liv pourraient se…

— Quoi ?

Cette fois, la voix de Florence était près de s'érailler.

— Ce sont mes pièces sous le toit, je ne vais certainement pas les céder et devoir de nouveau partager la salle de bains avec Grayson. Bon sang, Grayson, dis quelque chose, toi aussi !

Grayson prit un air troublé. Il n'avait même pas levé les yeux de son iPhone. Il fallait réussir à le faire alors que le monde s'effondrait au-dessus de la table. Il y allait un peu fort !

— Hmm… oui, dit-il. Pourquoi ne pas laisser Florence sous le toit ? Il y a assez de chambres au premier étage.

— Dis-moi, tu as *entendu*, là ? répliqua Florence en le regardant sans comprendre. Elles vont *emménager* ici le mois prochain ! Dis-leur que nous n'avons pas de place pour elles ! La chambre du devant est celle de Granny ; mon ancienne chambre est le bureau de Dad ; la chambre du coin est notre chambre d'amis ; et dans le placard de ta chambre, j'ai rangé toutes mes affaires d'hiver…

— Flo, ma chérie, maintenant écoute-moi…

Les gouttes de sueur sur le front d'Ernest semblaient avoir grossi.

— Je comprends que tu aies l'impression de devoir te restreindre, mais…

— Mais quoi ? rugit Florence.

Dans toute cette agitation, je lui étais reconnaissante d'avoir cessé de se comporter poliment en adulte. Elle m'était beaucoup plus sympathique avec cette voix hystérique et ces yeux étincelants de colère. Mia et moi les regardions alternativement, son père et elle, comme on regarde les échanges d'un match de tennis. Mum fixait de nouveau obstinément le bouquet de fleurs et Grayson ne quittait pas des yeux son iPhone. Peut-être était-il en train de googler « famille recomposée » et « premiers secours ».

— … ce ne serait pas pour toujours, dit Ernest. Regarde, à la rentrée prochaine, vous allez tous les deux partir faire vos études quelque part, vous ne reviendrez alors que pendant les vacances tout au plus et…

Florence lui coupa la parole.

— Et pour ne pas être seul, tu prends avec toi une femme et deux enfants de substitution ? Tu ne pourrais pas attendre que nous soyons partis ?

Oui, ou même quelques années de plus encore. La voix d'Ernest se fit plus froide.

— Je comprends que tu aies besoin de t'habituer à cette nouvelle situation, comme tout le monde ici. Mais ma décision est prise.

Il s'essuya le front du dos de la main.

— Il suffit d'adapter un peu les choses. Si Grayson prend la chambre de devant…

— … qui est celle de Granny !

Florence cria si fort que le chat roux sauta à quelques mètres du canapé. Il était plutôt gras.

— Tu lui as déjà parlé de tes projets ? Bien sûr que non ! Par bonheur, elle est en croisière à l'autre bout du monde et ignore ce qui se trame ici.

— Florence…

— Où va-t-elle dormir quand elle viendra nous voir ?

— Ne sois pas ridicule, s'il te plaît. Votre grand-mère habite à même pas vingt minutes d'ici, elle n'a aucunement besoin d'une chambre, elle peut facilement rentrer chez elle après être venue nous rendre visite… Mais, si tu veux, tu peux aussi prendre la chambre de devant, et Grayson gardera simplement son ancienne chambre ; Mia aura la chambre du coin, et je débarrasserai le bureau pour Liv.

Puis, avec un sourire à Mum, il ajouta :

— De toute façon, je travaille beaucoup trop ; dorénavant, j'éviterai de le faire à la maison.

Mum lui renvoya un sourire hésitant.

— Attends… Si Liv et Mia doivent aussi s'installer au premier étage, qui occupera alors mes pièces mansardées ? Toi, peut-être, dit Florence en fixant Mum d'un œil perçant.

— Non, se défendit Mum. Je n'ai pas besoin de place, vraiment, sur ce point-là, je me contente de très peu ; je n'ai que quelques caisses de livres. Non, votre père pensait donner ces pièces là-haut à Lottie.

Cette fois, Florence sortit de ses gonds.

— À la *baby-sitter* ? s'écria-t-elle. Mais elles ont depuis longtemps passé l'âge d'avoir une nourrice ! Et moi, je devrais pour ça céder la place et partager une salle de bains avec trois autres personnes ? C'est tout de même un peu fort !

— Lottie est bien plus qu'une nourrice ; elle s'occupe de presque tout ce qui concerne la maison, les courses et la cuisine, intervint Ernest. Et, en tant que… euh… facteur émotionnel de la plus grande importance, on ne peut pas l'exclure de cette constellation.

— Qu'est-ce que ça veut dire ?

— Ça veut dire que nous avons besoin de Lottie, dis-je doucement.

— Naturellement pas pour toujours, s'empressa d'ajouter Mum. Tu as parfaitement raison, Florence. Mia et Liv sont trop âgées pour avoir une nounou. Lottie va peut-être encore rester un an, peut-être juste six mois…

S'apercevant que la lèvre inférieure de Mia tremblait, elle ajouta :

— Nous verrons bien combien de temps nous en aurons encore besoin.

Je cherchai la main de Mia sous la table et la serrai. *Ne pleure pas*, l'implorai-je en silence. Je craignais de fondre en larmes si elle commençait à le faire.

— Et Mrs Dimbleby ?

— Cela fait des années que Mrs Dimbleby voudrait travailler un peu moins, répondit Ernest. Elle sera contente qu'on n'ait plus besoin d'elle ici que deux ou trois jours par semaine.

— Grayson ! Tu as entendu ? cria Florence.

Grayson leva la tête. Il était donc bien toujours occupé avec son iPhone.

— Naturellement, fit-il.

Mais Florence ne parut pas le croire. Elle lui résuma la situation en hurlant d'une voix quasi vitricide :

— Dad ne veut pas seulement qu'Ann et ses filles emménagent chez nous et que nous quittions nos chambres pour nous partager une salle de bains à quatre, il veut aussi congédier Mrs Dimbleby et engager à sa place la nanny d'Ann. Et lui donner mes pièces sous le toit !

— Oh, fit Grayson. C'est bête. Il faudrait alors passer par sa chambre pour rejoindre notre table de billard au grenier.

Florence soupira.

— Dis-moi, tu comprends au moins ce que Dad vient de dire ? Elles vont emménager ici dans trois semaines…

— Dans deux semaines, plus exactement. J'ai pris un jour de congé pour ça, objecta Ernest. Et auparavant, il faudra encore entreprendre quelques travaux de peinture.

— Elles vont débarquer ici avec leurs bagages et leur baby-sitter !

— Et leur chien, compléta Mia.

— Et leur chien, répéta Florence.

Ses forces semblaient l'avoir abandonnée, elle ne criait plus, le mot « chien » sortit comme un chuchotement.

Comme sur un mot d'ordre, le matou roux se dressa devant la table en miaulant fort. Les cris de Florence paraissaient l'avoir plus attiré que chassé. Ernest sourit. Il semblait un peu abattu peut-être, mais il afficha un grand sourire.

— Bon. Voilà, l'affaire est réglée. Maintenant nous pouvons aller chercher les cailles à la cuisine, n'est-ce pas, Spot ? Tu m'aides, Ann ?

Mum se leva si vite qu'elle faillit emporter la nappe avec elle.

— Avec plaisir, dit-elle.

Le chat les suivit dans la cuisine.

Chapitre 6

Grayson, Florence, Mia et moi, nous restâmes sans parler dans la salle à manger. On devait à peu près ressentir la même chose en étant emporté par une avalanche. Je m'attendais à ce qu'Ernest et Mum aient des projets de vie commune, mais pas aussi vite. Ils devaient vraiment être sûrs de leur coup.

Le portable de Grayson vibra dans le silence.

— C'était sûr, dit amèrement Florence. Ah oui, et merci aussi pour ton soutien, Grayson.

— Excuse, dit Grayson en fixant son écran. Mais de toute façon, c'était déjà une cause entendue, non ? Et c'est bien toi qui disais hier encore que tu étais super contente pour Dad ?

— Oui, c'est vrai. Mais on ne pouvait pas prévoir qu'ils allaient vivre ensemble tout de suite. Ils se connaissent à peine. Elle est américaine. Elle pourrait simuler de vouloir l'épouser ou être psychopathe ou…

— … messie, kleptomane, républicaine, témoin de Jéhovah, proposai-je.

— Ce n'est pas drôle, constata Florence.

— Tu as quelque chose contre les témoins de Jéhovah ? demanda sournoisement Mia.

Grayson fit glisser sa chaise en arrière et se leva sans quitter des yeux son portable. Encore une fois, il n'avait visiblement rien entendu.

— Je sors deux minutes pour clarifier quelque chose, annonça-t-il. Dis à Dad que je reviens tout de suite. Et je prendrai au moins trois cailles. Je meurs de faim.

— Tu n'es qu'un… Tu ne t'aperçois donc plus de rien ? s'énerva Florence en le regardant partir.

Je me raclai la gorge.

— Où sont les toilettes ?

— Eh bien, comme cette maison sera bientôt la tienne, tu devrais pouvoir les trouver toi-même, dit-elle d'un air pincé.

— Exact ! acquiesçai-je.

Ce ne pouvait pas être si difficile. Je suivis Grayson dans le couloir.

— Et maintenant, raconte-moi, demanda Mia derrière moi d'une voix suave. Ton père est-il un terroriste recherché par les polices du monde entier ou un *serial killer* ?

La réponse de Florence m'échappa.

La première porte que j'ouvris était celle d'un placard à balais, mais derrière la deuxième, à côté de la montée d'escalier, se trouvaient les toilettes des invités. Je cherchai l'interrupteur.

— Ah non, pas justement cette nuit, bordel !

Par la fenêtre entrouverte, j'entendais la voix de Grayson. Apparemment, il téléphonait sur son portable devant la maison. Je préférai ne pas allumer et me glisser vers la fenêtre pour mieux l'entendre.

— Oui, je sais bien que c'est la nouvelle lune aujourd'hui, mais est-ce qu'exceptionnellement on ne pourrait pas reporter tout ça à demain soir ? Ici, c'est l'enfer, et je ne sais pas si je vais pouvoir dormir cette nuit… Je sais bien qu'on ne peut pas déplacer la nouvelle lune pour moi mais… non, naturellement que je ne veux pas ça. OK, bon, alors, d'accord. Dis à Arthur que je vais essayer. J'espère que je trouverai… C'est toi qui as eu cette idée, non ? C'est bien ce que je pensais… Non, je te raconterai ça demain. Si je ne rentre pas maintenant, ma sœur va me tuer… Oui, merci de penser à moi. À plus !

Hmm. *Intéressant*. Je m'assis dans le noir sur le couvercle des WC et oubliai totalement pourquoi je me trouvais là. Contre toute attente, je sentis monter en moi un picotement agréable. Qu'est-ce qui avait bien pu détourner Grayson de notre tragédie familiale ? Quelles sortes d'actions ne pouvait-on mener qu'à la nouvelle lune ? Et que signifiaient les mots en latin sur le poignet de Grayson ? À l'évidence, mon futur beau-frère avait un secret… et *j'aimais* les secrets. Étrangement guillerette, je revins dans la salle à manger juste avant Grayson. Et avant que le témoin de Jéhovah et le *serial killer* n'apportent les cailles dans un accord parfait. Le reste de la soirée fut moins dramatique. En tout cas jusqu'au moment où je renversai mon verre avec tant de fougue que mon chemisier fut trempé de jus d'orange de haut en bas. Comme Ernest venait de remplir mon verre en y ajoutant des glaçons, je ne pus faire autrement que claquer des dents.

— Eh oui, dit Mum d'une voix qui se voulait drôle. Renverser les verres est l'une des spécialités de mes petites puces.

— Mum ! La dernière fois que ça m'est arrivé, j'avais sept ans. Oh non, c'est pas vrai !

Un glaçon était en train de fondre dans mon soutien-gorge. (Si j'avais écouté Lottie et fermé les deux boutons du haut de mon chemisier, ce ne serait pas arrivé.) Je m'empressai de le repêcher et je le posai dans l'assiette sans me soucier de savoir si ça se faisait ou non. À en croire les regards de Florence et Grayson, ça ne se faisait pas.

— Oui, c'est vrai, dit Mia. En fait, c'est plutôt ma spécialité.

— Du coca sur mon clavier d'ordinateur, se rappela Mum. Et du jus de groseille sur des nappes blanches comme neige. Des smoothies… de préférence sur les tapis.

Je n'osai pas tordre mon chemisier pour ne pas arroser le tapis persan qui avait l'air d'avoir coûté cher.

Ernest me dévisagea avec pitié.

— Florence, sois gentille d'aller chercher un de tes chemisiers, elle ne peut pas rentrer chez elle comme ça. Elle a froid.

— Mais bien sûr ! dit Florence en croisant les bras. D'abord je dois dégager de ma chambre et maintenant il faut aussi que je lui donne mes affaires, c'est ça ?

Il fallait féliciter Florence d'être restée jusqu'alors à table avec nous. Elle aurait pu aussi bien quitter la salle à manger en claquant la porte pour se jeter en pleurs sur son lit. C'est en tout cas ce que j'aurais fait à sa place. Mais elle avait grignoté paisiblement sa caille et pris part à la conversation, même si c'était de façon monosyllabique. Peut-être avait-elle eu simplement peur de laisser son père seul avec Mum. Ernest et Mum, quant à eux, s'étaient efforcés de faire comme s'ils ne se rappelaient plus ce qui venait de se passer. Ils avaient abordé toutes sortes de sujets sans plus évoquer les changements à venir. Et moi, j'avais surtout gardé à l'œil la manche de Grayson dans l'espoir de la voir se relever et d'apercevoir à nouveau les mots mystérieux. Mais, même si Grayson décortiqua pas moins de quatre pauvres oisillons, de manière plutôt brutale d'ailleurs (à chaque craquement d'os, Mia avait sursauté – je crois qu'elle s'apprêtait vraiment à devenir végétarienne), son poignet était resté couvert.

— Florence ! fit Ernest d'un ton réprobateur.

— Dad ! répondit Florence sur le même ton.

— C'est pas grave, dis-je. Ça va finir par sécher.

— Tu plaisantes ? Tu es complètement trempée, remarqua Ernest en plissant le front. Florence va monter te chercher un pull.

— Florence n'y pense pas une seconde ! dit celle-ci en le regardant droit dans les yeux.

— *Florence Cecilia Elizabeth Spencer !*

— Que vas-tu faire, Dad ? M'envoyer au lit sans dessert ?

— OK, dit Grayson.

Il reposa la cuisse de caille qu'il était en train de rogner et se leva de table en annonçant :

— Je vais lui prêter un de mes sweats.

— Ouh, comme c'est chevaleresque ! se moqua Florence.

— Ce n'est vraiment pas la peine, réussis-je à sortir en claquant des dents.

Mais Grayson avait déjà passé la porte.

— C'est un garçon si désireux d'harmonie et si soucieux d'éviter les conflits, ironisa Florence sans s'adresser à personne.

— Cool, tes prénoms ! commenta Mia en la regardant avec de grands yeux. Tu as vraiment de la chance, tu sais. Mum nous a collé comme deuxième prénom à Liv et à moi ceux de ses deux tantes préférées : *Gertrude* et *Virginia*.

L'espace d'une fraction de seconde, le visage de Florence s'éclaira.

— Les prénoms de mes tantes viennent de Gertrude Stein et Virginia Woolf, expliqua Mum. Deux sublimes écrivaines.

— Avec des noms de merde, compléta Mia. Mum soupira.

— Je pense que nous ferions mieux de partir maintenant, dit-elle. C'était une mervei…

Elle s'arrêta et s'éclaircit la voix. Elle se rendait compte elle-même qu'elle allait exagérer.

— Merci pour ce délicieux repas, Ernest.

— Oui, merci beaucoup, dit Mia. Maintenant nous allons apprécier encore plus les talents culinaires de Lottie.

J'aurais pu jurer voir le coin des lèvres d'Ernest tressaillir quand il se leva et tendit la main à Mum.

— Mrs Dimbleby a aussi préparé un dessert mais je comprends que vous vouliez partir maintenant… Il est déjà plus tard que prévu et les enfants doivent aller à l'école demain. Je vous appelle un taxi. Il sera là dans deux minutes.

— Tiens, dit Grayson qui était revenu. Tout frais lavé !

Il me tendit un sweat gris à capuche et, tandis qu'Ernest appelait le taxi, je partis me changer aux toilettes. Son sweat sentait la lessive et un peu aussi les cailles rissolées. Tout à fait délicieux !

Quand je revins, tout le monde m'attendait dans le couloir. Sauf Florence. Elle faisait sans doute sa valise.

Grayson me sourit d'un air fatigué.

— Il te va super bien, tout au plus six tailles de trop.

— J'aime les tailles extralarges, dis-je en roulant mon chemisier en boule dans mes mains. Merci. Je te le rendrai… un de ces jours.

Il soupira.

— Nous allons nous revoir assez souvent, à ce qu'il paraît.

— Ce sera sans doute inévitable.

Oups ! J'espérais ne pas avoir montré que je m'en réjouissais. Je jetai un dernier coup d'œil à son poignet mais l'inscription mystérieuse était malheureusement toujours cachée par sa manche.

Chapitre 7

Cette fois, Mum ne déposa pas Hänsel et Gretel dans la forêt mais dans le couloir de la maison d'Ernest avant de disparaître derrière une porte en nous disant « C'est pour votre bien ».

— Tu entends ça ? me demanda Mia. On dirait des cailles qui caquettent quelque part.

— C'est vrai !

La porte du placard à balais s'ouvrit en grinçant pour laisser apparaître… Lottie. Elle brandissait une hache.

— J'aurais besoin d'aide. Il faut leur étirer le cou pour que je puisse les tuer.

— Si tu ne le fais pas bien, fille au pair, Daddy va te mettre à la porte et embaucher de nouveau Mrs Dimbleby !

Florence traversa gracieusement le couloir sur des patins à glace, dans un tutu noir scintillant. Après une pirouette devant le vestiaire, elle nous lança un charmant sourire.

— Je parie que vous cherchez la maison en pain d'épice, n'est-ce pas ? La sorcière sera contente de vous voir. Grayson, tu veux bien leur expliquer le chemin ?

Près du vestiaire, Grayson, appuyé contre le mur, leva brièvement les yeux de son iPhone et désigna la porte derrière laquelle Mum avait disparu. La poignée était un énorme croissant vanillé.

— Par là, mes petites puces, dit-il. Mia démarra aussitôt.

— Hänsel, arrête ! C'est un piège ! voulus-je crier.

Mais quelque chose se coinça dans ma gorge et, avant que je puisse intervenir, Mia avait déjà posé la main sur le sablé en forme de croissant. Des griffes surgirent comme par magie, l'attrapèrent au collet… puis elle disparut.

— Il ne reste plus qu'une petite caille avec laquelle je dois partager la salle de bains, dit Florence en riant. Allez, sois gentille, ma petite Liv, fais-moi le plaisir de suivre ta sœur.

— Non, ne fais pas ça ! chuchota Lottie derrière moi. Nous ne sommes qu'en septembre, c'est encore bien trop tôt pour les sablés de Noël.

De sa hache, elle désigna une porte verte près du placard à balais.

— Va te réfugier là-bas !

— Ne t'y risque pas ! cria Florence en patinant droit vers moi.

Je me précipitai vers la porte en question, l'ouvris violemment, m'y glissai et la claquai derrière moi, un dixième de seconde avant l'arrivée en trombe de Florence. Et je compris alors que tout cela n'était qu'un rêve, des plus débiles d'ailleurs (et plutôt simple à interpréter, hormis peut-être cette histoire de patins à glace. Que voulait me dire mon subconscient avec ça ?). Mon cœur continua tout de même à battre la chamade un moment.

Je jetai un œil prudent autour de moi. J'avais atterri dans un autre couloir, immensément long, avec de nombreuses portes des deux côtés. Celle que j'avais franchie, d'un vert soutenu, avait des ferrures sombres démodées, une fente de boîte à lettres du même métal et une jolie poignée de laiton en forme de lézard enroulé. Je décidai de faire demi-tour car, maintenant que je savais qu'il ne s'agissait que d'un rêve, je ne craignais plus Florence. J'avais grande envie de lui montrer mes performances en kung-fu. Naturellement encore meilleures en rêve que dans la réalité. Mais alors que je m'apprêtais à tourner le lézard, je perçus un mouvement du coin de l'œil. Une porte s'était ouverte à côté et quelqu'un était sorti dans le couloir. Grayson ! À juste un ou deux mètres de moi, il ne semblait pourtant pas me remarquer. Il referma soigneusement la porte derrière lui en marmonnant je ne sais quoi. Puis il prit une grande inspiration, ouvrit de nouveau la porte et disparut. Je lâchai ma poignée pour aller voir ça de plus près. La porte de Grayson ressemblait comme deux gouttes d'eau à celle, laquée de blanc, de l'entrée des Spencer, avec le perron devant et l'imposante statue de pierre à la fois lion et aigle. À mon approche, la statue cligna des yeux, leva une patte de lion et me dit d'une voix étonnamment aiguë :

— Seul peut entrer ici celui qui prononce mon nom trois fois à l'envers.

Ah, une énigme comme je les aimais. Cela dit, celle-ci était un jeu d'enfant.

— C'est bien toi l'Effroyable Freddy ? demandai-je.

La statue baissa majestueusement le bec.

— Freddy tout court, si je puis me permettre.

— Oh, mais alors c'est trop simple, dis-je, déçue et un peu gênée du peu d'inventivité de mon subconscient rêveur. Ydderf, Ydderf, Ydderf.

— C'est bon, piailla Freddy. Qu'il te soit permis d'entrer.

Je poussai légèrement la porte. Et, contrairement à mes attentes, je me retrouvai en pleine nature. Il faisait nuit noire, mais je pouvais tout de même discerner des arbres et des pierres. Légèrement devant moi, Grayson faisait danser sur le sol le faisceau d'une lampe de poche.

Le tournant que venait de prendre mon rêve était franchement beaucoup plus cool que la variante précédente de Hänsel et Gretel.

— C'est un *cimetière* ? demandai-je.

Grayson se retourna en sursaut, éclaira mon visage et poussa un petit cri.

Je lui souris.

— Mais, bon sang, qu'est-ce que tu fais ici ? s'écria-t-il en se frottant le front de sa main libre. Retourne là d'où tu viens, s'il te plaît !

— Oui, c'est un cimetière, me répondis-je à moi-même.

Plus loin, je voyais se dessiner les silhouettes de diverses croix de pierre, de colonnes et de statues. Ma vision était d'ailleurs sensationnelle et s'améliorait de seconde en seconde.

— Nous sommes au Highgate Cemetery, c'est ça ?

Grayson m'ignora et dirigea sa lampe de poche vers la plaque d'une tombe.

— C'est cool ! dis-je. Je ne connaissais Highgate qu'en photo mais je voulais absolument le visiter. Même si je ne pensais pas le faire de nuit.

Grayson émit un grognement.

— Pas plus que moi ! C'est encore une fois un point de rencontre des plus débiles, dit-il, d'ailleurs plus pour lui que pour moi. Comme si tout ça n'était déjà pas assez étrange et inquiétant. Et on n'y voit même pas à un mètre.

— Moi, si ! déclarai-je en me retenant de sautiller d'enthousiasme. Je vois dans le noir comme un chat. En rêve seulement, mais c'est cool ! Normalement, je suis aveugle comme une taupe sans mes lunettes ou mes lentilles de contact. Qu'est-ce qu'on cherche ici, au fait ?

— Nous ne cherchons rien, répondit Grayson d'un ton plutôt énervé.

Au passage, il dirigeait le faisceau de sa lampe sur les inscriptions des pierres et des plaques le long du chemin. Elles paraissaient être très, très vieilles. Beaucoup d'entre elles étaient brisées ou envahies par le lierre ; d'autres étaient gardées par des statues d'anges moussues. Des nappes de brouillard passaient en tremblant au-dessus du sol et les feuilles des arbres bruissaient au vent. Cet endroit devait sans doute aussi regorger de rats. Et d'araignées.

— *Moi*, je cherche la tombe de Christina Rossetti, finit par dire Grayson, en insistant bien sur le « moi ».

— Une amie à toi ?

Grayson soupira mais il répondit tout de même. D'un ton résigné, comme s'il s'était accommodé de ma présence.

— Christina Rossetti était une poétesse victorienne. Tu n'as jamais eu un de ses poèmes à analyser ? *Where sunless rivers weep their waves into the deep…* blablabla, un truc avec des étoiles, des ombres et un rossignol.

— *She sleeps a charmed sleep. Awake her not.*

Une silhouette se détacha de l'ombre et s'avança vers nous en déclamant. C'était le garçon que j'avais heurté en rattrapant au vol le pamplemousse, le type de l'avion mal coiffé. C'était sympa de le voir aussi dans ce rêve, entre-temps il m'était sorti de l'esprit.

— *Led by a single star, she came from very far to seek where shadows are her pleasant lot.*

Hmm, pas mal du tout, les garçons capables de réciter des poèmes. On pouvait donc en trouver, du moins en rêve.

— Henry ! fit Grayson, soulagé.

— Mais qu'est-ce que tu fais ici, mec ? La tombe de Rossetti est là-derrière, dit Henry en montrant quelque chose dans son dos. Je t'ai pourtant dit de prendre comme repère l'ange à capuche horrible.

— Ils sont tous horribles dans le noir.

Grayson et le nouvel arrivant accomplirent une sorte de jeux de mains d'enfants pour se saluer, un mélange de *high five*, de croisement de doigts et de serrement de mains. Mignon.

— Dieu merci, tu es là, sinon j'aurais continué à errer ici.

— Oui, c'est bien ce que j'ai pensé. Jasper n'a toujours pas trouvé non plus. Arthur cherche aussi. Mais qui est là avec toi ?

Les yeux d'Henry ne semblaient pas fonctionner aussi bien que les miens dans l'obscurité ; il ne m'avait pas reconnue. Mais à présent, il poussa un gémissement.

— Mais bon sang, pourquoi est-ce que je rêve maintenant de la fille au fromage ? Je viens juste encore de rencontrer Plum, mon chat… qui s'est fait écraser quand j'avais douze ans. Il s'est frotté contre mes jambes en ronronnant.

— Oh, comme c'est charmant ! dis-je.

— Non, pas du tout charmant. Il était exactement comme je l'avais vu la dernière fois : plein de sang, avec les entrailles à l'air… Toi, en revanche, tu fais plaisir à voir. Pourtant… Va-t'en maintenant, je ne sais pas ce que tu fais ici. Disparais !

Il fit un geste de la main comme pour chasser une mouche.

— Je t'ai dit de disparaître, fille au fromage ! Fiche le camp !

En voyant que je ne bougeais pas, il parut étonné.

— Pourquoi ne disparaît-elle pas ?

— Peut-être parce que je ne réponds pas au nom de *fille au fromage*, idiot ! remarquai-je.

Grayson s'éclaircit la voix.

— Je crains que… euh… Elle est ici avec moi, Henry.

À en juger par le ton de sa voix, cela lui semblait plutôt pénible.

— Tu connais ma fille au fromage ? s'étonna Henry.

— On dirait que oui.

Grayson se passa de nouveau la main sur le front.

— Comme je viens de l'apprendre ce soir, c'est ma nouvelle petite sœur.

— Ah, merde alors ! s'exclama Henry avec un air consterné. Tu veux dire… ?

Grayson acquiesça.

— Je t'ai bien dit que c'était l'horreur chez nous. C'était un super-dîner. Florence a complètement pété les plombs quand mon père nous a annoncé que la prof, ses deux filles, leur nurse et leur caniche allaient s'installer chez nous. Dans deux semaines.

— Mais Buttercup n'est pas un caniche, protestai-je. Ou pour un dixième tout au plus.

Aucun des deux ne me prêta attention.

— Eh, je suis sincèrement désolé. Il ne manquait plus que ça !

Par compassion, Henry avait passé un bras autour du cou de Grayson. Ils partirent côte à côte dans la direction d'où était venu Henry, le long d'une allée de graviers envahie par les herbes. Je les suivis en trottinant.

— Alors, c'est vraiment du sérieux pour ton père. Pas étonnant que tu rêves d'elle.

Henry se tourna vers moi.

— Cela dit, tu aurais pu tomber plus mal… Elle est plutôt canon, non ?

Grayson tourna aussi la tête.

— Et elle nous suit toujours… soupira-t-il.

— Oui, fis-je. Je n'ai pas envie de rester seule ici. Et puis, j'aimerais vraiment bien savoir ce que vous fabriquez.

— Chasse-la ! dit Henry à Grayson. De l'énergie, que diable ! Ça vient bien de marcher pour moi avec Plum. Il s'est dissipé en fumée. Naturellement, tu pourrais aussi la transformer en pierre tombale ou en arbre, mais, pour commencer, il suffirait de la renvoyer.

— OK.

Grayson s'était arrêté, attendant que je le rejoigne. Mais il poussa un gros soupir.

— Qu'est-ce qu'on fiche ici, Henry ? C'est de la folie, tout ça.

— Oui, c'est sûr.

Grayson jeta un regard circulaire.

— Tu n'as pas peur, toi ? reprit-il en chuchotant.

— Si, répondit gravement Henry. Mais j'ai encore plus peur de ce qui arrivera si nous ne le faisons pas…

— C'est un cauchemar, dit Grayson, et Henry approuva.

— Bon, faut pas exagérer non plus, les gars ! m'énervai-je. Vous vous promenez tranquillement la nuit dans un cimetière renommé et je suis aussi avec vous… D'autres trouveraient ce rêve plutôt sympathique.

Grayson gémit.

— Tu es encore là ?

— Renvoie-la donc ! dit Henry. Concentre-toi pour la faire disparaître.

— Bien, fit Grayson.

Il me regarda droit dans les yeux. Comme il ne s'agissait que d'un rêve, je le fixai avec la même intensité. Je n'avais pas osé le faire pendant le dîner, et puis j'avais été plus intéressée par son poignet. Mais maintenant, je devais reconnaître que mon futur beau-frère avait vraiment belle allure, malgré sa ressemblance avec Ernest et Florence. Tout ce que Florence avait de mou et de rond était chez lui dur et anguleux, en particulier le menton. Ce qu'il avait de plus beau, c'étaient ses yeux qui, dans cette pénombre, brillaient d'une couleur caramel. Son regard se voila un peu et glissa lentement de mes yeux à mes lèvres.

Ah, quel beau rêve ! Un super beau rêve. J'espérais que Lottie n'allait pas surgir avec sa hache.

Henry se racla la gorge.

— Grayson ?

— Hmm, oui.

N'y avait-il pas là un soupçon de rougeur sur les joues de Grayson ? Il secoua la tête.

— S'il te plaît, Liv, va-t'en maintenant !

— Seulement si tu me dis ce qui est écrit sur ton poignet, répondis-je pour dissimuler ma gêne. *Sub um*… et après ?

— Quoi ?

— *Sub umbra floreo*, répondit Henry à la place de Grayson. Un peu plus d'énergie, Grayson ! Il faut vraiment le vouloir !

— Mais je le veux ! affirma Grayson. Mais elle est si…

— Je vois ce que tu veux dire, approuva Henry. Dis-moi, ce ne serait pas ton sweat qu'elle porte là ?

Je jetai un œil gêné sur moi. Je portais réellement le sweat de Grayson. Par-dessus ma chemise de nuit. En me couchant, j'avais eu si froid que je m'étais relevée pour l'enfiler. À part la chemise et ce sweat, je portais aussi des socquettes grises à pois. C'était typique : dans mes rêves, je n'étais jamais habillée comme il faut.

Grayson soupira.

— Oui, possible que ce soit mon sweat, admit-il. Mon Dieu, que je déteste mon subconscient ! Pourquoi fait-il ça ?

— Allez ! Ce pourrait être beaucoup plus pénible, dit Henry en riant. Pense donc à ce pauvre Jasper et Mrs Beckett en bikini ! Et maintenant, dépêche-toi, Jasper et Arthur nous attendent certainement. Enfin… si jamais Jasper a réussi à arriver jusqu'ici.

— Espérons que non, murmura Grayson. Ça nous offrirait peut-être encore un délai de grâce jusqu'à la nouvelle lune…

— *Sub umbra floreo* ? Qu'est-ce que ça veut dire ? Sous la terre des fleurs ? demandai-je.

Henry pouffa de rire.

— Je n'ai eu qu'un semestre de latin, dis-je, un peu vexée. Et ça remonte à Mathusalem, il ne m'en est pas resté grand-chose.

— Oui, ça se voit, dit Henry.

Grayson secoua la tête d'un air fâché.

— Maintenant, ça suffit vraiment. Va-t'en, Liv ! Dégage !

Henry me regarda avec curiosité. Il s'attendait sans doute à me voir partir en fumée.

— Bon, dis-je quand cela n'arriva pas et que le visage de Grayson afficha le désespoir. Si vous ne voulez pas de moi ici, eh bien, je m'en vais. Amusez-vous bien !

Je tournai les talons et descendis l'allée de graviers. Par-dessus mon épaule, je vis encore Grayson et Henry me suivre quelques secondes du regard, puis ils partirent dans la direction opposée. À peine eurent-ils tourné le dos que je fis deux pas de côté et me mis à couvert derrière un gros tronc d'arbre. Pensaient-ils vraiment pouvoir se débarrasser aussi facilement de moi ? Non, non, pas maintenant que le rêve commençait à devenir très intéressant.

Chapitre 8

Ça m'amusait. Ça m'amusait terriblement. En pistant Grayson et Henry, je me sentais comme Catwoman. Ou comme James Bond. Ou comme un croisement des deux. Le plus cool, c'était ma vision aiguisée. Il n'y avait aucun lampadaire allumé à la ronde, pas même de lune dans le ciel, et pourtant je pouvais tout voir nettement, éviter des branches pendantes et des pierres sur le chemin. Avec le dessous duveteux de mes socquettes, je faisais si peu de bruit en marchant que je pouvais me permettre de suivre à quelques mètres les deux garçons tout en gardant à l'œil la cachette la plus proche. Je m'étonnais seulement de ne pas être encore réveillée. Normalement, ces phases de rêve dans lesquelles je savais pertinemment que je rêvais ne duraient jamais longtemps, surtout quand il s'agissait d'un rêve aussi distrayant que celui-là.

— Ah, vous voilà !

La lumière de la lampe de Grayson avait capté deux autres silhouettes, Arthur et Jasper, comme je le supposai. Je plongeai derrière une pierre tombale dans un superbe roulé-boulé de judo, juste au cas où ils auraient aussi développé les capacités visuelles d'un chat. Je relevai prudemment la tête pour jeter un œil par-dessus la pierre tombale. Au risque de me répéter, tout cela m'amusait.

— Vous n'allez pas le croire, mais Jasper se trouvait devant la porte sans pouvoir entrer.

C'était la voix d'Arthur, si j'entendais bien.

— Elle était verrouillée.

Cette voix un peu geignarde appartenait à Ken-rasage qui, à ma grande joie, portait un pyjama de flanelle à carreaux. Au moins, je n'étais pas la seule à être habillée comme un sac. L'autre garçon, Arthur, je l'avais déjà vu, le matin à l'école : c'était le blond bouclé qui ressemblait à un ange. D'une beauté quasi surnaturelle.

— Je voulais escalader le mur, mais il y avait un gardien de nuit avec un chien… Et des barbelés… se plaignit Ken-rasage.

— C'est un rêve, Jasper ! s'impatienta Henry. Tu n'as pas besoin de passer par la porte d'entrée. Et tu n'as pas non plus à craindre les gardiens, car tout ce que tu vois tant que tu es seul n'est que la création de ton imagination. Combien de fois va-t-il encore falloir te le répéter ?

Il jeta un regard autour de lui et je rentrai vite la tête.

— J'espère que ton gardien de nuit ne va pas venir nous ennuyer. Nous avons déjà dû écarter certains… dérangements.

C'était moi le dérangement ? Quel culot !

— Pas d'inquiétude ! Nous nous sommes occupés de cet homme et de son chien, dit Arthur.

— Oui, c'était cool, confirma Jasper. Arthur a fait surgir par magie une boule de feu et…

— Bon, il faudrait se presser, l'interrompit Henry. Nous avons déjà perdu beaucoup trop de temps et je sens que Jasper va encore se réveiller avant que nous ayons eu notre réponse.

— Non, pas cette fois, protesta Jasper avec de la fierté dans la voix. J'ai pris un comprimé anti-migraine de ma mère. Avec ça, elle dort toujours deux jours d'affilée.

— Commençons tout de même, dit Grayson. Je ne suis pas sûr d'avoir bien fermé la porte de ma chambre, et vers 3 heures Spot gratte toujours le tapis comme un fou pour sortir… Eh, vous avez vu ça ?

Il montra quelque chose dans le brouillard.

— Qu'est-ce que c'était ?

— Juste le vent, répondit Henry.

Un coup de vent avait réellement agité les branches des arbres mais, l'espace d'un instant, il m'avait semblé apercevoir une silhouette furtive dans les nappes de brouillard.

— J'ai cru voir… dit Grayson en scrutant l'obscurité.

— Tiens, il y a assez de place là-devant, déclara alors Arthur qui s'était avancé dans l'ombre d'un vieux cèdre.

Les autres le suivirent. Une ambiance pesante régna soudain. Je me mordillai la lèvre. Et maintenant ? J'espérais grandement ne voir apparaître dans ce rêve ni squelette ni zombie cadavérique à moitié pourri, car ils me fichaient toujours la trouille dans les films. D'un autre côté, nous nous trouvions dans un cimetière et c'était le genre de choses qui pouvaient arriver. L'espace de quelques secondes, je me demandai si mon rêve ne virait pas un peu trop aux clichés, mais peu importait, pourvu qu'il fût toujours aussi passionnant (mais sans araignées, si possible).

— Cinq ont brisé le sceau, cinq ont prêté serment et cinq ouvriront la porte, ainsi qu'il est écrit. Comme chaque nuit de nouvelle lune, nous sommes venus renouveler solennellement notre serment.

Arthur avait ramassé un bâton et il s'en servit pour dessiner quelque chose par terre tout en décrivant à grands pas une sorte de cercle. Là où le bout du bâton touchait le sol, l'herbe s'enflammait.

J'étais impressionnée.

Les autres se placèrent autour du feu. Arthur entonna d'une voix onctueuse une sorte de chant monocorde que, derrière ma pierre tombale, je ne pus que partiellement comprendre dans le crépitement des flammes.

— ... *custos opacum*... savoir que nous avons attiré ta colère... à juste raison, tu as des doutes... jurer qu'Anabel regrette ce qui s'est passé... elle souffre... tout faire pour accomplir notre serment... ne pas la punir encore plus...

— Et nous non plus, dit Jasper. Nous n'y pouvons rien...

Il se tut en remarquant le regard désapprobateur des autres.

— Viens et parle-nous... poursuivit Arthur.

Les flammes redoublèrent d'intensité.

— ... *foedus sanguinis*... *interlunium*... toi qui portes mille noms et qui es chez toi dans la nuit... nous avons besoin...

Le reste se perdit dans les crépitements du feu. De quoi avaient-ils besoin ? Qui était Anabel et que regrettait-elle ? Et quel serment voulaient-ils accomplir ? Je mourais de curiosité mais, de peur qu'ils me découvrent, je n'osai pas me risquer plus près. D'autant plus qu'Henry regardait justement dans ma direction. Les flammes se reflétaient dans ses yeux, c'était absolument terrifiant. Non, me glisser plus près était impossible. À moins d'être un ch… Mais bien sûr ! Après tout, c'était un rêve. Je pouvais être tout ce que je voulais, même un chat. Je m'étais souvent transformée en animal dans mes rêves. (Même si ce n'était pas toujours de plein gré ! Je me rappelai en frissonnant ce cauchemar où j'avais été une souris que Lottie poursuivait avec un balai.)

— *custos opacum…* nous te prions humblement de nous montrer qui doit se présenter à la place vide… *non est aliquid absconditum…* s'il te plaît.

Je plissai les yeux et m'efforçai de penser intensément à la petite chouette effraie que j'avais eu le droit de tenir sur ma main un jour, à l'âge de neuf ans, dans un parc ornithologique en Allemagne. Les chouettes pouvaient encore mieux voir la nuit que les chats et elles pouvaient surtout voler sans bruit. Quand j'ouvris de nouveau les yeux, je me trouvais à une belle hauteur, à plusieurs mètres au-dessus du sol, les griffes plantées dans la branche d'un cèdre.

Quel rêve superbe ! Il avait sauté la partie où j'aurais dû apprendre à voler et m'avait déposée pile au bon endroit, à un parfait poste d'observation. Je louchai par-dessus mon bec vers le sol. Les quatre garçons se trouvaient juste en dessous de moi, et je voyais aussi maintenant ce qu'Arthur avait dessiné : une grande étoile à cinq branches, un pentagramme entouré d'un cercle. À plusieurs endroits, l'herbe brûlait encore à un demi-mètre de haut, mais partout ailleurs les flammes commençaient à s'éteindre.

— Ô Seigneur des ombres et des ténèbres, nous voici rassemblés ici en cette nuit de nouvelle lune afin que tu nous révèles le nom de celle qui va de nouveau compléter notre cercle pour que nous puissions remplir notre part du pacte, cria Arthur.

Ô Seigneur des ombres et des ténèbres – enfin, bon. Cette espèce de cérémonie m'avait paru plus menaçante et moins ridicule auparavant. Encore heureux qu'il ait prononcé ça en anglais et non plus en latin, ça me permettait au moins de comprendre. Maintenant, j'étais curieuse de voir si le prince des ombres et des ténèbres allait se manifester.

Les flammes se mirent d'abord à s'élever plus haut, puis la terre se rompit au centre du pentagramme et quelque chose sortit du sol dans un grondement sourd. D'accord, cette fois, ça devenait *vraiment* flippant. Mon cèdre en trembla. De peur qu'il puisse s'agir d'une sorte de zombie (le seigneur des ombres et des ténèbres n'était sans doute pas beau à voir), je fermai instinctivement les yeux et m'accrochai des deux bras à une grosse branche. Sauf que j'avais totalement oublié que j'étais une chouette et ne possédais pas de bras. Une faute idiote. Quand je rouvris les yeux, je n'avais plus ni griffes ni plumes mais je me trouvais dans ma forme humaine en position assez défavorable dans les branches du cèdre, avec ma chemise de nuit, mon sweat, mes socquettes à pois et la certitude que j'étais trop lourde pour les fins rameaux. Ils cédèrent en craquant sous mon poids et j'eus beau essayer de m'agripper à tout ce que je rencontrais dans ma chute, je tombai comme un morceau de roche au centre du pentagramme, juste sur ce qui venait de surgir de terre. Qui d'ailleurs n'était pas un zombie mais simplement un bloc de pierre de la grandeur d'une table de cuisine.

D'après toutes les lois de la nature que je connaissais, j'aurais dû me briser tous les os en atterrissant sur la pierre, mais, heureusement, les lois ne semblaient pas s'appliquer dans ce rêve. Quelques aiguilles de cèdre ruisselèrent sur ma tête, une pomme de pin atterrit sur mes genoux, mais finalement je m'en étais bien sortie.

Je pus me relever sans la moindre douleur et voir les visages totalement hébétés des quatre garçons tout autour qui me fixaient de leurs grands yeux.

C'était plutôt gênant et ça ruinait ma dignité. Je ne me sentais plus du tout comme Catwoman et mon rêve n'avait pas pris un bon tournant, vraiment pas. Je fermai vite les yeux en espérant pouvoir me transformer de nouveau et m'enfuir à tire-d'aile. Malheureusement, je ne parvins pas à me concentrer sur une chouette… pas étonnant quand on est ainsi dévisagée. Frustrée, je tapotai mon sweat pour en retirer les aiguilles de cèdre et je tirai ma chemise de nuit sur mes genoux.

Les quatre garçons paraissaient toujours aussi ébahis – Henry et Grayson peut-être un peu moins que les deux autres.

— Juste avant, j'étais encore une chouette, vraiment, leur assurai-je.

Ken-rasage Jasper tendit sa main et toucha vite mon bras.

— Je… je ne comprends pas, dit-il. Qu'est-ce que ça veut dire ? Je croyais qu'il allait nous donner un nom, mais pas qu'il nous jetterait une fille entière sur l'autel…

— Qui es-tu ? demanda Arthur qui, de près et dans cette lumière, ressemblait plus que jamais à un ange devenu vivant – un ange inquiétant.

Un coup de vent soudain fit bruire les feuilles des arbres alentour et ébouriffa les boucles blondes d'Arthur.

— Donne-moi ton nom ou… *abeas in malem crucem* ! me dit-il alors.

Ou… quoi ? Disparais en mauvaise croix ? Ah, quel dommage d'avoir fait aussi peu de latin ! J'avais bêtement cru que cela ne me servirait jamais. Je fus un instant tentée de répondre aussi onctueusement (et de briller en plus adroitement avec la seule formule latine que je connaissais), quelque chose comme « Moi ? oh, je suis la cousine du seigneur des ombres et des ténèbres, *in dubio pro reo* », mais malheureusement Grayson et Henry savaient bien qui j'étais.

Et Jasper aussi semblait se souvenir de moi. Il montra mes jambes.

— C'est… c'est cette fille de missionnaire qui se promenait aujourd'hui dans l'école avec la petite sœur de Pandora Porter-Peregrin ! dit-il, tout excité. Tu la reconnais pas, Henry ? Imagine-la avec de grosses lunettes noires et une queue-de-cheval…

Henry ne dit rien. Grayson soupira. Le vent passa dans les branches du cèdre, faisant pleuvoir encore plus d'aiguilles sur moi. Un éclair zébra l'horizon et, l'espace d'une seconde, il me sembla de nouveau apercevoir une silhouette dans le brouillard.

— Tu veux dire que cette fille existe vraiment ? s'étonna Arthur. Et qu'elle est dans notre école ? Tu en es sûr ?

— Oui, s'empressa d'affirmer Jasper. C'est une nouvelle élève. C'est amusant parce que, quand j'ai entendu dire qu'elle était la fille d'un missionnaire, j'ai tout de suite pensé : à coup sûr, elle est encore vierge. C'est vrai, Henry, tu lui as parlé toi aussi. Tu ne la reconnais pas ?

Henry ne répondit toujours pas. Il échangea un regard avec Grayson comme dans un dialogue muet. Un nouvel éclair déchira le ciel.

— Alors, c'est un signe, dit Arthur. Elle pourrait bien être l'élue ! Quelqu'un connaît-il son nom ?

Le tonnerre gronda au loin.

— L'élue, répétai-je, avec le plus de dérision possible dans ma voix. Très original, vraiment. Cela dit, je dois avouer que cette histoire de pierre ici est tout à fait… Qui l'a donc sortie du sol ?

Je me laissai glisser du bloc de granit parce qu'il me semblait que Jasper lorgnait sous ma chemise de nuit. En fait, j'avais l'impression qu'ils s'étaient tous un peu trop rapprochés de moi. Les flammes vacillantes plongeaient leurs visages dans une lumière orange et faisaient danser des ombres sur leur peau.

Là, encore un éclair ! Et de nouveau le tonnerre, cette fois plus proche.

— Ce ne sera pas difficile d'avoir son nom demain ; la petite sœur de Pandora sera super heureuse que je lui demande ça, affirma Jasper avec un sourire satisfait. Chaque fois qu'elle me voit, elle manque de tomber dans les pommes.

Grayson marmonna quelque chose qui se perdit dans le rire de Jasper, le bruissement des feuilles et le crépitement des flammes.

Mais Arthur brandit solennellement son bâton.

— Nous avons compris, maître de la nuit. Nous te remercions pour ta réponse. Et nous ne te décevrons pas une nouvelle fois.

— Désolé, Arthur, mais elle n'est très certainement pas… euh… dit Grayson un peu plus fort.

Il se frotta le front et je commençais à le connaître assez bien maintenant pour savoir qu'il faisait toujours ça quand il était gêné.

— Si elle est ici, c'est uniquement ma faute. Elle s'appelle Liv et c'est la fille de l'amie de mon père. Et évidemment… Il fit une petite pause pendant laquelle il me décocha un regard courroucé.

— … Évidemment, je ne peux pas m'empêcher de penser à elle. Je regrette d'avoir fichu en l'air notre rituel.

Arthur garda le silence. Il abaissa le bâton, tendit sa main, saisit une de mes mèches de cheveux et la fit doucement glisser entre ses doigts. Je reculai en sursaut.

— Finalement, dit Jasper, l'amie de ton père est missionnaire ou pas ?

Grayson poussa un nouveau soupir. Henry me regarda pensivement.

— Grayson, c'est vraiment un étrange hasard qu'elle soit justement tombée en plein dans notre cercle pendant le rituel, dit-il doucement tandis qu'un nouvel éclair illuminait le ciel.

— Excusez-moi, dit Grayson en haussant les épaules d'un air gêné. Il faudrait peut-être tout reprendre depuis le début.

— Tu n'as pas à t'excuser, répliqua Arthur tout en caressant du pouce ma mèche de cheveux dans sa main.

Normalement, je lui aurais tapé sur les doigts mais pour je ne sais quelle raison je n'arrivais pas à bouger. Mon rêve avait vraiment déraillé. À tout instant, il pouvait virer au cauchemar, je le sentais bien. Et ça ne me plaisait pas du tout.

— Je ne crois pas au hasard, déclara Arthur.

— Moi non plus. Je n'y crois plus depuis…

Jasper avait perdu son visage satisfait. À présent, il paraissait plutôt angoissé.

— … depuis… vous savez bien… ce qui s'est passé, compléta-t-il à voix basse. Si tu la connais personnellement, Grayson, c'est d'autant mieux. Ce sera plus simple pour nous…

Le tonnerre se fit de nouveau entendre. Là, c'était assez. Il fallait entreprendre quelque chose avant que ce petit jeu de cimetière mystique vire définitivement au cauchemar et que mon cousin, le seigneur des ombres et des ténèbres, surgisse du brouillard et me massacre avec la hache de Lottie.

— Fais-moi le plaisir de retirer tes pattes, Gandalf, dis-je avec énergie en libérant d'un sursaut ma mèche de cheveux des doigts d'Arthur. Tout ceci est passionnant mais je dois tout de même partir maintenant. Je n'ai pas le droit d'être dehors par temps d'orage.

J'avais voulu dire ça sur un ton cool, mais c'était plutôt raté. Malheureusement. Même cet imbécile de Jasper devait avoir remarqué ma peur.

Je m'aperçus alors qu'ils étaient tous très grands. Plus d'un mètre quatre-vingt-cinq chacun, et, plus je les regardais, plus j'avais l'impression de les voir encore grandir.

Un éclair plongea le cimetière dans une lumière vive. Les flammes du pentagramme repartirent de plus belle et, du coin de l'œil, il me sembla que, dans l'obscurité, les traînées de brouillard vacillantes prenaient subitement des bras et des jambes.

— Je vous préviens que je pratique le kung-fu, déclarai-je.

Un énorme coup de tonnerre ponctua mon annonce, la terre se remit à trembler, je perdis l'équilibre et tombai à la renverse.

— Aïe, criai-je en me frottant les hanches.

Ma vision de félin avait subitement disparu. J'avais atterri durement sur un sol de marbre. Quelque part sur ma gauche, je discernai une petite tache informe dans la lumière diffuse. Je la cherchai à tâtons et pris la chose en main. C'était l'une des danseuses au sourire débile de Mrs Finchley, que j'avais poussées sous mon lit pour ne plus les avoir sans arrêt devant les yeux. Mais la voir là, un peu floutée, me fit un plaisir fou.

Je m'étais réveillée.

Dieu merci !

Chapitre 9

— Range-moi l'iPad de Lottie, Liv ! dit ma mère. Tu sais très bien que je ne veux pas de ça à table.

— Il faut que je regarde quelque chose pour l'école. Si j'avais un smartphone comme tout le monde, ce serait déjà réglé depuis longtemps.

À notre grand désespoir, Mia et moi n'avions, en cas d'urgence, que d'antiques portables à carte, des trucs ringards mis au rebut par mon père. Inutiles et ridicules.

J'entrai *sub umbra floreo* dans le champ de recherche.

— Du latin ? s'étonna Mum qui parvenait manifestement mieux à lire par-dessus mon épaule que je ne l'aurais cru. Pour quel cours en as-tu besoin ?

— Pour… euh…

Le moteur de recherche me cracha un tas de résultats. Je fis glisser mes doigts dessus. *Sub umbra floreo* – je fleuris à l'ombre. Cette devise ornait les armoiries de l'État de Belize.

— Hmm… Pour la géographie, dis-je. Ça se trouve où déjà, le Belize ?

— En Amérique centrale. À côté du Guatemala. Autrefois, ça s'appelait le Honduras britannique.

Ma mère était parfois plus rapide que l'iPad et au moins aussi savante que Wikipédia.

— Ah bon !

Je me demandai comment mon subconscient connaissait la devise du Belize. J'étais à peu près certaine que c'était la première fois que j'entendais parler de cet État. Comment pouvais-je alors en rêver ? Vraiment étrange, tout ce que l'on peut capter et enregistrer inconsciemment.

Singulier aussi que je puisse me rappeler presque tous les détails de mon rêve nocturne. Dans mon enfance déjà, j'avais eu des rêves agités (il m'était arrivé plusieurs fois de tomber du lit, et j'avais même joué les somnambules pendant un moment. Lottie se plaisait à raconter que, quand j'avais cinq ans, elle m'avait trouvée au pied de son lit une nuit et que je lui avais demandé une orange… en espagnol), mais normalement j'en perdais très vite le souvenir, parfois juste quelques secondes après mon réveil, que mon rêve eût été passionnant, important ou drôle. À une époque, j'avais alors pris l'habitude de noter aussitôt mes rêves les plus intéressants. J'avais toujours un cahier et un crayon près de moi sur la table de chevet. (Dans la journée, je cachais le cahier dans un endroit sûr, personne ne devait tomber dessus, sous aucun prétexte.) Mais pour ce rêve, cela n'avait pas été nécessaire.

D'ailleurs, ce n'est pas un véritable orage qui m'avait réveillée dans la nuit mais le raffut des éboueurs dans la rue. J'avais encore le cœur qui battait la chamade quand je m'étais levée en essayant de mettre de l'ordre dans mes idées. Si fou qu'eût été ce rêve, il m'avait paru si réel que j'avais d'abord allumé la lampe de chevet et vérifié si les dessous pelucheux de mes socquettes avaient gardé des traces de la terre du cimetière, si j'avais de la résine collée sur les mains ou des aiguilles de cèdre dans les cheveux. Ce qui n'était naturellement pas le cas.

Au moins – et cela me fit sourire –, je ne pouvais pas me plaindre de manquer d'imagination.

— Je pourrais encore avoir du pain grillé, s'il te plaît ? demanda Mia alors que j'entrais *Christina Rosetti* dans le champ de recherche, cette poétesse dont Grayson recherchait la tombe dans mon rêve.

J'avais mal orthographié son nom mais j'obtins tout de même de nombreux résultats.

— Ça va faire ta cinquième tartine, dit Mum à l'adresse de Mia et, se tournant vers moi : Tu n'as pas entendu ? Pas d'iPad à table ! Enlève-moi ça !

Mais c'était impossible, parce que l'écran m'apprenait justement quelque chose d'étonnant : Christina Rossetti était réellement une poétesse de l'époque victorienne, morte en 1894. Enterrée à Londres, au Highgate Cemetery.

C'était plutôt troublant.

Je fermai l'iPad et le poussai un peu plus loin.

— Tu me préférerais anorexique ? demanda Mia. Les filles de mon âge courent ce risque, en particulier dans des conjugaisons familiales instables.

— Des « constellations », rectifia Mum en lui tendant la corbeille à pain.

Finalement, en y réfléchissant bien, ce n'était pas si inquiétant. J'ignorai ma chair de poule et rouvris l'iPad. Il devait bien y avoir une explication logique. Ma mère était experte en littérature, il était fort probable que j'aie déjà entendu le nom de Christina Rossetti, d'autant plus qu'elle était contemporaine d'Emily Dickinson, dont Mum et moi adorions les poèmes. Quelque part dans mon subconscient, j'avais dû garder le nom de l'endroit où Christina Rossetti était enterrée. Et, cette nuit, cette information s'était glissée dans mon rêve. C'était aussi simple que ça.

D'un autre côté, je ne me rappelais plus exactement les mots du poème cité par Grayson et Henry dans mon rêve, mais il avait rimé et m'avait semblé assez authentique. Et bon, si mon subconscient l'avait lui-même composé, je devais sans doute être un génie.

— Mum, tu connais Christina Rossetti ? demandai-je.

— Oui, bien sûr. J'ai une édition merveilleusement illustrée de *Goblin Market*. Dans l'un de mes cartons de livres.

— M'aurais-tu lu ses poèmes quand j'étais petite ?

— C'est possible, dit Mum en me prenant l'iPad des mains et en le refermant. Mais tu n'aimais que les poèmes qui se terminent bien. Ceux de Christina Rossetti sont plutôt sinistres.

— Comme l'ambiance de cette maison ! grinça Mia.

Elle regarda la porte de la cuisine par où Lottie venait de se glisser. Après sa deuxième tasse de café, Lottie disparaissait toujours un quart d'heure dans la salle de bains – tous les matins, sans exception.

— Au fait, est-ce que tu as déjà annoncé à Lottie que Mr Spencer et toi allez bientôt la mettre à porte ou devons-nous le faire ? demanda Mia.

— Personne ne va mettre Lottie à la porte, répondit Mum. Simplement, son contrat de fille au pair doit bien se terminer un jour… et Lottie le sait depuis longtemps. Vous n'êtes plus des enfants, même si vous ne vous comportez pas vraiment comme des adultes. Hier soir, vous m'avez fait honte…

— *Idem.*

Mia avait étalé une énorme cuillerée de confiture sur son toast et s'efforçait d'enfourner le tout sans le briser.

— Qu'est-ce qu'elle va devenir, Lottie, si elle ne peut plus travailler pour nous ? demandai-je, oubliant un instant Christina Rossetti et mon rêve dément. Elle n'a rien appris. Si Papa et toi ne l'aviez pas persuadée de rester chez nous à la fin de son année au pair, elle aurait étudié et trouvé un métier. Elle y a renoncé à cause de nous et maintenant qu'elle a passé l'âge, elle doit s'entendre dire qu'on n'a plus besoin d'elle. C'est minable !

Mum émit un petit rire.

— Mon Dieu, Liv, pas la peine d'en faire un drame ! D'abord, Lottie a pris autrefois une décision mûrement réfléchie et, à mon avis, elle n'a pas fait le plus mauvais choix : elle a voyagé dans le monde entier, appris des langues étrangères, et Dieu sait qu'elle n'a pas trop mal gagné sa vie pendant toutes ces années : tout l'argent versé par votre père pour votre pension est passé sur son salaire. D'autre part, elle vient juste de fêter ses trente et un ans. Si vous trouvez qu'elle est vieille, que dites-vous de moi ?

— Super vieille, répondit Mia, la bouche pleine.

Mum soupira.

— D'ailleurs, qu'a dit Lottie de son licenciement prochain ?

— Elle a certainement pleuré, répondit Mia, sur le point de fondre elle-même en larmes. Pauvre vieille Lottie !

— Mais non, dit Mum. Naturellement, Lottie va vous regretter, mais elle se réjouit aussi d'avoir de nouveaux défis à relever.

— Tiens donc, bien sûr !

Elle nous prenait pour des imbéciles, là ?

— De plus, nous n'y sommes pas encore, reprit Mum. Elle va rester avec nous jusqu'à Pâques, peut-être aussi jusqu'à la fin de l'année scolaire. On verra bien. En tout cas, elle aura suffisamment de temps pour réfléchir à la suite.

— Buttercup va devenir anorexique si Lottie n'est plus là, dit Mia. Vous vous souvenez quand elle a dû partir en Allemagne pour l'enterrement de sa grand-mère ? Butter n'a plus rien mangé pendant sept jours.

Je jetai un œil vers la porte, mais le quart d'heure de Lottie n'était pas encore terminé.

— Elle veut certainement se montrer courageuse, la pauvre Lottie. Mais elle aura le cœur brisé.

— Peut-être vous donnez-vous un peu trop d'importance, toutes les deux ? Il ne vous est jamais venu à l'idée qu'on puisse aussi apprécier la vie sans vous ?

— Oui, je parie que toi tu en rêves depuis que tu as rencontré Mr Spencer, répliqua Mia.

Mum leva les yeux en l'air.

— Sérieusement, mes puces, ne soyez pas si égoïstes ! Lottie pourrait enfin rencontrer un homme, s'installer avec lui et avoir des enfants à elle.

Ma sœur et moi échangeâmes un regard. À coup sûr, nous pensions exactement la même chose.

— Pour une idée, c'est une bonne idée ! s'écria Mia, les yeux brillants. Si nous voulons que Lottie soit heureuse, il ne nous reste plus qu'à lui trouver un mari.

Cette fois, Mum éclata de rire.

— Eh bien… amusez-vous bien ! dit-elle.

Chapitre 10

Mon casier portait le numéro 0013 et se trouvait super bien placé au début du couloir. Je soupçonnais toutefois qu'il n'était resté libre que parce que personne ne voulait du numéro 13. Heureusement que je n'étais pas superstitieuse ! Je ne croyais pas plus aux chiffres porte-malheur qu'à l'horoscope et je me moquais aussi des trèfles à quatre feuilles ou des ramoneurs porte-bonheur. Pour moi, les miroirs pouvaient bien se briser un vendredi 13 et des chats noirs passer en masse dans la rue de gauche à droite ou vice versa. (Lottie, qui à chaque occasion touchait trois fois du bois, prétendait que ma méfiance envers le surnaturel venait de mon signe astrologique. D'après elle, les Balance ascendant Verseau étaient des sceptiques nés. Ils voulaient toujours aller au fond des choses et avaient constamment besoin de preuves pour tout, de sorte que, toute petite, j'avais déjà douté de l'existence du père Noël et de la petite souris).

Le casier était merveilleusement vaste ; j'y fourrai au moins cinquante kilos de manuels scolaires, de cahiers et de classeurs ainsi que mon sac de sport et j'aurais pu encore y glisser un panier de pique-nique et une raquette de tennis. Non pas que cette dernière m'eût été utile : pour ce trimestre, je m'étais inscrite en athlétisme, par manque de véritables alternatives. J'aurais bien aimé essayer une discipline typique du pays, mais les sports proposés par la Frognal Academy n'étaient malheureusement pas aussi britanniques que le laissaient espérer les armoiries vénérables sur le portail. Les élèves de mon âge n'avaient droit ni à l'aviron, ni au hockey sur gazon, ni au cricket, ni au polo... Super décevant !

En claquant la porte de mon casier, je faillis laisser tomber de frayeur mes affaires d'anglais. Je venais de rencontrer le visage de Ken-rasage qui me souriait de toutes ses dents blanches. Et je revis en flash chaque détail de mon rêve fou, y compris Ken-rasage en pyjama de flanelle à carreaux.

— Hi, Liz ! fit-il en me tendant la main. J'étais tellement sidérée que je la lui serrai.

— Nous avons déjà eu le plaisir de nous rencontrer hier, mais j'ai complètement oublié de me présenter. Je m'appelle Jasper. Jasper Grant.

Comme je ne répondais pas, il ajouta en riant :

— Oui, tout à fait, Jasper Grant lui-même !

Son rire ressemblait bizarrement à celui qu'il avait émis dans mon rêve : une sorte de gloussement suffisant.

Je retirai ma main en essayant de cacher mon trouble.

— Mais j'espère que tu ne crois pas tout ce qu'Aphrodite Porter-Peregrin t'a raconté sur moi, poursuivit-il. Je préfère rétablir la vérité : ce n'est pas Madison qui m'a laissé tomber, c'est plutôt le contraire.

Hein ?... Je repris enfin mes esprits.

— Me voilà rassurée, dis-je d'un ton sarcastique. Ça m'étonnait aussi.

— Ben oui, tu sais bien comment c'est. C'est toujours plus difficile pour les filles d'être larguées.

Le regard de Jasper glissa sur moi et s'accrocha à mes jambes.

— Bien que personne ne t'ait certainement encore jamais larguée, n'est-ce pas, Liz ? dit-il d'une voix mielleuse. Je m'imagine bien que tu dois être canon sans lunettes… Pas vrai, Henry ?

Il fit un signe par-dessus mon épaule.

— Regarde donc qui est là ! clama-t-il d'un air triomphant. La petite Liz !

Je me retournai lentement. Henry se tenait dans la mêlée derrière moi, plus pâle et plus ébouriffé que jamais.

Henry, donc. Il avait déjà porté ce nom dans mon rêve. Étrange, j'aurais pu jurer que ce nom n'était pas tombé lors de notre rencontre avec Persephone et le pamplemousse. Alors, comment avais-je pu sans hésiter le baptiser « Henry » dans mon rêve ?

Et pourquoi avais-je maintenant la chair de poule ?

— *Jasper*… fit Henry d'une voix lasse.

D'un autre côté… Grayson avait peut-être cité son nom au cours de la conversation téléphonique que j'avais écoutée ; de plus, Henry était un prénom courant et il avait quelque chose en lui qui convenait bien aux Henry.

— Quoi ? fit Jasper en souriant. On a bien le droit de discuter avec ses nouvelles connaissances, non ?

Il posa un bras sur mes épaules.

— Liz est encore toute chose de savoir que Jasper Grant a retenu son nom, pas vrai ?

— Oui, surtout que ce n'est pas le bon, dis-je en me libérant de sa prise. Je m'appelle Olivia.

— Joli ! Un ravissant prénom pour une jeune fille tout aussi charmante, répliqua Jasper, toujours aussi sûr de lui.

Même le vrai Ken-rasage devait avoir un plus gros cerveau dans son crâne de plastique.

— Mais je trouve que tu devrais laisser tes cheveux libres. Ça te va beaucoup mieux, surtout quand ils sont un peu ébouriffés… N'est-ce pas, Henry ?

Visiblement, Henry préféra se taire. Il avait ouvert le casier 0015, mais il me dévisageait encore par-dessus la porte avec le même air pensif que dans mon rêve.

Je secouai la tête et tentai de me ressaisir.

Il y avait vraiment de meilleures façons de commencer la journée. Mes livres serrés contre ma poitrine, je me glissai devant Jasper et Henry.

— Attends ! s'écria Jasper derrière moi.

Je fis semblant de ne pas l'entendre. Il fallait que je file au plus vite pour ne plus penser à ce maudit rêve !

Mais c'était plus facile à dire qu'à faire. Tout, vraiment tout ce jour-là, paraissait vouloir me rappeler mon rêve. En anglais, nous étudiions les œuvres de l'époque victorienne et la prof nous avait attribué à chacun un auteur que nous devions présenter à la classe au cours des semaines suivantes. Effrayée d'apprendre que Christina Rossetti se trouvait sur la liste (me persécutait-elle ?), j'oubliai complètement de lever le doigt pour sir Arthur Conan Doyle et il s'en fallut de peu que j'écope d'Emily Brontë. Heureusement, le garçon qui avait d'abord opté pour Elizabeth Barrett Browning décida à la toute dernière minute que les poèmes étaient des trucs pour les filles. Je fus très soulagée de pouvoir échanger avec lui, car l'année précédente, à Pretoria, j'avais obtenu une mauvaise note parce que je n'avais pas analysé *Les Hauts de Hurlevent* comme l'aurait voulu ma prof. (J'avais refusé d'excuser le comportement de Heathcliff en raison de sa jeunesse malheureuse. Le David Copperfield de Dickens avait connu lui aussi une enfance malheureuse, ça ne l'avait pas empêché de devenir quelqu'un de bien.)

Le cours de musique qui avait suivi aurait peut-être pu me changer les idées, mais la prof s'appelait Mrs Beckett et j'étais certaine d'avoir aussi entendu son nom dans mon rêve. De plus, le sujet du cours, les chants grégoriens, me rappelait inévitablement l'invocation monocorde d'Arthur. *Custos opacum*… « Viens et parle-nous »… Le rêve s'était ancré en moi comme une rengaine particulièrement tenace.

Dans l'heure de français qui suivit, Persephone s'installa à côté de moi, à ma grande surprise.

— Bonjour, Liv ! J'espère que ça ne te dérange pas si je prends la place de Julie. Je suis ta marraine, n'est-ce pas, et je dois veiller sur toi.

Ignorant mon air sidéré, elle me fit son plus doux sourire.

— Chapeau, Liv ! Un seul jour passé ici et déjà dans le blog à potins !

— Dans quoi ?

— Du reste, ces lunettes te vont super bien, je voulais déjà te le dire hier. Elles ont un petit quelque chose de… euh… *rétro*.

Quel faux-jeton ! Je savais bien que ces grosses lunettes noires avaient été un achat raté ; je ne les avais prises que pour me permettre de raccourcir optiquement la longueur de mon nez. Ce qui peut-être, vu avec le recul, n'aurait pas dû être le facteur d'achat décisif. Mais maintenant que je les avais, je devais en tirer le meilleur parti.

— Merci, dis-je. Emma Watson a les mêmes.

— Ah ? Je ne savais même pas qu'Emma Watson portait des lunettes.

De fait, elle n'en portait pas.

Persephone se pencha un peu plus et me murmura :

— C'est vrai que ta mère va épouser le père des Spencer ?

Oh, mon Dieu ! Ça ne m'avait même pas encore effleuré l'esprit. Jusqu'alors, il n'avait pas été question de mariage. Mais à bien y penser, ce n'était pas à exclure.

— En tout cas… ils sont ensemble, répondis-je d'un air pincé.

— C'est dingue ! Alors, vous allez vous installer chez eux ?

J'acquiesçai.

— C'est dingue ! répéta-t-elle, encore plus enthousiaste. Le blog à potins est de nouveau super bien informé. Ah !… Ce sera à coup sûr un avantage d'être la future petite sœur de Grayson Spencer.

Elle me tapota la main.

— Naturellement, reprit-elle, il ne pourra pas aller au bal d'automne avec toi, mais Florence et lui vont certainement essayer de te mettre avec un de leurs amis. Reste à savoir lequel.

— Qu'est-ce que c'est que ce blog à potins ?

Ce truc-là ne me paraissait pas clair. Et pourquoi Grayson ne pouvait-il pas m'accompagner au bal ? Question purement théorique, évidemment.

— Tu es trop jeune pour Jasper, tu viens juste d'avoir quinze ans, n'est-ce pas ? Et certainement pas assez jolie, et… pour Arthur… qui peut bien être assez jolie pour Arthur ?

Persephone poussa un profond soupir et j'eus comme l'impression que ce n'était pas à moi qu'elle parlait mais qu'elle pensait simplement à voix haute. Sans reprendre son souffle et sans être dérangée par mon air troublé.

— Ne reste plus qu'Henry Harper, dit-elle encore, mais pourra-t-on l'amener à se montrer à une soirée dansante ? J'ai du mal à me l'imaginer portant un frac. En tout cas, l'année dernière il a brillé par son absence et on ne l'a pas vu non plus au bal de fin d'année. Naturellement, j'ai bien entendu dire qu'Anabel Scott et lui… Mais voilà, blog à potins ou pas, personne n'y croit vraiment.

Que lui arrivait-il ? C'était peut-être contagieux ? Je m'écartai instinctivement mais elle se recolla aussitôt à moi.

— D'un autre côté, Secrecy a toujours eu le nez fin jusqu'ici. Elle savait aussi que Madison et Jasper avaient rompu… Même avant qu'ils le sachent eux-mêmes.

Mrs Lawrence, la prof de français, venait d'entrer dans la classe et de demander le silence, ce qui ne troubla guère Persephone.

— Si Florence prend les choses en main, tu vas à coup sûr devoir y aller avec le frère boutonneux d'Emily Clark, poursuivit-elle. Mais mieux vaut encore aller au bal avec ce boutonneux de Sam que pas du tout. L'année dernière j'y étais bien avec Ben Ryan, et ça ne m'a rien fait du tout. J'en ai tellement assez d'attendre que Jasper se rappelle enfin mon prénom ou me remarque simplement. En tant que fille, je veux dire. Cette année, j'y vais avec Gabriel, il a encore une dette envers Pandora et il est dans l'équipe de basket, et je t'assure que je vais tout faire pour que ce soit la plus belle soirée de sa vie. Dans le vestiaire, les garçons n'ont pas de secrets les uns pour les autres, et Gabriel va tellement parler de moi à Jasper que celui-ci va pâlir de jalousie et ne plus jamais m'appeler Aphrodite…

— J'ai dit *un peu de silence, s'il vous plaît*, ça vaut aussi pour vous, Persephone !

Les sourcils froncés, Mrs Lawrence s'était plantée devant nous et paraissait vraiment fâchée. Je ne m'étais jamais autant réjouie de voir une prof en colère.

— *Pardon, madame*, Liv est nouvelle et elle a tellement de questions, dit Persephone en levant des yeux innocents. Allez, ça suffit maintenant, Liv ! Nous parlerons plus tard.

Elle se pencha alors sur ses livres et, épuisée, je jetai un coup d'œil à ma montre. Wouah ! Elle m'avait balancé au moins une trentaine de noms et autant d'anecdotes en moins de deux minutes ! Je n'en avais pas compris un mot. Mais une chose était sûre : je n'irais nulle part avec le frère boutonneux d'Emily Truc-Chouette.

Blog à potins

Ici, le blog à potins de la Frognal Academy, avec les derniers ragots, les plus folles rumeurs et les scandales chauds bouillants de notre école.

Qui suis-je ? Je m'appelle ***Secrecy***, je suis parmi vous et je connais tous vos secrets.

UPDATE ACTIVITY

4 septembre

Bonjour, les amis !

Pour vous réveiller, une photo toute fraîche que je viens de prendre près des casiers. Voilà... la nouvelle propriétaire du numéro 0013.

Alors, comment trouvez-vous Liv Silver, nouvelle élève de seconde, tout juste arrivée à la Frognal Academy ? Son père est un physicien nucléaire allemand réputé, et sa mère, professeur de littérature à l'université d'Oxford, va bientôt épouser le père de Grayson et Florence Spencer. En tout cas, ils vont emménager ensemble en octobre. La petite sœur de Liv, Mia, est en quatrième ; et elle a la même couleur de cheveux fascinante. On pourrait appeler ça blond clair de lune et c'est exactement la couleur des mèches que notre ex – Hazel-Pritchard-rouleau-compresseur s'est fait faire chez le coiffeur pour 90 euros, sauf que chez les sœurs Silver, c'est leur couleur naturelle et donc tout à fait gratuit – ça fait rêver, hein, Hazel ? J'ai déjà entendu quelques-uns parmi vous dire du mal de leurs lunettes à toutes les deux, mais je leur trouve pour ainsi dire un style. Eh bien, Grayson, te voilà bientôt avec trois sœurs, félicitations ! Heureusement qu'Emily n'est pas du genre jaloux...

La semaine prochaine, les matchs de basket vont reprendre. Ce sera une bonne occasion de voir de près Arthur et sa clique. Maintenant que les Frognal Flames ont joué tellement bien la saison dernière et qu'ils ont remporté la coupe à la surprise générale, j'espère que les tribunes de spectateurs seront pleines à craquer afin d'encourager nos garçons. Certes, leurs maillots informes font vraiment pitié sur le plan esthétique (même les uniformes de polo sont plus sexy), mais je me réjouis tout de même de retrouver la sueur de nos quatre mousquetaires : Arthur Hamilton, Henry Harper, Grayson Spencer et Jasper Grant, le roi des trois points !

Je vous souhaite une bonne journée... D'ailleurs, pour ne pas vous la gâcher, il vaut mieux se tenir à l'écart de Mr Daniels aujourd'hui : il a avalé hier soir une livre d'oignons crus avec son kebab !

À plus.

Secrecy

Chapitre 11

Le CDI de la Frognal Academy était équipé de quatorze ordinateurs avec accès Internet et tous étaient libres. Sans doute parce que la quasi-totalité des élèves avaient des tablettes et des smartphones et actualisaient toutes les cinq minutes leur statut Facebook. De toute façon, il ne se passait pas grand-chose ici à midi ; à part la documentaliste, il n'y avait là qu'un jeune garçon qui bouquinait dans un coin. Je me choisis un ordi tout au fond, invisible depuis la porte, juste au cas où Persephone aurait l'idée de venir me chercher là. Elle avait apparemment décidé de devenir ma meilleure amie. Cela n'avait rien à voir avec une sympathie soudaine, mais ma relation avec la famille Spencer compensait sans doute l'absence de mine de diamants et de parents diplomates. J'avais nettement préféré l'époque où elle m'ignorait. C'était plus calme. Maintenant, elle me suivait jusque dans les toilettes en me soûlant de paroles. Sous prétexte de chercher ma sœur, je m'étais glissée ici en partant vers la cafétéria ; je préférais sauter un repas plutôt que de passer encore une seule minute en sa compagnie.

De plus, je ne disposais que de trois quarts d'heure pour mes précieuses recherches. D'abord, je voulais trouver ce blog sur lequel Perséphone prétendait avoir lu les informations concernant notre futur fusionnement familial. Et de fait, en entrant les termes de recherche *Grayson Spencer*, *Liv Silver* et *Frognal Academy*, je tombai directement sur une page intitulée *Le blog à potins de la Frognal Academy* qui était tenu par une certaine Secrecy. Le dernier message avait été posté le matin à 8 h 30. L'accroche me coupa le souffle : une photo de moi en train d'ouvrir mon casier.

Mince alors !

Je m'empressai de lire l'article en dessous, et je m'y repris à deux fois pour être sûre de ne pas avoir la berlue. Puis j'inspirai un grand coup. Blond clair de lune… Oh-oh ! Cette Secrecy (ou « ce » ?) me paraissait très bien informée, sauf qu'elle s'était plantée pour Papa. Mon père n'était ni célèbre ni physicien nucléaire ; en tant qu'ingénieur, il s'occupait en gros du développement de véhicules hybrides. Mais le reste était exact… et j'en eus la chair de poule ! Elle m'avait guettée à proximité des casiers pour me photographier. *Je suis parmi vous et je connais tous vos secrets*… Je fis défiler le blog pour voir les messages précédents. Leur style et leur contenu me rappelaient un peu les magazines que j'aimais feuilleter dans la salle d'attente du dentiste, sauf qu'ici il n'était pas question de célébrités, d'acteurs et du gratin européen, mais d'élèves et de professeurs de la Frognal Academy et de leurs familles. Apparemment, Secrecy connaissait tous les secrets et, de préférence, les plus piquants. Elle révélait des liaisons amoureuses désastreuses, l'homosexualité de certains élèves avant qu'ils fassent leur *coming out* et savait qui se séparait de qui et pourquoi. Ses articles étaient d'une méchanceté impitoyable. Et, il faut bien l'avouer, tout à fait distrayants.

C'était quasi miraculeux que personne n'ait encore découvert son identité… À coup sûr, la plupart de ceux qu'elle épinglait dans son blog devaient nourrir envers elle de violentes envies de meurtre. Mais, à en croire les commentaires, elle avait aussi tout un tas de fans.

N'essayez pas de deviner qui je suis. Jusqu'ici, personne n'a encore réussi… Je lus cela comme une provocation personnelle. Je ne savais pas résister aux énigmes et aux secrets. Derrière « Secrecy », en tout cas, il se cachait quelqu'un d'assez proche de Florence ou de Grayson, car eux seuls étaient au courant des projets de Mum et d'Ernest. Et cela depuis la veille seulement. Ou alors Secrecy aurait-elle simplement capté une conversation par hasard ? Avait-elle des informateurs secrets ? S'y connaissait-elle en technique moderne de mise sur écoute ? Piratait-elle des comptes e-mail privés ?

Je sursautai en sentant une main sur mon épaule. Je m'étais tellement plongée là-dedans que je n'avais accordé aucune attention aux mouvements que j'avais perçus du coin de l'œil.

Toutefois, à mon grand soulagement, ce n'était pas Persephone qui avait trouvé ma trace, mais Grayson. Grâce à Secrecy, je savais désormais qu'il jouait super bien au basket, qu'il était rédacteur en chef de *Reflexx*, la revue de l'école, et que, l'année précédente, il avait brisé le cœur d'une fille du nom de Maisie Brown parce que, au lieu de l'accompagner au bal d'automne, il y était allé avec Emily Clark, la meilleure amie de Florence. (Ah ! ça devait être l'Emily au frère boutonneux… Je commençais à m'y retrouver.)

— Salut ! chuchota-t-il.

— Salut ! chuchotai-je en retour.

J'étais tellement soulagée que ce ne soit pas Persephone que je lui fis un grand sourire.

Puis je remarquai qu'il n'était pas seul. Un peu plus loin, je vis ce débile de Jasper s'asseoir sur le bord d'une table et, à côté de lui, Henry, appuyé, les bras croisés, contre une étagère. L'espace d'une seconde, je me retrouvai dans mon rêve et me revis tomber du cèdre juste à leurs pieds. « Juste avant, j'étais encore une chouette, vraiment. »

J'avais fort heureusement posé mon bras sur mon cahier, de sorte que Grayson ne pouvait pas lire mes notes ; en revanche, il regardait déjà l'écran depuis un bon moment.

— Alors, ta photo de paparazzi ne te plaît pas ? me demanda-t-il à voix basse. Et encore, tu as de la chance… Elle m'a photographié un jour avec un glaçon au bout du nez.

J'émis un petit rire. Je chercherais plus tard à en savoir plus sur cette photo. Jasper et Henry nous observaient sans la moindre discrétion, mais au moins ils ne pouvaient pas nous entendre tant que nous chuchotions. Je refermai mon cahier et m'accoudai dessus.

— Qui te dit que Secrecy est une fille ? demandai-je.

Grayson haussa les épaules.

— Eh bien, un garçon ne s'épancherait sans doute pas autant sur les dentelles et les froufrous des robes de bal.

— À moins de le faire exprès pour brouiller les pistes.

— Ça ne m'est encore jamais venu à l'idée, répondit-il en se grattant le nez.

Je vis alors que l'inscription sur son poignet avait disparu. Apparemment, c'était bien du feutre.

— Qu'est-ce que tu fais ici ? me demanda-t-il alors.

— Je me cache de Persephone Porter-Peregrin, ma nouvelle meilleure amie. Et toi ?

— Nous, euh… Tiens, voilà mes meilleurs amis. Je crois que tu connais déjà Jasper et Henry.

Il soupira puis reprit :

— Et voici Arthur.

En effet. Arthur venait d'apparaître derrière Henry et Jasper.

— Tu peux parler fort, Grayson, dit-il. Cette bonne miss Cooper fait sa pause de midi et elle a laissé la bibliothèque entre nos mains.

Il se dirigea vers nous en souriant. Henry et Jasper quittèrent leur poste d'observation et s'approchèrent eux aussi.

— Salut ! Tu dois être la nouvelle petite sœur de Grayson. Liv, c'est ça ?

J'acquiesçai. Mon Dieu, c'était vraiment le plus beau garçon de cet hémisphère, Secrecy avait bien raison. Rien que ces boucles d'ange dorées ! Coiffé ainsi, n'importe qui d'autre aurait ressemblé à une fille, mais ça lui allait à merveille. À la lumière du jour, il ne paraissait plus du tout inquiétant, au contraire. Ma mémoire à court terme rassembla les informations que je venais de lire sur le blog à potins en une fiche signalétique qui s'afficha aussitôt dans mon esprit à côté de sa tête :

Arthur Hamilton, dix-huit ans. Capitaine de l'équipe de basket. En liaison (lointaine) avec Anabel Scott. Matières préférées : sport et mathématiques. Couleur préférée : le bleu.

Un avertissement pour bagarre l'hiver dernier. Père directeur d'une grande agence de publicité britannique. Possède un cinéma privé chez lui.

— Alors, tu te plais bien à la Frognal Academy ?

— Disons que c'est… intéressant, dis-je.

— Elle vient de découvrir le blog à potins, l'informa Grayson.

Arthur rit.

— Oui, intéressant est le mot qui convient.

Il échangea un bref regard avec Henry qui, les bras croisés, s'était de nouveau appuyé contre une étagère. C'était apparemment sa position préférée. J'avais aussi engrangé un tas d'informations sur lui :

Henry Harper, dix-sept ans. Ailier des Frognal Flames. Fils du troisième mariage d'un homme d'affaires londonien très connu. Devra partager son héritage avec toute une troupe de frères et sœurs et de demi-frères et sœurs, enfin… s'il reste encore quelque chose, car, l'hiver dernier, son père s'est de nouveau entiché d'une femme, cette fois d'une Bulgare, top model de sous-vêtements slash callgirl *dont il aimerait faire sa femme numéro quatre. Notes excellentes. Aspire à l'obtention d'une bourse pour St Andrews. Célibataire pour l'instant. Beaux yeux bleus… Mais un regard bizarre.*

Je détournai vite les yeux et fis semblant de chercher quelque chose dans ma trousse. Quand Henry me regardait, j'avais toujours l'impression qu'il pouvait lire dans mes pensées.

— Tu aimes le basket, Liv ? s'enquit Arthur. Samedi soir, nous organisons chez moi une petite fête de début de saison, ce serait bien si Grayson pouvait t'y amener. Ça te permettrait de faire quelques connaissances. Et nous avons une petite piscine, alors, si tu aimes nager, apporte un deux-pièces.

Je clignai des yeux, méfiante. Il parlait sérieusement, là ? Alors qu'il venait juste de me rencontrer ?

— Alors, qu'en dis-tu ? Tu viendras ?

D'un autre côté... pourquoi les gens ne seraient-ils pas simplement gentils ? En plus, je mourais d'envie de voir son cinéma privé.

— Si Grayson m'amène, volontiers, répondis-je.

— Il faudra d'abord en parler à ta mère, intervint Grayson.

Puis il ajouta à l'adresse de ses amis :

— Elle est assez stricte, côté heures de sortie.

Pardon ? Mum n'était pas du tout stricte, bien au contraire. Elle n'arrêtait pas de me rabâcher tout ce qu'elle avait déjà fait à mon âge. Même à Pretoria, qui n'était vraiment pas un endroit tranquille, j'avais eu des permissions de sortie illimitées. Heureusement pour elle, je n'avais jamais voulu rentrer trop tard.

— Hmm, oui, dis-je en interrogeant Grayson du regard. Ma mère est extrêmement... stricte.

— Je trouve ça bien, déclara Jasper. Pour les filles.

Avant que l'on puisse deviner ce qu'il avait bien voulu dire avec ça, la sonnerie annonça le cours suivant.

— Ce n'est qu'une petite fête, dit Arthur. Ta mère ne trouvera certainement rien à redire.

Non, au contraire, elle serait enchantée de savoir que je m'étais fait des connaissances aussi rapidement. Et de plus, parmi la clique préférée de toute l'école. Ça changeait de d'habitude… et c'était beaucoup mieux que d'avoir la tête plongée dans la cuvette d'un WC.

— Et puis, tu serais en compagnie de ton nouveau grand frère responsable qui veille sur toi, dit Henry.

— Je peux très bien veiller sur moi toute seule, rétorquai-je.

— Exact ! gloussa Jasper, amusé. Tu pratiques le kung-fu !

Je m'étais déjà tournée pour partir, mais sa réponse me figea. Jasper gloussa encore plus fort.

— Qu'est-ce que vous avez à me regarder comme ça ? Elle nous l'a dit au cimetière, vous avez oublié ?

Les autres le fixaient effectivement d'un air bizarre, sauf Henry qui me regardait. Plus attentivement que nécessaire. Je m'efforçai de prendre mon air le plus neutre mais sans grand espoir d'y arriver. La chair de poule m'avait envahie.

Ce n'était pas possible… Ça dépassait l'entendement.

— Dans quel cimetière ? demandai-je à retardement.

— Ah, laisse tomber ! dit joyeusement Jasper. Je dis toujours n'importe quoi.

— C'est vrai, dit Grayson avec un sourire en coin.

Arthur leva les yeux au ciel en riant. Henry fut le seul à rester impassible.

D'accord. Pas de panique ! Je pourrais réfléchir plus tard. Pour l'instant, il fallait filer d'ici.

— Je dois y aller maintenant. Deux heures d'espagnol.

J'ignorai le regard perçant d'Henry, coinçai mes affaires sous le bras et pris la direction de la porte.

— *Que te diviertas !* dit Arthur derrière moi.

— À plus tard alors, marmonna Grayson.

La dernière chose que j'entendis avant de refermer la porte du CDI derrière moi et d'aspirer hystériquement une grande bolée d'air, ce fut la voix d'Henry qui disait :

— Jas… tu devrais vraiment arrêter de piquer des comprimés dans l'armoire à pharmacie de ta mère.

Chapitre 12

Bien, récapitulons. J'avais fait un rêve bizarre qui se situait dans le cimetière de Highgate. Au cours d'une sorte d'invocation d'esprits qui s'y était déroulée, j'avais malencontreusement atterri sur un autel au centre d'un pentagramme en feu. Un truc de fou. Complètement dingue. Comme la plupart de mes rêves… Habituel donc. Sauf que Jasper se rappelait quelque chose que j'avais dit dans ce rêve… et ça, c'était loin d'être habituel. En fait, c'était même impossible. Jasper ne pouvait pas avoir fait le même rêve que moi.

Mais alors, comment savait-il ce que j'avais dit dans mon rêve ?

Que prétendait toujours Sherlock Holmes, déjà ? « Une fois que vous avez exclu l'impossible, ce qui reste doit être la vérité, si improbable soit-elle. » Mais que restait-il quand on ne pouvait justement pas exclure l'impossible ?

Ce n'était pas seulement sa remarque qui m'intriguait. Le matin déjà, j'avais eu une drôle d'impression bizarre en entendant Jasper parler de mes cheveux. Et puis, je ne comprenais toujours pas ce truc avec le nom d'Henry. Sans parler de Christina Rossetti et du tatouage de Grayson. Ne fallait-il voir là que des hasards singuliers et l'œuvre de mon génial subconscient ? Sans doute pas.

Non, c'était évident : quelque chose clochait. Non seulement ce rêve avait été plus clair que jamais, mais j'avais aussi rêvé de choses que je ne pouvais pas savoir, de lieux où je n'étais encore jamais allée… et, plus grave encore, je n'avais pas été la seule à le rêver. C'était ça qui était incompréhensible. Et si l'intérêt des amis de Grayson et l'invitation d'Arthur m'avaient d'abord flattée, je ne pouvais plus y voir maintenant uniquement de la pure gentillesse. Ils attendaient quelque chose de moi… et cela n'avait rien à voir avec mon charme mais avec ce rêve.

Mais, quoi qu'il en soit, c'était impossible. J'avais beau retourner ça dans tous les sens, je butais toujours sur le mot « impossible » comme contre un mur insurmontable. Douze heures plus tard, j'avais un sérieux mal de crâne et aucune explication satisfaisante.

Assise dans mon lit depuis des heures, je craignais de m'endormir. J'avais chipé l'iPad de Lottie, mais même Internet ne pouvait rien pour moi. Les rêves étaient aussi individuels que les pensées. Ou, comme l'avait formulé Carl Gustav Jung – d'après Internet, le grand expert en matière de rêves et de leur interprétation –, les rêves étaient des produits neutres échappant à l'arbitraire de la conscience, des produits spontanés de l'âme inconsciente. Chez Jung, il y avait aussi des rêves dits « archétypiques », qui venaient d'un subconscient collectif et représentaient des révélations de notre archaïque histoire de clans et d'humanité. Le mot « collectif » m'avait donné de l'espoir mais, en poursuivant ma lecture, j'avais malheureusement constaté que mon rêve de cimetière n'entrait que difficilement dans la catégorie des rêves archétypiques, ne serait-ce que par absence d'archétype. Aucune rencontre avec un vieil homme, aucune descente dans des cavités de la terre, aucune eau courante… Quant aux sages messages d'un savoir humain archaïque… on ne peut pas dire qu'il y en avait dans ce rêve !

À mesure que le temps passait, je sautai de plus en plus d'un lien à l'autre. Le moteur de recherche me sortit un poème de Rilke :

Et s'ils disent que la vie est un rêve : eh bien, non ;
Pas simplement un rêve. Le rêve est une part de la vie.
Une part confuse où le visage et
L'être se mordent et s'entremêlent […]

Oui, c'était bien mon avis. Rilke exprimait tout à fait ma pensée, en tout cas concernant cette « part confuse ». Je bâillai. J'étais épuisée, et la batterie de l'iPad aussi. Elle rendit l'âme alors qu'en entrant *porte* et *rêves*, je venais d'atterrir sur le site d'une menuiserie. *Si vous n'êtes pas satisfait des produits des hypermarchés de bricolage, nous fabriquons la porte de vos rêves.*

Je remontai mes genoux au menton et les pris dans mes bras. Peut-être étais-je simplement en train de perdre la raison ? C'eût été du moins une explication logique… et j'avais envie d'une explication logique.

Et de dormir. Dès que j'aurais encore un peu réfléchi… J'avais dû m'endormir en position assise, car en me rendant le lendemain matin avec Mia à l'arrêt de bus, je ne me souvenais malheureusement plus d'avoir pensé à quoi que ce soit. Je ne me rappelais pas non plus mes rêves, si ce n'est qu'ils avaient été du genre décousu, quelque chose avec un tramway et des ours. Juste avant de me réveiller, j'avais rêvé d'une visite à notre tante Gertrude à Boston : nous devions manger de la soupe de poisson, et Emma Watson était là et elle portait mes lunettes. Comme si tout cela n'était pas suffisamment étrange, la porte verte de mon dernier rêve, celle avec la poignée-lézard, s'était trouvée dans la tapisserie bleu doré de la salle à manger. Tante Gertrude en paraissait très fâchée. Elle avait répété plusieurs fois que cette porte dérangeait sa conception des couleurs et que je devais lui faire le plaisir de manger les calamars pour qu'ils ne soient pas morts pour rien. Et puis, je m'étais réveillée.

— Cette affaire est vraiment exceptionnelle !

À côté de moi dans l'allée, Mia sautait de dalle en dalle. Elle était toute guillerette. Et, contrairement à moi, bien réveillée.

— Mais cette Secrecy ne va pas rester longtemps anonyme maintenant que l'enquêteuse Mia Silver a pris les choses en main, m'annonça-t-elle.

La découverte du blog à potins l'avait encore bien plus excitée que moi. Elle aimait les secrets autant que moi, et Secrecy représentait un sacré défi pour notre curiosité naturelle.

Un grand bus rouge à étage freina quelques mètres plus loin et Mia se mit à courir alors que je vérifiais encore le numéro.

— On ne devrait pas attendre le 603 ?

— Non, le 210 va exactement dans la même direction, affirma-t-elle en s'engouffrant dans le bus.

— Tu en es sûre ?

— À soixante-dix pour cent. Allez, monte ! Cette fois, je veux m'asseoir là-haut.

En soupirant, je la suivis dans l'escalier où elle se glissa comme une anguille devant un passager à chapeau afin de nous assurer deux sièges à l'avant.

— Si nous nous sommes trompées de bus, je te tue ! grognai-je.

— Un peu plus de confiance pour l'enquêteuse Mia Silver, s'il te plaît ! D'ici Noël, j'aurai résolu l'affaire, m'assura-t-elle. Je t'accepte volontiers comme assistante. Et comme appât aussi, naturellement.

— Je ne sais pas, enquêteuse Mia Silver… Secrecy me semble avoir plus d'un tour dans son sac.

— Moi aussi.

Le bus était reparti et les places à l'avant offraient une vue géniale. On avait l'impression de planer au-dessus de l'asphalte.

— En tout cas, jusqu'alors, personne n'a pu mettre fin à ses manigances, remarquai-je.

— Ouais, mais Secrecy n'est pas infaillible. Regarde, elle s'est complètement fichue dedans avec le métier de Papa.

— Oui, moi aussi j'ai trouvé ça bizarre. Mais il y a peut-être un physicien nucléaire qui porte notre nom ?

— Non… fit Mia avec un sourire malicieux.

Elle se retourna et jeta un regard rapide dans le bus. Puis, se penchant vers moi, elle chuchota :

— Pour le physicien nucléaire… c'était moi. J'ai raconté à Daisy que les services secrets chinois s'intéressaient aux travaux de Papa. Ça m'a semblé plus intéressant que la vérité.

— Ha, ha ! Alors, Daisy Dawn est peut-être Secrecy ? dis-je en riant.

— Mais non, bêtasse, elle n'est à la Frognal Academy que depuis l'année dernière et le blog existe déjà depuis trois ans. Mais elle l'a très certainement raconté. À quelqu'un qui l'a rapporté ensuite à Secrecy. Ah, il me tarde de pouvoir déballer mon carton de déménagement pour en sortir mon matériel de détective. Pense seulement au service que pourrait nous rendre le stylo-bille avec sa caméra intégrée…

Ma jeune sœur était vraiment dans son élément. Bon, le principal, c'était que l'une de nous deux soit heureuse. Moi, j'étais toujours aussi troublée. D'un côté, j'étais soulagée que rien de particulier ne soit arrivé dans la nuit ; de l'autre – à mon grand étonnement –, j'étais un peu déçue. À la lumière du matin, cette histoire n'avait certes rien perdu de son mystère mais, si effrayant que cela fût, j'aurais peut-être eu en rêve des réponses à mes nombreuses questions.

Chapitre 13

À la fin des cours, j'attendis Mia devant l'entrée en observant le flot des élèves qui passaient devant moi dans leur uniforme bleu foncé. Secrecy s'y trouvait peut-être, prenant des photos en douce ? À tout hasard, je m'appuyai contre un pilier en prenant la pose la plus avantageuse possible et affichai un léger sourire. Rien de pire que d'être photographiée la bouche ouverte ou l'air grincheux.

Je remis mes lunettes en place. Cette journée s'était relativement bien passée : pas d'événement notoire, pas de rencontre bouleversante avec des personnes vues en rêve, rien de nouveau à signaler dans le blog à potins, pas le temps de réfléchir à des choses impossibles. Persephone elle-même n'avait guère pu m'énerver – le mercredi, nous n'avions que deux cours en commun. Je sentais que le mercredi allait être mon jour préféré. Depuis mon poste d'observation, je vis Arthur et Jasper quitter l'école, suivis de près par Henry qui était apparemment plongé dans une discussion passionnante avec Florence et une autre fille. Henry leva les yeux dans ma direction mais sans vraiment me remarquer dans la cohue. Trente secondes plus tard, quand le flot se fut peu à peu tari et que seuls quelques élèves passaient encore le portail, je vis apparaître Grayson. Les yeux baissés, il poussait son vélo juste devant moi et sursauta en m'entendant le saluer.

— Oh !… c'est toi, dit-il, pas vraiment réjoui.

Sa réaction me vexa un peu.

— Oui, c'est moi. Dis donc, ça va être vraiment super de se partager bientôt la salle de bains.

Je changeai de jambe d'appui. Quelle bonne idée d'avoir pris cette charmante attitude cool !

Grayson s'était arrêté et jetait un regard circonspect alentour. Très circonspect. Exagérément circonspect.

— L'air est pur, les services secrets chinois ont terminé leur journée de travail, dis-je au bout de dix secondes.

Grayson cessa de scruter les environs.

— Hmm, Liv, tu n'aurais pas avec toi le sweat que je t'ai prêté, par hasard ? J'aimerais bien le récupérer.

— Oui, bien sûr.

Sa question me troubla un peu. N'avait-il donc rien d'autre à se mettre ?

— Eh non, repris-je, pas de chance, je ne l'ai pas avec moi. Mais nous nous verrons samedi à la fête d'Arthur, je te le redonnerai, tout frais lavé et repassé.

Grayson inspecta de nouveau la rue.

— Bon… Pour samedi soir, commença-t-il, je préférerais… Tu sais… Tu pourrais dire que ta mère t'a interdit d'aller à cette fête.

Cette fois, je fus encore un peu plus vexée.

— Pourquoi ça ?

— Parce que c'est… Parce que je…

Grayson se passa la main sur le front et il me regarda comme s'il espérait que je termine la phrase pour lui.

Mais je ne voulais pas lui faciliter les choses à ce point. Je pris un air triste.

— Tu ne veux pas de moi là-bas ?

Il opina du chef.

Ça alors !

— Bon, eh bien d'accord… dis-je en haussant les épaules. C'est seulement… Mum sera déçue, elle qui vous trouvait si gentils.

Ma mère avait eu exactement la réaction que j'avais prévue : « Ah, comme c'est charmant de la part de Grayson et de ses amis ! Et tu dois y aller, bien sûr. Je suis si heureuse que tu te sois fait des connaissances aussi vite ! »

Grayson émit un drôle d'ébrouement.

— Nous ne sommes pas si gentils que ça, tu sais. Il vaudrait mieux nous éviter.

Il grimpa sur son vélo.

— Oui, je vais dire ça à ma mère. Mais tu préfères peut-être lui en donner toi-même les raisons, ajoutai-je sournoisement.

Cette idée ne sembla pas lui plaire. Il avait perdu son sourire.

— N'oublie pas mon sweat, dit-il en démarrant. J'aimerais bien l'avoir demain. Pas la peine de le laver.

— O… K… fis-je d'une voix traînante.

— Qu'est-ce que ça veut dire ? s'étonna Mia, surgie de je ne sais où, tel un diable hors de sa boîte. D'abord, il fait le mec sympa, et puis d'un coup, il ne veut plus de toi à cette fête ? À ta place, ça me donnerait carrément envie d'y aller !

— Oui, c'est vrai. Quel…

— Je cherchai le mot adéquat.

— … idiot, dit simplement Mia en me prenant par le bras.

Nous partîmes lentement ensemble vers l'arrêt de bus.

— Comment s'est passée ta journée aujourd'hui ? demandai-je.

— Pas mal, à vrai dire. Même si ces filles commencent à me taper sur le système. Sérieusement, si je deviens un jour ce genre de nana décervelée qui ne sait plus que griffonner des petits cœurs dans ses cahiers, je voudrais, s'il te plaît, qu'on me tire une balle dans la tête.

— Je te le rappellerai à l'occasion.

— Sérieusement ! Je suis si heureuse que nous soyons immunisées contre les garçons, Livvy !

— Peut-être pas vraiment « immunisées », mais au moins difficilement inflammables, rectifiai-je.

Bien obligées. Quand on déménage comme nous tous les ans, il vaut mieux se garder de tomber amoureuse, sinon les adieux vous brisent le cœur. Et qui en aurait envie ?

— Mais Mum a peut-être raison, ajoutai-je, et le jour où le bon arrive…

— Qu'il attende que j'aie terminé mes études ! Je donnai un coup de coude à Mia.

— C'est certainement ce que tante Gertrude a toujours dit, objectai-je. Et regarde ce qu'elle est devenue !

— Et alors ? Je ne vais certainement pas passer mes journées à faire des napperons au crochet dans une maison sinistre avec quatre chats. Je serai une célèbre détective privée qui résoudra toutes sortes de cas passionnants dans le monde entier.

— Tu pourrais peut-être commencer par m'expliquer pourquoi Grayson tient tellement à récupérer son sweat.

J'étais encore vexée.

— C'est peut-être son sweat porte-bonheur, réfléchit Mia. Ou bien il y a caché une lettre d'amour. Ou alors, c'est juste un idiot.

— Oui, je crains que ce soit plutôt ça.

Du coup, je garderais encore son sweat à capuche, par pure méchanceté.

Le soir, en enfilant ma chemise de nuit et en voyant dans ma chambre le sweat de Grayson sur le banc de lit capitonné doré, l'idée me vint que Grayson avait une raison particulière d'insister à ce point pour le récupérer au plus vite. Je le pris en main et y plongeai le nez. Il avait tout d'un sweat préféré : lourd coton moelleux, gratté à l'intérieur. Et il avait gardé encore un peu l'odeur de Grayson ou de sa lessive en poudre.

Les poches étaient vides et, pour plus de sûreté, je tâtai aussi les ourlets.

Rien.

Peut-être… C'était une pensée folle, mais, deux nuits auparavant, j'avais porté ce sweat en m'endormant et j'avais rencontré son propriétaire en rêve. Était-ce pour cette raison que Grayson voulait le récupérer au plus vite ? Existait-il un rapport entre le sweat et ce rêve ? En tout cas, si étrange que cela soit, je le porterais encore cette nuit. Histoire de voir ce qui allait se passer.

Et s'il allait bien se passer quelque chose.

Chapitre 14

La porte verte brillait dans une longue rue déserte bordée de maisons grises miteuses. J'ignorais ce que j'avais bien pu rêver jusqu'alors, mais, à l'instant où je l'aperçus, je pédalais sur un vélo en tirant une remorque lourdement chargée. En montée.

La porte ! La dernière fois, elle m'avait menée dans le rêve du cimetière.

Mum me doubla. Elle aussi à vélo, avec une remorque derrière elle.

— Pas question de prétexter la fatigue ! me cria-t-elle.

— Qu'est-ce qu'on fait ici ? demandai-je.

— On déménage, répondit Mum par-dessus son épaule. Comme toujours.

— Je comprends.

Je freinai et descendis de vélo pour examiner la porte verte de plus près. Aucun doute : c'était bien la même que celle qui avait surgi, la dernière fois, dans la salle à manger de tante Gertrude. Et je compris alors que si je voulais percer le mystère de ces rêves énigmatiques, je devais l'ouvrir. Et la franchir.

Si j'en avais le courage.

— Ne t'arrête pas, ma petite empotée, cria Mum. Nous devons aller plus loin ! Toujours plus loin !

— Sans moi, aujourd'hui, dis-je.

Sous ma main, je sentis la chaleur de la poignée-lézard quand je la tournai. Je passai le seuil en inspirant un grand coup.

— Olivia Gertrude Silver, reviens ici tout de suite ! entendis-je ma mère crier, mais je lui claquai la porte au nez.

Comme la dernière fois, je me retrouvai dans un couloir qui semblait se perdre à l'infini. Fascinée, j'en contemplai les nombreuses portes. Elles ressemblaient aux fenêtres d'un calendrier de l'avent et étaient de dimensions, de formes et de couleurs variées. Il y avait de simples portes de chambre peintes en blanc, des portes d'entrée modernes, et quelques-unes qui ressemblaient à des portes d'ascenseur sans la moindre fioriture. D'autres auraient pu tout aussi bien être des entrées de magasin ou de somptueux portails de château. Celle d'un rouge brillant en face de moi me paraissait nouvelle ; en tout cas, je ne me rappelais pas l'avoir vue lors de ma dernière visite. C'était une porte remarquable avec une poignée dorée clinquante en forme de couronne. Je ne découvris celle de Grayson, qui s'était trouvée l'autre fois juste à côté de la mienne, qu'en avançant un peu plus dans le couloir. Apparemment, les portes ici ne restaient pas au même endroit mais jouaient à une sorte de chaises musicales. Près de celle de Grayson, j'en découvris une laquée gris clair avec des vitraux portant une inscription en forme d'arabesque : *Au clair de lune – Des livres pour la vie – Librairie d'occasion Matthews. Ouverte de minuit jusqu'à l'aube.* Intrigant… Je fus un moment tentée d'abaisser la poignée pour aller y voir de plus près, mais, me rappelant pourquoi j'étais là, je continuai vers la porte de Grayson. Elle était encore telle que dans mon dernier rêve : une copie fidèle de la porte d'entrée des Spencer. L'Effroyable Freddy déploya ses ailes en pépiant : « Seul peut entrer ici celui qui prononce mon nom trois fois à l'envers. »

— Ydderf, Ydderf, Ydderf, articulai-je.

Freddy replia ses ailes et enroula sa queue de lion autour de ses pieds.

— Qu'il te soit permis d'entrer ! déclara-t-il solennellement.

J'hésitai. J'avais comme l'impression de devoir m'armer davantage pour la suite. Quelle qu'elle soit. Peut-être devais-je imaginer la hache que brandissait Lottie dans mon dernier rêve. Ou rêver au moins d'un couteau aiguisé dans ma poche. Ou d'un collier d'ail ou…

— Qu'est-ce que tu attends ? s'impatienta l'Effroyable Freddy.

— J'arrive ! dis-je.

En cas de grand danger, je n'avais qu'à me réveiller. Ça avait bien marché la dernière fois. (Et là, par mesure de précaution, j'avais placé des coussins par terre à côté de mon lit.) Je pris une grande inspiration et franchis le seuil. Au lieu de l'obscurité et du calme spectral du cimetière, je fus accueillie par une lumière vive et toutes sortes de cris et de bruits de casseroles. Mon pied rencontra le vide, je perdis l'équilibre et m'agrippai où je pus. À l'épaule d'une fille rousse !

— Fais donc attention ! s'énerva-t-elle.

Puis, se penchant en avant, elle hurla :

— Y avait faute, Schiri ! T'es bigleux ou quoi ?

Je m'étais rétablie et je scrutai les alentours. Tiens donc, une salle de sport ! J'avais atterri sur les marches d'une tribune pleine à craquer. Devant moi se jouait un match de basket, et il n'était pas difficile de deviner que les garçons en maillot rouge et noir étaient les Frognal Flames. Arthur venait de rattraper un ballon lancé par Grayson et le passait à Henry ; celui-ci dribbla adroitement pour éviter un adversaire, lança le ballon à Jasper, qui bondit sous le panier et marqua souverainement deux points. Les spectateurs exultèrent. Au tableau d'affichage, les Frognal Flames menaient de 18 points. Ça ressemblait à une victoire écrasante. Deux spectateurs se poussèrent pour me faire de la place au premier rang juste derrière le banc de touche. En me retournant, je vis la porte de Grayson qui était toujours là, en haut des marches. Mais personne à part moi ne semblait trouver dérangeante la présence d'une entrée de maison dans le mur d'une salle de sport. On ne me prêta pas non plus attention, comme s'il était tout à fait normal de venir voir un match de basket les pieds nus et en chemise de nuit. Je ne savais pas exactement ce à quoi je m'étais attendue, mais je sentis le soulagement me gagner. Cette scène était plus agréable que d'effrayantes invocations d'esprits dans un cimetière à la nuit tombée. Plus ou moins décontractée, je me concentrai sur le match. De prime abord, il ne semblait pas que l'équipe adverse ait la moindre chance face à la prestation fabuleuse des Frognal Flames, mais Grayson se mit à rater ses passes et à perdre le ballon, et les adversaires recollèrent au score. Je ne comprenais pas grand-chose au basket, mais je voyais tout de même bien que Grayson jouait maintenant comme un pied.

Il ratait ses tirs au panier, allait même jusqu'à passer le ballon aux adversaires et commettait toutes sortes de fautes. Les spectateurs le huèrent. Quelqu'un cria « Spencer, pauv' cloche, r'tourne chez ta mère ! » en lançant une canette de coca sur le terrain. Grayson, apparemment désemparé, continua à saborder systématiquement toutes les actions. Les supporters de l'équipe adverse jubilaient et hurlaient : « Le 5 est avec nous ! »

C'était à peine supportable. Mais à 63-61 pour l'équipe adverse, le coach des Frognal Flames demanda un temps mort et échangea Grayson contre un autre joueur. Il le reçut froidement quand il quitta le terrain, les épaules basses, en traînant les pieds. Dans le vacarme ambiant, je ne pus comprendre ce qu'il lui dit d'un ton méprisant. Grayson, au bord des larmes, tenta apparemment de s'excuser mais le coach s'était déjà détourné pour aboyer des consignes vers le terrain. Le match en cours lui importait plus.

Les Flames parurent alors retrouver un meilleur jeu, sans pour autant réussir à relever leur score. La mine défaite, Grayson se laissa tomber sur le banc ; les joueurs qui s'y trouvaient s'écartèrent de lui comme d'un pestiféré.

Il s'enfouit la tête dans une serviette.

Je savais bien que ce n'était qu'un rêve mais il me fit tout de même de la peine. Je me penchai en avant et lui donnai une petite tape sur l'épaule.

— Eh ! C'est juste un match !

Il leva la tête très lentement et se tourna vers moi.

— Ce n'est pas qu'un match, dit-il. C'est le match à ne pas perdre. Et je l'ai foiré !

— Eh bien…

Que dire ? C'était la pure vérité. Il l'avait totalement foiré.

— Mais malgré tout, ce n'est qu'un match entre deux équipes de lycée.

— Mais je l'ai foiré, répéta-t-il en balayant du regard les rangs des spectateurs. Et bien sûr, il fallait que tu assistes à ça. Et Emily… Elle a tellement honte de moi qu'elle ne me regarde même plus.

— Alors, elle est idiote, le réconfortai-je en suivant son regard. C'est laquelle ? Celle aux cheveux bruns avec le pull bleu, à côté de Florence ?

Je me figeai un instant avant de reprendre :

— Et n'est-ce pas Henry qui descend l'escalier là-bas ? Attends !

Je me retournai vers le terrain. Henry était en train de faire une passe à Jasper. Je lorgnai de nouveau vers l'escalier. Non, pas d'erreur, c'était indéniablement Henry qui me faisait signe là-bas.

— Grayson ? Se pourrait-il qu'Henry ait un frère jumeau ?

Mais Grayson avait de nouveau plongé la tête dans sa serviette et ne m'entendait pas. Ou faisait semblant.

Je regardai de nouveau le Henry basketteur et celui en jean et T-shirt qui se dirigeait droit vers moi, puis je haussai les épaules. C'était juste un rêve, il ne fallait pas accorder tellement d'importance aux choses.

— Pardon… vous pourriez vous pousser un peu ? Merci.

Henry se faufila dans la deuxième rangée et s'assit juste derrière moi.

— Salut, fille au fromage ! Alors, ça te plaît ?

— Si on veut. Vous perdez, dis-je comme s'il était tout à fait normal de le voir en deux exemplaires. Et arrête de m'appeler « fille au fromage » !

Henry observa son alter ego en train de marquer un tir à trois points et il émit un sifflement admiratif.

— Mais c'est que je joue pas mal du tout !

Il se pencha tellement en avant que sa tête fut presque à la hauteur de la mienne. Je m'efforçai de rester calme. Ce qui se passait ici était un bon exercice, un entraînement à la réalité.

— OK, fille au fromage. Désormais, je t'appellerai uniquement Liv !

La voix d'Henry, grave et profonde, me chatouillait l'oreille.

— Je suppose que c'est Grayson qui a foiré le match, n'est-ce pas ?

La tête de Grayson émergea de la serviette. Il devait avoir des oreilles de lynx.

— Oui, je l'ai complètement foutu en l'air, confirma-t-il.

Qu'il y ait deux Henry ne semblait pas le déranger plus que ça.

— J'ai déçu tout le monde : le coach, l'équipe, toi… et aussi Emily, Florence, mon père et… Écoute-les donc crier !

Les supporters adverses scandaient encore son nom.

— Spencer, la flamme des loosers, les Frognal Flames sont à terre !

Et :

— Le feu des Flames s'éteint, Looser Spencer est un pantin.

Grayson blêmit.

— La rime est vraiment mauvaise, dis-je.

Henry acquiesça.

— Votre chanson n'a ni queue ni tête, bande d'idiots !

Grayson n'en fut pas consolé, il se cacha de nouveau sous sa serviette. Je le soupçonnai de pleurer en douce.

— Malheureusement, il fait souvent ce rêve, dit Henry, compatissant.

— Quoi ? Qu'il renifle dans une serviette ?

— Qu'il joue comme un pied, que nous perdons à cause de lui, et que plus personne ne veut lui parler.

— C'est déjà arrivé ? En vrai, je veux dire.

Henry secoua la tête.

— Jamais ! Grayson est toujours en super-forme. La saison dernière, il n'a pas voulu quitter le terrain malgré une blessure à l'épaule et il a marqué huit points. Mais qu'est-ce que tu fais là, au fait ?

Cette question inattendue me prit au dépourvu.

— Moi ? Eh bien… Je voulais juste voir le match, quoi d'autre ? répondis-je, légèrement mal à l'aise devant son air inquisiteur.

Il me fit un grand sourire.

— Les pieds nus et en chemise de nuit ? Et ce n'est pas le sweat de Grayson que tu portes là ? Je lui ai pourtant dit de le récupérer. Un peu grand pour toi, je dirais.

— En revanche, toi tu es ici en deux exemplaires… Un peu trop présent, je dirais, répliquai-je en singeant son ton moqueur.

Mais je m'en voulais. J'aurais dû m'habiller autrement. Cette vieille chemise de nuit était moche comme tout et, avec le sweat de Grayson par-dessus, je devais avoir l'air de sortir de l'asile. Toutefois on pouvait y remédier ; après tout, on était dans un rêve. Je fermai vite les yeux et, quand je les rouvris, je portais mon jean préféré, des sneakers et un T-shirt rouge avec l'inscription *I am protected by the invisible Ninjas*. De plus, je m'étais passé du fard à paupières et un peu de gloss sur les lèvres.

Pas mal, quoi.

— Tu joues comme un dieu là-bas, dit Henry en se levant. Ou bien moi. C'est selon.

Puis il me regarda en penchant la tête.

— On va faire un tour ?

— Nous ne pouvons pas laisser tomber ce pauvre Grayson, protestai-je.

Surtout pas maintenant alors que les supporters des Frognal Flames avaient joint leurs sarcasmes à ceux des adversaires.

— Misère, misère, Spencer ! hurlaient-ils. Spencer nous désespère !

Tout en haut des tribunes, une vieille dame en tailleur Chanel et aux cheveux blancs permanentés brandissait furieusement un parapluie en criant :

— Grayson Ernest Theodor Spencer, tu me déçois profondément.

Henry enjamba le banc près de moi et secoua Grayson par l'épaule.

— Eh, Grayson ! Reprends-toi, bon sang ! Ce n'est qu'une saleté de cauchemar !

Grayson abaissa sa serviette.

— Facile à dire, murmura-t-il.

— Non, c'est vrai, mon pote, tu ne fais que rêver. Tu ne crois tout de même pas sérieusement que le Tyler Smith des débiles Hampstead Hornets claquerait un smash aussi spectaculaire ? Regarde-moi ça !

— Je ne sais pas, dit Grayson, dubitatif. En match, on arrive parfois à se dépasser…

— Mais Tyler Smith ? Même pas dans cent ans, dit Henry en se redressant. Fais-moi le plaisir de rêver d'autre chose. Quelque chose de beau ! Mais attends que nous ayons passé la porte !

Grayson nous regarda en hésitant.

— C'est un rêve ?

— Naturellement ! affirmai-je. Tu crois qu'il pourrait y avoir deux Henry sinon ?

— C'est vrai, concéda Grayson. C'est étrange.

— Viens ! dit Henry en prenant ma main. Allons-nous-en, Liv !

— Grayson peut venir avec nous.

Mon cœur se mit à battre un peu plus vite sans que je sache pourquoi.

— Pas question ! dit Grayson. Pas question que je me tire maintenant ! Jamais je ne laisserais tomber mon équipe. Ce serait lâche et indigne.

— Mais Grayson, tout ça n'est pas réel.

Je dus le lui crier par-dessus mon épaule car Henry m'entraînait déjà dans l'escalier et le bruit dans la salle était épouvantable.

— Grayson se débrouillera bien tout seul, m'assura Henry.

— Mais… à les entendre, on dirait qu'ils ne vont pas tarder à le lyncher !

Arrivés devant la porte de Grayson, je me retournai encore une fois.

— Écoute-les !

— Je ne suis pas sourd.

— Qu'il brûle, le traître ! Sur-le-champ ! scandait la foule alors qu'Henry ouvrait la porte et me poussait dans le couloir de l'autre côté.

Il referma la porte énergiquement en laissant derrière nous les cris et le vacarme de la salle.

— Tu sembles être un ami formidable ! dis-je sur un ton réprobateur.

— Ah, tu es encore là.

J'ignorais s'il s'adressait à moi ou à l'Effroyable Freddy qui déployait maintenant ses ailes et se gonflait un peu.

— Seul peut entrer ici celui qui prononce mon nom trois fois à l'envers.

— Oui, oui, peut-être une prochaine fois, mon petit gros, dit Henry.

Il avait apparemment oublié de lâcher ma main et je décidai de ne pas le lui rappeler. Pas encore. Ce n'était pas désagréable du tout.

Je lorgnai vers lui à la dérobée. La lumière du couloir correspondait plutôt à celle d'un soir d'été quand le soleil vient juste de disparaître à l'horizon et qu'il ne fait ni vraiment clair ni vraiment sombre. Il n'y avait de fenêtres ou de lampes nulle part, de sorte qu'on ne voyait pas bien d'où provenait la lumière. En tout cas, Henry apparaissait à son avantage. Moi aussi, espérons, car il me soumettait également à un examen attentif.

— Tu es encore là, répéta-t-il.

— C'est une bonne ou une mauvaise chose ? Et ne devrions-nous pas retourner là-bas et aider ce pauvre Grayson ?

— Ne t'inquiète pas pour lui. Il va bien. Demain matin, il aura oublié son rêve.

— Et nous aussi ?

— C'est justement ce que je cherche à savoir, répondit-il en me souriant. On marche un peu ?

— C'est déjà ce qu'on fait depuis un bon moment, non ?

Et de fait. Nous descendions lentement le couloir côte à côte. Main dans la main. Quelque chose de tout nouveau pour moi, aussi bien en rêve qu'en réalité. Je ne voyais pas d'objection à ce que ça se prolonge encore un peu.

— Pourvu que Lottie n'arrive pas avec sa hache, marmonnai-je.

— Quoi ?

— Ah, rien.

Je m'aperçus alors que plusieurs couloirs débouchaient dans ce corridor, tous ponctués de portes et d'une longueur infinie. Nous aurions dû être passés depuis longtemps devant la mienne, mais apparemment elle avait de nouveau changé de place.

— Si nous venions de nous trouver dans le rêve de Grayson, dans quel rêve avons-nous atterri maintenant ? demandai-je.

— Bonne question ! remarqua Henry.

Je crus d'abord qu'il allait en rester là. Mais il ajouta :

— Il n'y a que deux possibilités : ou bien c'est mon rêve… et, dans ce cas, je rêve de toi. Ou alors…

Il marqua une pause.

— Ou alors c'est mon rêve et je rêve de toi, complétai-je en levant vers lui des yeux souriants. Un bien beau rêve, d'ailleurs. Tu sais, je n'avais encore jamais tenu la main d'un garçon.

Il s'arrêta et leva un sourcil incrédule.

— Vraiment ?

— Oui.

Devant son étonnement, je m'empressai d'ajouter :

— Mais j'ai déjà embrassé. Et même très souvent.

En tout cas, dans mes rêves. Et une fois même – j'en ai encore honte aujourd'hui –, Justin Bieber. En revanche, je pouvais compter sur les doigts d'une seule main mes aventures dans la réalité. Sur deux doigts, pour être plus précise.

— Ah, me voilà rassuré ! ironisa Henry.

Mais j'eus comme l'impression qu'il me serra un peu plus la main en marchant.

— Mais là, ce n'est pas comme dans un rêve normal, repris-je. C'est comme l'autre nuit au cimetière. Je suis parfaitement consciente qu'il s'agit d'un rêve. Et ça me pousse à dire des choses que je n'oserais jamais dire sinon.

— C'est ce qu'on appelle faire des rêves lucides. Quand on sait très bien que l'on rêve…

— Je sais, j'ai appris ça sur Internet. Mais je n'y ai pas lu que d'autres peuvent faire exactement le même rêve en même temps.

— Non, tu ne trouveras rien de tout ça sur Internet.

— Alors où ? Et quel rapport avec le sweat de Grayson et ces portes ? Tu en as une aussi, toi ?

— Bien sûr.

Perfidement, il ne répondit qu'à ma dernière question et nous fîmes encore quelques pas en silence.

— Je te montrerai ma porte si tu me montres la tienne, dit-il ensuite.

— Je crois que celle-ci pourrait être celle de ma mère, remarquai-je en désignant du doigt la porte de magasin gris clair que j'avais déjà remarquée auparavant.

— « Au clair de lune… Librairie d'occasion Matthews » ? Je ne l'avais encore jamais vue. Elle est jolie.

— À coup sûr, c'est celle de Mum. Il y a même son nom dessus. Depuis son divorce, elle a repris son nom de Matthews. Et ce genre de librairie lui va parfaitement. Cela dit, en franchissant cette porte, je n'atterrirais pas dans une librairie, n'est-ce pas ? Mais dans le rêve que ma mère est en train de faire.

— Encore faudrait-il que tu franchisses cette porte…

Je me secouai.

— Elle passe certainement toute la nuit à rêver d'Ernest… beurk. Rappelle-moi de ne jamais entrer là-dedans !

Tout en parlant, je m'aperçus de l'absurdité de ce que je disais, mais Henry ne fit que rire.

— Oui, dit-il, il y a des rêves qu'on aimerait mieux ne pas partager. Ceux de Jasper, par exemple… Chez lui, les gens sont le plus souvent nus…

Il s'arrêta sans prévenir.

— Tiens, voici ma porte.

— C'est drôle, dis-je. Elle est juste en face de la mienne. C'était une rouge qui était là avant.

— Oui, elles changent sans arrêt de place. Je n'ai encore jamais très bien compris comment ça fonctionne.

Comme la mienne, sa porte était plutôt du genre antique, mais plus haute, plus large et laquée de noir. Elle avait un heurtoir classique en forme de tête de lion, et le linteau portait, gravés dans le bois, les mots *dream on*, ce qui me fit sourire. Étrangement, il y avait trois trous de serrure superposés.

Henry, quant à lui, observait ma porte.

— On dirait l'entrée d'un cottage des Costwolds, dit-il. À part le lézard. A-t-il une signification ?

— Je n'en sais rien, dis-je en haussant les épaules. Pourquoi as-tu tant de serrures ?

— Je n'aime pas les visites imprévues, répondit-il après un silence.

J'essayai de réfléchir mais c'était difficile d'avoir les idées claires. Peut-être parce qu'il tenait toujours ma main.

— S'il s'agit là des entrées de nos rêves, comment se fait-il que nous soyons ici, au-dehors ? m'étonnai-je. Et que se passe-t-il là-dedans sans nous ?

— Aucune idée. Je suppose que, sans nous, il ne s'y passe rien.

Le claquement d'une porte nous fit sursauter tous les deux. Ou nous écarta plutôt l'un de l'autre. Mais personne en vue. Le couloir était vide.

— On ferait mieux de rentrer chez nous et de… euh… dormir encore un peu, proposa Henry avec un petit sourire en coin.

Il avait lâché ma main et il sortit trois clés de sa poche.

— Pourquoi chuchotes-tu ? demandai-je. Il n'y a personne ici.

Je regardai de nouveau dans la direction d'où était venu le bruit.

— On ne sait jamais.

Henry tourna les clés dans les trois serrures.

— Dors bien, Liv. C'était bien de rêver avec toi.

— Oui, je le pense aussi.

En soupirant, je me tournai vers la poignée-lézard de ma porte. Dommage que ce fût déjà terminé. J'avais encore tant de questions. Et puis…

— Merci de m'avoir tenu la main.

Henry avait déjà à moitié franchi le seuil quand il se retourna vers moi.

— De rien. Ah oui, encore une chose, Liv !

— Hmm ?

— À ta place, je n'irais pas à la fête d'Arthur.

— Oh !

Je m'efforçai de ne pas montrer que j'étais vexée. D'abord Grayson et maintenant lui.

— À moins que tu n'aimes les choses dangereuses à l'issue incertaine… dit-il avec un clin d'œil.

Je me sentis un peu devinée.

— Sérieusement, si tu es intelligente, tu ferais mieux de nous éviter. Nous trouverons bien quelqu'un d'autre pour remplacer Anabel.

— Remplacer ? Pour quoi faire ? demandai-je.

Mais la porte noire s'était déjà refermée derrière lui et j'entendis qu'il la verrouillait de l'intérieur. Trois fois.

Si tu es intelligente… Je n'étais pas bête. Et je savais bien que ceux qui prononcent des phrases comme « Tu ferais mieux de nous éviter » ont quelque chose à cacher. Mais c'était déjà clair pour moi avant. Là, il y avait plus d'un secret à découvrir. Et c'est dans la nature des secrets d'être aussi un peu dangereux.

C'est peut-être pour cela que je ressentis soudain une impression de froid. La lumière parut faiblir, les ombres dans le couloir s'accentuèrent et j'éprouvai le sentiment désagréable de ne pas être seule. Je me glissai vite dans mon rêve par ma porte verte et la refermai derrière moi. Une fraction de seconde plus tard, on frappa sur le bois de l'autre côté, très doucement, comme un grattement. Quelque chose me dit qu'il valait mieux ne pas aller voir de qui il s'agissait.

— Ah, te voilà enfin, Livvy, dit quelqu'un derrière moi.

En me retournant, je vis Mia, Lottie et Mum dans la cuisine éclairée des Finchley, assises autour de la table, en train de jouer aux cartes.

— Vous avez entendu ? demandai-je.

— Quoi donc ?

— Eh bien, cet étrange grattement à la…

Je m'arrêtai car, quand je me retournai, la porte avait disparu. À sa place, il y avait la fenêtre de la cuisine encadrée par les rideaux écossais sans doute les plus laids du monde.

Un réveil sonna quelque part.

Chapitre 15

— C'est pour l'école ? demanda Lottie en montrant mon cahier à spirale.

— Oui, mentis-je en espérant qu'elle ne lirait pas ce que j'y avais écrit.

Heure : 2 heures

Sweat de Grayson : oui Souvenir d'un rêve : oui

Souvenir de la porte verte dans le rêve : oui

Description détaillée du rêve : *Une inondation. Lottie, Mia, Mum et moi dérivons sur un radeau dans une ville inconnue et Buttercup nage à côté de nous. Je vois la porte verte sur l'une des maisons inondées. Je sais qu'elle doit être importante, mais je n'ai pas envie de nager vers elle. L'eau me paraît froide. Il doit y avoir aussi des crocodiles.*

— Un samedi ? Avant même le petit déjeuner ? Tu n'exagères pas un peu, là ? Je m'inquiète de voir ces cernes noirs sous tes yeux, dit Lottie en me caressant les cheveux. On dirait que tu manques de sommeil. Mais ce n'est pas possible, tu t'es couchée tous les soirs avant 10 heures.

— C'est vrai.

Ces deux derniers jours, j'avais hâte de voir le soir arriver et de pouvoir aller au lit. J'avais en effet décidé d'aller au fond des choses avec des expérimentations ciblées. Car que disait Sherlock Holmes ? « C'est une grossière erreur de théoriser avant d'avoir les indices nécessaires. Inconsciemment, on commence à déformer les faits pour les concilier avec la théorie au lieu de modifier les théories pour qu'elles s'adaptent aux faits. »

J'avais donc lancé toute une batterie de tests sur mes rêves avec et sans le sweat de Grayson. Pour cela, j'avais réglé le réveil pour qu'il sonne toutes les heures et j'avais soigneusement dressé des procès-verbaux. Et là, je relisais mes notes afin de les exploiter scientifiquement.

Heure : 3 heures
Sweat de Grayson : non Souvenir d'un rêve : oui
Souvenir de la porte verte dans le rêve : oui
Description détaillée du rêve : *Mon professeur de kung-fu, Mr Wu, et moi nous trouvons dans le téléphérique Adliswil, au sud de Zurich, avec beaucoup de touristes, et Mr Wu me dit d'effectuer une clé de nuque sur une grosse touriste américaine en T-shirt violet. Quand je lui demande s'il déraille complètement, il me répond : « Confucius a dit : Le sage oublie les vexations comme un ingrat oublie les bienfaits. » La porte verte est celle du téléphérique, elle est donc suspendue en l'air. Je la franchis tout de même et me retrouve dans le couloir. Tout a l'air calme et anodin. Aucune trace d'êtres étranges, inquiétants et grattant. Je cherche la porte de Grayson et je prononce trois fois le nom de Freddy à l'envers. Mais la porte est fermée à clé. Je la secoue vio-*

lemment. L'Effroyable Freddy me traite de mal élevée. Je réplique : « Le sage oublie les vexations comme un ingrat oublie les bienfaits. » Puis je secoue encore deux portes, juste pour le plaisir. Tout est verrouillé. Un réveil sonne avec un son strident. Mon réveil. Je le maudis.

Je réprime un soupir. Tout cela ressemble plus aux notes d'un fou qu'à quelque chose susceptible d'être exploité scientifiquement.

— Je parie sur un manque de fer, mais c'est peut-être tout autre chose, dit Lottie.

Elle s'était tournée vers ma mère qui traversait le salon à moitié nue. La réunion familiale numéro deux était prévue pour aujourd'hui, cette fois sans cailles, mais avec Lottie, Buttercup, le déménagement et le choix des couleurs pour les murs (et sans doute aussi d'autres crises de nerfs de Florence). Il nous restait encore une demi-heure avant de partir, mais Mum était déjà terriblement nerveuse. Buttercup trottait derrière elle, la laisse dans la gueule.

— Il faudrait prendre un rendez-vous chez le médecin pour Liv, suggéra Lottie.

— Hmm ?

Comme toujours, Mum n'avait entendu que la dernière phrase. Apparemment, elle cherchait quelque chose.

— Tu ne sens pas bien, ma puce ? Justement aujourd'hui où tu veux aller à cette fête ?

— Mais si, je vais très bien. Lottie s'inquiète seulement de mes cernes.

— Ah, je vais te donner mon cache-cernes, et personne ne les verra. Quelqu'un aurait-il vu la laisse ?

— Wouaff, fit Buttercup.

Mum ne lui prêta aucune attention. Elle se tourna plutôt vers Lottie.

— Pas d'inquiétude ! À l'âge de Liv, j'avais de bien plus grands cernes sous les yeux.

— Oui, parce que tu fumais, Mum.

— Ne dis pas de sottises ! J'ai seulement fumé à la fac.

Mum fit encore nerveusement un tour complet sur elle-même.

— Mia, laisse tomber ce truc et habille-toi enfin ! Je ne veux pas que nous arrivions trop tard. Le jeune frère d'Ernest sera là et les peintres aussi… et où est donc passée cette satanée…

Lottie prit la laisse dans la gueule de Buttercup et la tendit à Mum.

— À quinze ans, j'avais des cernes pour d'autres raisons, dit Mum, reprenant le fil de ses pensées tout en regardant la laisse avec étonnement. Non, ce n'est pas ce que vous allez encore penser. J'écrivais des poèmes la nuit. Par chagrin d'amour.

— Oh, pauvre Mum ! Comment s'appelait-il ? demanda Mia.

En chemise de nuit sur le canapé, elle fixait l'écran de l'iPad de Lottie.

— Qui ça ?

— Eh bien, le garçon à qui tu écrivais des lettres d'amour à quinze ans.

— Ah, il y en a eu tellement.

Mum fit un large geste de la main et Buttercup en profita pour reprendre sa laisse.

— À cet âge, on s'amourache d'un nouveau garçon toutes les trois semaines, ajouta-t-elle.

— Toi, peut-être, dit Mia. Liv et moi ne sommes pas si vulnérables. Pas vrai, Livvy ? Nous ne sommes pas des bécasses soumises à leurs hormones, avec un cerveau en barbe à papa rose.

Personnellement, je n'en étais plus aussi certaine. Je pensais malheureusement beaucoup trop souvent à Henry et à son regard ou à son sourire… Mais, d'accord, j'étais encore loin d'être une bécasse avec un cerveau en barbe à papa rose. Il n'y avait d'ailleurs aucune raison pour cela. Quand Henry était passé près de moi hier matin à l'école, il m'avait simplement dit « Salut, fille au fromage ! » et rien, mais alors rien, n'avait montré sur son visage que nous nous étions tenus par la main en rêve. Mon bon sens me disait que je me faisais des idées, mais j'avais là cette étrange sensation au ventre que je ne pouvais pas ignorer. D'ailleurs, c'était aussi ce qui m'avait poussée à faire cette série de tests nocturnes. C'était maintenant clair : ces rêves me rendaient folle.

Heure : 4 heures
Sweat de Grayson : oui
Souvenir d'un rêve : non. Bon sang, je meurs de fatigue.
Souvenir de la porte verte dans le rêve : non
Description détaillée du rêve : —

Heure : 5 heures
Sweat de Grayson : oui Souvenir d'un rêve : oui
Souvenir de la porte verte dans le rêve : oui
Description détaillée du rêve : *Je suis dans un merveilleux jardin, allongée dans un hamac sous des cerisiers en fleur, entourée de hauts murs de briques. Dans le mur, je vois une*

porte verte et je sais que je devrais la franchir pour poursuivre mon investigation empirique. Mais mes yeux sont trop lourds, le hamac est trop confortable et le bourdonnement des abeilles me rend toute somnolente… Merveilleux… Arghh !!! Ce maudit réveil se met à sonner.

Heure : 6 heures
Sweat de Grayson : oui Souvenir d'un rêve : oui
Souvenir de la porte verte dans le rêve : oui
Description détaillée du rêve : *Bien que morte de fatigue, je ne me suis endormie qu'une minute environ avant la sonnerie du réveil, d'où un rêve fort court. Je me suis glissée dans le couloir par la porte verte et j'ai couru vers celle de Grayson, bavardé un peu avec Freddy, franchi la porte et atterri dans une salle de classe. Cours d'anglais de Grayson, aussi ennuyeux qu'en vrai, effroyablement réaliste. Réveillée avant que rien d'intéressant ne se passe.*

Et que signifiait tout cela ? Outre le fait que j'avais passé deux nuits blanches à noter scrupuleusement quand j'étais passée par telle ou telle porte en rêve ? C'était à s'arracher les cheveux.

« Wouaff. » Buttercup se trouvait devant moi, la laisse dans la gueule, la tête penchée de côté. Quel chien intelligent ! J'avais justement besoin d'air frais. Je refermai mon carnet et me levai.

— Je vais faire un petit tour avec Butter, annonçai-je. Comme ça, tu vas pouvoir t'habiller tranquillement.

— Attention à ne pas encore te perdre ! s'inquiéta Lottie et Mum ajouta son grain de sel :

— Gare à toi si tu ne rentres pas à l'heure !

L'avertissement de Lottie n'avait, hélas, rien d'incongru. Ici, à Londres, mon GPS interne, normalement fiable, m'avait laissée plusieurs fois en rade. Non seulement les rues du quartier avec leurs vieilles maisons en brique se ressemblaient pratiquement toutes (surtout sous la pluie), mais j'avais aussi tendance à me tromper de direction à la sortie du bus et à confondre le nord avec le sud. Apparemment, mon cerveau ne s'était pas encore adapté au changement d'hémisphère.

Mais avec Buttercup auprès de moi, je retrouverais mon chemin à coup sûr ; elle avait des gènes de labrador retriever et c'étaient d'excellents chiens limiers.

Elle prit en trottinant joyeusement la direction de Kenwood Park (je l'espérais du moins). C'était une claire matinée de septembre ; un vent frais soufflait dans mes cheveux et ébouriffait le poil de Butter. Nous bifurquâmes dans une rue qui s'appelait Well Walk, un nom bien mérité d'ailleurs. Au centre de la chaussée, il y avait une large bande de verdure arborée, avec des bancs et même deux pittoresques cabines téléphoniques rouges qui donnaient l'impression d'avoir été placées là pour les touristes. Les maisons des deux côtés de la rue avaient toutes des portes magnifiques qui auraient eu tout à fait leur place dans mon mystérieux couloir.

Peu à peu, mes idées se faisaient plus claires. L'exploitation de mes notes des deux nuits précédentes me permettait déjà de tirer quelques conclusions générales. Premièrement : la porte verte surgissait toujours dans mes rêves. Je mettais parfois un moment à bien la percevoir, mais je comprenais alors que je rêvais et que je pouvais largement décider moi-même de toutes les étapes suivantes de mon rêve, comme par exemple accéder au couloir en franchissant la porte. Deuxièmement : quand je portais le sweat de Grayson, je pouvais passer sa porte ; sinon elle restait close. Troisièmement : toutes les portes de ce couloir paraissaient verrouillées. Quatrièmement : je pouvais apparemment rêver en détail de personnes que je n'avais jamais rencontrées dans la vie réelle. Dans le match de basket cauchemardesque de Grayson, je ne connaissais pas la fille qui était assise à côté de Florence dans la tribune et je l'avais reconnue nettement le lendemain matin sur une photo du blog à potins et même vue, une demi-heure plus tard, en chair et en os, dans la cour de l'école. Avec Grayson ! Il s'agissait d'Emily Clark, la rédactrice en chef de *Reflexx*, le journal de l'école. Donc, à en croire Secrecy, à la fois la copine et la chef de Grayson. Suite à cette découverte, Mia avait tout de suite placé Emily en tête sur la liste des personnes susceptibles d'être Secrecy. C'était tout à fait plausible car, en tant que rédactrice en chef du journal de l'école, Emily disposait de nombreuses informations et avait accès à diverses sources. Et puis, son poste au *Reflexx* lui avait appris à écrire des papiers. De plus, elle était très proche de Florence et de Grayson et faisait donc certainement partie des tout premiers informés au sujet des Spencer.

Et, dans la nuit de vendredi à samedi, j'avais aussi rencontré en rêve Anabel Scott, l'amie d'Arthur (ou l'ex, selon Secrecy, on ne pouvait être sûr de rien) ; entre 3 et 4 heures d'après mes notes, et ç'avait été la rencontre la plus intéressante de toutes. Rien que pour ça, mes efforts avaient sans doute valu la peine. En rêve, j'avais de nouveau pris le téléphérique avec un Mr Wu philosophant et je m'étais empressée de franchir la porte verte pour aller dans le couloir. Après avoir dûment – je ne portais pas le sweat de Grayson – discuté avec l'Effroyable Freddy et secoué la porte de Grayson, j'errai dans le couloir et contemplai les portes en me demandant à qui elles pouvaient bien appartenir. La librairie d'occasion Matthews (fermée) était évidemment l'accès aux rêves de Mum et je m'imaginais bien que la porte bleue laquée, encadrée de vigne vierge, avec les chouettes sculptées au-dessus du linteau, appartenait à Mia, d'autant plus qu'un pot de myosotis, ses fleurs préférées, se trouvait devant. Je repassai aussi devant la porte d'Henry et, à l'instant où j'abaissai la poignée – finalement, il s'agissait ici d'une batterie de tests –, quelqu'un derrière moi m'adressa la parole.

— Il n'oublie jamais de fermer la porte à clé, dit une douce voix de jeune fille.

Je me retournai en sursaut, la main sur mon cœur affolé.

— Oh, pardon ! Je ne voulais pas t'effrayer, dit-elle.

Elle était petite et menue. Des cheveux blonds encadraient son visage régulier et ondulaient sur ses frêles épaules.

— Tu ressembles à la Vénus de Botticelli, laissai-je échapper.

— Oui, mais seulement quand je suis nue dans un coquillage, répondit-elle, tout sourire, en me tendant la main. Bonjour, je suis Anabel Scott. Tu es une amie d'Henry ?

— Euh… pas directement.

Je dus me maîtriser pour ne pas la fixer du regard. Anabel Scott était l'une des cibles de prédilection des ragots de Secrecy et quelqu'un pour qui – je l'avoue – j'éprouvais aussi une grande curiosité. Elle était parfaite, de la tête aux pieds, et il n'était pas étonnant qu'Arthur en soit tombé amoureux. Optiquement du moins, ils formaient un couple parfait.

Je répondis à son sourire, pris sa main toujours tendue et la lui serrai, tout en me sentant tout à fait étrange. Eh, mais c'était un rêve poli. Je me demandai un instant ce qu'il fallait dire. « Sympa de faire ta connaissance, même si ce n'est qu'en rêve. Je te croyais en Suisse. Tu n'étudies pas là-bas ? Es-tu au lit en train de dormir ? Et peut-on croire les rumeurs prétendant qu'Arthur et toi allez vous séparer ? » Mais je ne trouvai à dire que :

— Liv Silver. Je suis… euh… nouvelle… euh… ici… dans ce couloir.

Les yeux verts d'Anabel s'agrandirent.

— Alors, c'est toi la fille dont Arthur m'a parlé… Celle qui peut nous aider…

— Vous aider à quoi ?

Elle jeta un regard prudent alentour et je me demandai ce qu'elle attendait. Que l'Effroyable Freddy se glisse en douce pour nous pincer les fesses par-derrière ?

— Je n'ai pas le droit de te le dire, finit-elle par chuchoter.

Elle mordit sa lèvre inférieure parfaitement dessinée, puis reprit :

— Mais finalement, c'est ma faute si les garçons se trouvent dans cette situation.

Certaines phrases me font un effet irrésistible, que ce soit dans la réalité ou en rêve. « Je n'ai pas le droit de te le dire » en est une, juste après « Tu ferais mieux de nous éviter ».

— Tu as raison, chuchotai-je en retour. C'est certainement plus sûr de ne pas en parler.

Anabel hésita, une toute petite ride creusa son front parfait.

— Bon, alors, je vais repartir, dis-je légèrement. Sympa d'avoir fait ta connaissance.

Alors que je me retournais, elle se mit à parler. Mon Dieu, ç'avait été simple comme tout.

— J'ai persuadé les garçons, l'année dernière à Halloween, tu comprends ? lâcha-t-elle. À l'origine, ce ne devait être qu'un jeu. Je ne pouvais tout de même pas deviner que…

Elle jeta de nouveau un regard angoissé autour d'elle.

— Il ne faut jamais Lui mentir, reprit-elle. Il peut voir jusqu'au plus profond de ton âme et Il est sans pitié quand on ne suit pas ses règles.

Qui ça ? Quoi donc ? De quoi parles-tu ? Toutes ces questions et quelques autres encore me brûlaient la langue. Je me débarrassai de la première.

— De qui tu parles ?

Pour en rajouter, je me penchai en avant et murmurai aussi mystérieusement qu'elle :

— Qui est sans pitié ?

Elle secoua la tête et éluda ma question.

— J'aime Arthur, tu peux me croire. J'ai toujours cru que les histoires sur le grand amour n'étaient que des contes… jusqu'à ce que je le rencontre. Ce fut comme un tsunami qui nous a submergés. Je savais que nous étions faits l'un pour l'autre, que c'était l'homme que j'avais attendu toute ma vie.

Elle s'arrêta et se mordit la lèvre.

Oh là ! On ne pouvait pas faire plus théâtral. Outre ma méfiance innée envers ceux qui parlent aussi ouvertement de leur liaison – ô combien magnifique – à de parfaits inconnus, je me rappelais avoir lu tout autre chose dans le blog à potins : il n'y était absolument pas question d'un grand amour qu'elle aurait attendu toute sa vie ; elle avait encore eu cet ex-ami, Tom Quelque-chose. Et n'était-il pas mort, d'ailleurs ?

Elle poussa un soupir.

— En tout cas, j'aurais dû savoir qu'on ne peut pas lui mentir.

— Tu veux dire à Arthur ?

Anabel me lança un regard surpris.

— Non ! Je parle de Lui !

Je remarquai alors ses pupilles dilatées. Les mots qu'elle venait de prononcer traversèrent le couloir et l'écho renvoyé par les murs revint en chuchotement.

— Ce Lui que nous avons invoqué par notre jeu, précisa-t-elle.

Je la fixai du regard.

— Invoqué ? Mais qui donc ? Et pourquoi ? Anabel se tut un court instant puis elle chuchota :

— Il a beaucoup de noms. L'homme du vent. Le gardien des ombres. Le démon de la nuit.

Le couloir s'assombrit franchement. Un souffle froid passa sur mes bras et je sentis les poils de ma nuque se dresser. Pas tellement à cause de ce qu'Anabel venait de me dire, mais bien plutôt parce qu'elle avait clairement peur. Je le lisais dans ses yeux.

— Il est le maître des rêves. Les Akkadiens le nommaient Lilu. En sumérien, il s'appelait Lulila ; dans la mythologie perse, son nom est…

— Lulila ? L'homme du vent ?

Les poils de ma nuque reprirent leur position normale et je ne pus m'empêcher de rire.

Anabel me regarda avec de grands yeux.

— Tu ne devrais pas… On ne plaisante pas avec un démon.

— Désolée… dis-je en reprenant mon souffle. Mais alors, il devrait peut-être se donner un nom plus effrayant.

Non, rien à faire. Le fou rire me reprit.

— Je veux dire… Lulila ! On dirait une berceuse des Télétubbies !

La peur sur le visage d'Anabel céda la place à un étonnement incrédule et à quelque chose d'autre que je n'arrivai pas à déterminer parce que je riais aux larmes et que j'en avais la vue troublée. Lulila, l'homme du vent !… Je me tordais de rire comme si je n'avais jamais rien entendu de plus drôle.

Anabel semblait paralysée d'effroi.

Je savais bien que ma réaction était tout à fait inconvenante. D'autant plus que le couloir s'était encore assombri et que la température avait nettement baissé. Mais, avant que je puisse me reprendre et m'excuser, le réveil sonna.

Et je m'étais réveillée en plein fou rire.

Maintenant encore, en voyant Buttercup tourner la tête vers moi avec un regard interrogateur, je ne pus m'empêcher de pouffer.

— Tout va bien, Butter. Fais tes petites affaires et au retour je te brosserai encore un peu le poil, dis-je en regardant l'heure. Aujourd'hui, tu vas faire la connaissance de ta future maison. Et de ta nouvelle famille patchwork, y compris son matou. Il faut que tu aies l'air le plus mignon possible pour qu'ils t'aiment tous bien.

Buttercup s'arrêta, pencha la tête de côté, d'un air si craquant que même le matou le plus réac du monde ne pourrait que la prendre dans son cœur de patchwork.

Puis elle se mit brusquement à japper au passage d'un cycliste qui, de frayeur, faillit atterrir dans un lampadaire.

Le rire me reprit. Cette chienne était vraiment un petit diable sur pattes.

À propos de petit diable… J'avais finalement réussi à trouver Lulila sur Internet. Parmi toute une flopée de magasins de vêtements pour enfants qui portaient ce nom, je l'avais repéré sur une liste de divinités et démons sumériens. Lulila, démon nocturne sumérien. C'était malheureusement tout. Mais cela me permettait tout de même d'ajouter un autre point à l'exploitation scientifique des procès-verbaux de mes rêves : j'étais manifestement en mesure de rêver de choses que je ne pouvais pas savoir.

Chapitre 16

Pour diverses raisons, l'ambiance était un peu plombée à notre arrivée chez Ernest. D'abord, nous avions une vingtaine de minutes de retard (pas par ma faute mais parce que, guidées par miss Mia-sûre-à-soixante-dix-pour-cent, nous nous étions trompées de bus) et puis nous appréhendions toutes les deux la rencontre entre Florence et Lottie.

— Si jamais elle se permet de faire une réflexion... grinça Mia d'un air menaçant.

Nous n'avions pas dit à Lottie que Florence avait violemment refusé de céder ses appartements ; Mum s'était abstenue elle aussi de la moindre allusion. Nous savions bien que Lottie n'aurait alors pas voulu nous accompagner ou que, plus probablement, elle aurait tenu à s'installer dans le placard à balais.

— Et si jamais elle se permet de faire une sale tête... ajouta Mia.

En fixant l'Effroyable Freddy devant la porte d'entrée des Spencer, je faillis dire « Ydderf, Ydderf, Ydderf » au lieu de sonner. C'était étrange de constater combien cette statue imposante m'était devenue familière au cours des nuits passées. Je m'attendais presque à la voir me faire un clin d'œil.

Nous avions couru jusque-là depuis l'arrêt de bus et avions semé Mum et Lottie qui, tout essoufflées, tournaient seulement maintenant le coin de l'allée d'accès. Malheureusement en même temps qu'un grand type en pantalon de velours et pull à col roulé qui venait en sens inverse et paraissait tout aussi pressé. Il se prit les pieds dans la laisse et Butter ne trouva pas ça drôle du tout : elle se mit à japper et à sauter comme une folle pour mordre le pantalon en velours. Bref, un vrai remue-ménage. Mia et moi voulions la retenir par son collier mais ce n'était pas partie facile, elle se tortillait comme une anguille. La laisse ultralongue s'enroula autour des chevilles de Lottie et des jambes du type et les fit tomber tous les deux, tandis que Mum, qui se trouvait à côté, n'arrêtait pas de crier sans grande efficacité : « Méchant chien ! »

Je réussis finalement à tirer Buttercup par le collier, ce qui permit à Lottie et au type de se relever… tout en se heurtant la tête. Il s'en fallut de peu que Butter ne remette ça en entendant le « aïe ! » de Lottie. Elle se contenta d'un aboiement réprobateur.

— Tais-toi, méchante ! dit Mum d'une voix faible.

L'homme se frotta le front.

— Ça va ? demanda-t-il à Lottie.

Et là, chapeau ! Car, à sa place, tout autre que lui aurait menacé d'appeler un avocat.

— Pardon, dit Lottie, légèrement hors d'haleine, en retirant une boucle brune de son visage. Normalement, je suis une chienne tout à fait gentille.

Mia se mit la main devant la bouche pour s'empêcher de rire.

— Hmm, je voulais dire « elle est », bégaya Lottie en piquant un fard.

Visiblement, la vue de cet homme semblait la troubler énormément.

— C'est une gentille chienne. Je… euh… Seulement, elle n'aime pas les facteurs.

— Oh, je ne suis pas un facteur, lui assura le type. Je suis la brebis galeuse de la famille Spencer, Charles, le frère d'Ernest. Et vous devez être nos nouvelles pièces rapportées. Ravi de faire votre connaissance.

Maintenant que nous avions le temps de l'examiner de plus près, ce qu'il venait de dire ne nous étonna pas vraiment car il ressemblait à l'évidence à Ernest : même carrure, mêmes yeux bleus, même début de calvitie, mêmes oreilles éléphantesques. Même sa voix était tout à fait identique.

Il nous serra la main à toutes et nous nous présentâmes en lui assurant que nous étions ravies nous aussi. Quand ce fut le tour de Lottie, elle avait encore rougi un peu plus et elle déclara qu'elle s'appelait Tollie et qu'elle était la jeune pille au fair.

— Quelque chose dans le genre, en tout cas, marmonna Mum.

Mia et moi échangeâmes un regard alarmé. Qu'est-ce qui arrivait à Lottie ? Et quand notre jeune pille au fair laissa encore entrevoir quelques secrets de famille jusqu'alors insoupçonnés, nous n'en crûmes pas nos oreilles.

— Moi aussi, j'ai été la brebis galeuse de la famille, s'empressa-t-elle de déclarer. Mais ensuite, ma cousine

Franziska est tombée amoureuse de sa femme de ménage, et c'est elle qui est devenue la brebis galeuse. Jusqu'à ce que le cousin Basti la remplace parce qu'il avait transformé son hôtel en un club échang…

— On va remettre les détails à plus tard, l'interrompit Mum en appuyant énergiquement sur la sonnette. Là, nous avons une quantité de meubles à déplacer… Oh, bonjour, Ernest chéri ! Pardon pour le retard. Je n'y suis pour rien.

— Nous nous sommes trompées de puce, dit Lottie avec un sourire béat qui, en tout cas, n'était pas destiné à Ernest.

Je commençais à entrevoir ce qui se tramait là.

— Je crois que nous avons un candidat en vue pour la mission « Trouver un copain pour Lottie », glissai-je à l'oreille de Mia alors que nous passions le seuil. On dirait qu'elle a un petit faible pour cette brebis galeuse déplumée.

— À coup sûr, me chuchota Mia. Je vais lui tâter un peu le pouls.

Et c'est ce qu'elle fit aussitôt en posant, avec son plus charmant sourire, des tas de questions indiscrètes aussi bien à Charles qu'à l'un ou l'autre membre de sa famille. À la fin de la journée, nous avions engrangé pas mal d'informations. D'abord, nous avions établi une entente cordiale entre Spot et Butter, une formalité étonnamment simple après l'entrée en scène peu glorieuse de Butter. Au début, ils se fixèrent un peu du regard – Spot de toute sa hauteur depuis le canapé, Butter collée contre la jambe de Mia et reniflant anxieusement –, suite à quoi ils décidèrent de s'ignorer pour le reste de la journée, ce qui réussit nettement mieux à Spot. Butter n'arrêtait pas d'envoyer des coups d'œil méfiants vers le canapé et, sinon, de nous suivre pas à pas à tous les étages. Et des pas, il y en avait, car nous devions déplacer au moins quarante tonnes de meubles et de cartons dans tous les sens.

Entretemps, nous avions découvert plus de cinquante nuances de blanc et choisi celles qui portaient les plus beaux noms (« vieille dentelle » pour Lottie, « blanc neige » pour Mia et « coquillage » pour moi). Florence avait révélé une étonnante sûreté dans ses conseils de styliste et Grayson son daltonisme. (« Vous vous fichez de moi, non ? Tout ça, c'est que du blanc ! »)

Nous avions aussi constitué un dossier complet sur le frère d'Ernest : trente-neuf ans, sans enfants, divorcé depuis deux mois. Son divorce d'avec « Eleanor, le dragon vorace » lui avait fait perdre une maison de vacances dans le sud de la France, une Jaguar et tous ses nerfs. La ride qui lui creusait le front était aussi à porter au compte d'Eleanor, à en croire Florence du moins. Il jouait au tennis, donnait de l'argent pour le WWF, appréciait les concerts classiques en plein air dans les parcs ainsi que la musique d'un groupe nommé Lambchop. À propos, Lambchop, c'était plutôt décevant. Mais s'il était la brebis galeuse de la famille, ce n'était pas parce qu'il taguait les murs ou faisait pousser chez lui du cannabis ou pour toute autre chose que peuvent faire les brebis galeuses, mais parce que, contrairement à ses frères aînés, il n'avait pas fait des études de droit et n'était pas entré en politique. À la place, il avait un cabinet de dentiste à Islington (du coup, on aurait mieux fait de lui tâter la dent plutôt que le pouls). Mia et moi étions un peu déçues. Un vétérinaire, c'eût été super, mais dentiste… ça lui retirait des points de sympathie. Et puis, les dentistes ne sentent pas bon, tout le monde le sait…

Mais Charles ne fut pas le seul à être soumis à un interrogatoire en règle, Lottie dut aussi subir toutes sortes de questions singulières car Florence avait manifestement un problème avec sa nationalité. Elle se faisait un devoir de vérifier qu'aucun nazi ne se trouvait dans son ascendance. Et si oui, si elle se sentait coupable et ce qu'elle faisait contre ça ? Mia était à deux doigts de gifler Florence pour ses questions malsaines, mais Lottie dit que, pour ce qu'elle en savait, tous les nazis de sa famille étaient tombés au combat pendant la Seconde Guerre mondiale, et cela suffit à satisfaire momentanément Florence. Elle paraissait s'être aussi accommodée des modifications familiales et du chambardement qui en découlait. En tout cas, elle ne s'en plaignait plus et toute crise d'hystérie semblait être écartée. J'en fus presque déçue. Florence m'avait fait bien meilleure impression quand elle avait pété les plombs. Naturellement, Mum reprit encore ses remarques gênantes. Elle attendit le déjeuner pour les faire afin que tout le monde puisse en profiter.

— C'est si sympa de ta part d'emmener Liv à cette fête ce soir ! dit-elle avec un sourire radieux à l'adresse de Grayson. Je n'arrête pas de répéter qu'à votre âge, on ne doit rester à la maison un samedi soir qu'avec 40 °C de fièvre… Je suis très contente que Liv mette enfin un terme à sa vie de laissée-pour-compte.

Hmm…

Visiblement, Grayson ne savait pas quoi dire. Il leva les yeux vers moi et je ne pus réprimer un sourire narquois.

— Mum, je crois que tu ne connais pas les dernières nouvelles. Ne mets pas Grayson dans l'embarras. En fait, il ne veut pas de moi à cette fête.

Ernest posa sa cuillère à côté de son assiette.

— Comment ça ?

Grayson s'enfourna un morceau de pain dans la bouche et bredouilla quelque chose d'incompréhensible. J'eus un peu de peine pour lui mais il l'avait bien cherché.

— Ne dis pas de sottises, ma puce ! intervint Mum. C'est bien grâce à Grayson que tu as été invitée à cette fête. N'est-ce pas, Grayson ?

Grayson prit un air penaud.

— Eh bien, oui, mais c'est… j'ai… hmm.

Après m'avoir lancé un bref regard, il parut se ressaisir et poursuivit d'un trait :

— Ces fêtes sont plutôt hard, l'alcool y coule à flots et, comme Liv n'a que quinze ans, j'ai pensé qu'il vaudrait mieux qu'elle ne vienne pas…

Oh, c'était donc ça…

— J'aurai seize ans dans trois semaines et demie, m'énervai-je.

— Vraiment ? On ne dirait pas.

— Grayson !

Ernest lui fit les gros yeux. Moi aussi. Qu'est-ce que ça voulait dire, « On ne dirait pas » ?…

— Je comprends ce qui l'embête. Grayson est un garçon responsable et il veut seulement protéger Liv, dit Mum en se tournant vers son futur beau-fils. Mais ce n'est pas la peine, Grayson, tu pourras t'amuser à cette fête, Liv est tout à fait capable de prendre soin d'elle toute seule.

Elle se pencha vers Ernest et chuchota assez fort pour que tout le monde à table puisse l'entendre :

— Un peu trop même, je dirais. À son âge, j'avais déjà tout expérimenté : ivresse, joint, sexe. Pour tout cela, Liv est un peu en retard. Elle doit tenir ça de son père et ça commence à m'inquiéter. De toute sa vie, il n'a jamais rien fait d'inconsidéré. Ah si, il m'a épousée ! dit-elle en riant.

Ernest se joignit à son rire, mais un peu mal à l'aise, tout comme son frère Charles qui semblait toutefois soulagé de n'être pas concerné, pour une fois.

— Tu as entendu ? dis-je à Grayson. Ma mère ne trouve pas tes amis si dangereux que ça. Quand bien même ils feraient des messes noires la nuit dans un cimetière.

Je me trompais peut-être mais j'eus l'impression de le voir légèrement pâlir. Il serra les lèvres, recula sa chaise et se leva.

— Bon, je retourne m'occuper des meubles.

— Si Grayson ne veut pas veiller sur Liv, je peux m'en charger, proposa Florence quand son frère eut quitté la salle à manger en m'adressant un dernier regard sombre. J'irai aussi à la fête d'Arthur, juste après la réunion du comité de bal.

Je n'eus pas l'occasion de m'en agacer, car ma mère dressa de nouveau l'oreille en entendant parler de « bal ». Tout heureuse de l'intérêt suscité, Florence se mit à décrire le plus merveilleusement possible le bal d'automne et ses robes de fête comme le jour le plus romantique de l'année. L'apothéose dans la vie de tout élève de la Frognal Academy, mais – et, à ce moment, un sourire furtif et franchement pervers éclaira son visage – malheureusement réservé aux élèves de dernière année.

Mum, déçue, me donna l'impression d'avoir envie de pleurer.

— Les plus jeunes élèves ne peuvent y assister que pour accompagner un danseur plus âgé, ajouta Florence d'une voix dégoulinant de regret. Et c'est bête, mais Grayson y va déjà avec Emily.

Mum soupira.

— Toutefois, avec un peu de chance, je pourrais peut-être trouver un cavalier à Liv… poursuivit Florence.

Oui, c'est bien ce que Persephone avait prédit. Et, bien sûr, Mum mordit aussitôt à l'hameçon.

— Vraiment ? s'exclama-t-elle avec enthousiasme (et je lus sur son visage qu'elle choisissait déjà ma robe de bal). Liv, ma petite puce, ce serait formidable, n'est-ce pas ?

— Hmm, voyons voir… Sam, le frère d'Emily, est encore libre…

Florence fronçait le front comme si elle avait vraiment du mal à réfléchir.

— Je pourrais peut-être le convaincre d'emmener Liv à ce bal.

Bien sûr, Sam. Ou Sam-le-Boutonneux comme Persephone l'avait appelé.

— Mais, évidemment, je ne peux rien promettre.

Oh, de mieux en mieux. Voilà qu'en plus il fallait prier Sam à genoux de m'accompagner à ce bal, peut-être même le corrompre.

— Ce bal me paraît plutôt horrible, dis-je en insistant bien. Pour tout dire, je préférerais me faire traiter une dent sans anesthésie plutôt que d'y aller.

— Liv ! protesta Mum, tandis que Florence leva les sourcils en marmonnant quelque chose en rapport avec un renard et des raisins verts.

— On m'a déjà dévitalisé une dent sans anesthésie, dit Lottie. Et, crois-moi, tu n'aimerais pas ça.

— Une dévitalisation sans anesthésie ? répéta Charles qui n'en croyait pas ses oreilles.

Lottie confirma de la tête.

— Mon oncle Kurt est dentiste. Un mauvais dentiste, un grippe-sou et un sadique.

Avec un regard en biais vers Florence, elle s'empressa de préciser :

— Mais il n'est pas nazi pour autant.

— Alors, vous ne devez sans doute pas porter les dentistes dans votre cœur ? remarqua Charles d'une voix pleine de regret. Je veux dire… si vous avez fait de si mauvaises expériences.

Lottie rougit un peu. Elle commença un singulier discours très confus d'où émergeaient les mots « datissiers », « pentistes » et « samochistes », mais Buttercup lui donna un petit coup de museau et le pire fut évité. Pendant le repas, Butter s'était cachée sous la table et avait regardé anxieusement le matou endormi, mais à présent, elle voulait manifestement tirer Lottie de l'ornière en lui rappelant que la promenade de midi aurait déjà dû être faite depuis longtemps. Lottie sauta sur l'occasion, ferma la bouche et saisit la laisse. Elle devait certainement avoir besoin d'air. Un peu d'eau froide sur le visage ne lui aurait pas fait de mal non plus.

Florence la regarda partir, songeuse.

— Je lui trouve un drôle d'accent, même pour une Allemande, dit-elle si doucement que Lottie (espérons-le) ne put la comprendre. Et de quelle race est votre chienne, au fait ?

J'ouvris la bouche pour défendre l'accent de Lottie (en fait, elle n'en avait pas, elle ne faisait qu'intervertir les lettres) et énumérer toutes les races qui se trouvaient (probablement) dans le pedigree de Buttercup (et il était bien fourni), quand Mia me coupa la parole.

— Buttercup est une chienne de la biosphère de l'Entlebuch, déclara-t-elle sans sourciller. Une race suisse de chiens de garde très rare et très précieuse.

Buttercup qui avait suivi Lottie en trottinant se retourna à ces mots avec son air le plus rare, le plus digne et le plus mignon possible. Lottie, qui l'attendait, prit le même à la porte.

— Des chiens tout à fait formidables ! s'écria Charles avec enthousiasme.

Mia se pencha sur son assiette et murmura, heureusement pas aussi fort que Mum :

— N'empêche, nous préférons tout de même les vétérinaires.

Chapitre 17

La villa du père d'Arthur correspondait tout à fait à l'image que je m'étais faite d'abord de la maison d'Ernest : portail automatique surveillé par une caméra, jardin aux allures de parc, perron à colonnes qui aurait pu avoir aussi un rôle dans *Autant en emporte le vent* et vrai de vrai ! – fontaine jaillissante dans le hall d'entrée. Difficile de s'imaginer qu'on puisse habiter là.

— On dirait une clinique privée pour enfants de milliardaires toxicos, chuchotai-je à Grayson.

— C'est un peu ça, répondit Grayson. Sauf qu'ici on a toute la drogue et tout l'alcool qu'on veut.

— Ma mère serait ravie, dis-je.

— Oui, c'est sûr.

Grayson se passa la main sur le front.

— Elle est un peu différente des autres mères, n'est-ce pas ?

— Oui, tu l'as remarqué aussi ? Au fait, ravie de constater que tu me reparles.

Pendant tout le trajet, il n'avait fait que fixer la route d'un air grincheux. Quand j'avais pris place à côté de lui dans la voiture, il avait réussi à sortir un « salut ! » et n'avait plus prononcé un seul mot.

Il haussa les épaules.

— De toute façon, je ne peux rien changer. Tu es ici, et pourtant je t'avais prévenue.

— Oui, fis-je, satisfaite.

J'étais si fatiguée dans la voiture que j'avais eu peur de m'endormir à côté de ce Grayson taciturne. Mes investigations empiriques nocturnes et le déplacement des meubles m'avaient complètement vidée. Mais, à présent, je me sentais à peu près réveillée et prête à débusquer quelques secrets.

Un jeune homme apparemment très stressé nous avait ouvert la porte et expédiés dans un couloir latéral en nous disant : « La fête des jeunes gens a lieu dans le *pool house*. » D'après Grayson, il s'agissait du secrétaire privé du père d'Arthur qui organisait aussi une petite fête. (Enfin, le père d'Arthur, pas le secrétaire.) « Petite » était certainement un terme relatif pour les Hamilton.

La « petite » piscine, par exemple, faisait au moins quinze mètres de long et le *pool house* tout autour était plus grand que tous les endroits où j'avais habité jusqu'alors. Tout ce verre avait quelque chose d'angoissant. Au fond de la salle, il y avait un bar, si richement fourni qu'il aurait pu aussi se trouver dans un pub. La piscine était merveilleusement éclairée mais personne n'y nageait malgré le côté attirant de l'eau. Bon, ça allait sûrement venir. Il y avait beaucoup de monde ici et certaines personnes dansaient si près du bassin qu'elles finiraient bien par y tomber.

En tout cas, l'ambiance était des meilleures. En jetant un coup d'œil à quelques filles moulées dans leur robe et perchées sur des talons aiguilles, je me demandai si je m'étais habillée correctement et si je ne devais pas me sentir un peu complexée. Dieu merci, j'en découvris encore d'autres en jean et T-shirt. Je soupirai de soulagement. Je m'étais quand même plus pomponnée que d'habitude : mon T-shirt bleu foncé avait un profond décolleté et le nouveau jean que j'avais réussi à me faire offrir à Zurich par Papa dans un de ses bons jours m'allait à merveille. De plus, je m'étais mis du rouge à lèvres, du mascara, le fond de teint de Mum et une petite épingle à cheveux avec un papillon argenté que Mia m'avait offerte parce qu'elle la trouvait trop kitsch pour elle.

— Tiens, il y a Arthur et Jasper là-bas ! annonçai-je.

J'avais presque dû le crier. Acoustiquement parlant, la musique et le brouhaha des voix étaient une véritable catastrophe dans un bâtiment avec autant de vitres.

— Pourquoi Jasper tient-il son pouce en l'air et sourit-il aussi bizarrement ?

— Parce qu'il pense que j'ai fait un miracle en t'amenant ici contre la volonté de ta mère, répondit Grayson tandis qu'Arthur et Jasper se dirigeaient vers nous en se frayant un passage parmi les danseurs. Tu n'as qu'à dire non.

Il me prit par le bras et me fixa avec insistance.

— Tu m'entends, Liv, tu n'as qu'à dire non.

— Non à quoi ? fis-je.

Mais Arthur et Jasper nous avaient déjà rejoints.

— La petite Liz ! Les cheveux défaits et sans lunettes, waouh ! s'exclama Jasper avec un grand sourire à mon adresse.

Puis, se tournant vers Grayson :

— Bien joué, mon pote !

Il leva la main, sans doute dans l'espoir que Grayson y tope. Mais Grayson, serrant toujours mon bras, se contenta d'un sourire un peu torturé.

— C'est super que tu aies pu venir, Liv, dit Arthur.

Sans son uniforme scolaire, il avait encore meilleure allure que d'habitude, à supposer que cela fût possible. Une statue classique de Michel-Ange en jean et polo noir près du corps.

— Pourtant, j'avais… commençai-je.

Mais Grayson me coupa la parole.

— Ça n'a pas été facile de convaincre sa mère, dit-il en serrant mon bras encore un peu plus. J'ai dû lui promettre de la ramener à 11 heures.

— Euh… fis-je en essayant de ne pas le regarder d'un air consterné.

— Bon, eh bien, c'est toujours mieux que rien, dit Arthur en prenant ça à la légère. Avez-vous faim ? Mon père fête aussi quelque chose aujourd'hui, je ne sais quelle conclusion de marché. Je me suis récupéré quelques petites choses du *catering* : sushis, pâtés et tartelettes aux framboises…

— Un peu plus et on kidnappait aussi une serveuse rousse hyper sexy, intervint Jasper. Malheureusement, le père d'Arthur a préféré se la garder… Eh, voilà aussi Henry !

Je pris une grande inspiration pour m'armer de courage. La seule évocation de ce prénom avait suffi pour que mon cœur s'arrête de battre un instant. Le fait que nous nous soyons tenu la main en rêve me perturbait même si rien dans son attitude ne laissait supposer qu'il pût avoir fait le même rêve. Au lycée, nous nous étions complètement ignorés, enfin, il m'avait ignorée, moi j'avais juste fait semblant.

— Bon sang, j'espérais te voir arriver bien plus tôt, remarqua Jasper.

— Oui, je sais.

Henry regarda la main de Grayson qui n'avait toujours pas quitté mon bras. Grayson tressaillit et me lâcha.

— Désolé, dit Henry.

Il avait des cernes sombres sous les yeux.

— J'ai été retenu chez moi… L'ordinaire petite crise familiale du week-end.

Grayson et lui accomplirent de nouveau leur étrange rituel de jeux de mains de cour d'école, avec doigts en crochet, claquements et petites tapes et, l'espace d'un instant, le visage de Grayson me parut moins contracté.

— Tout va bien maintenant ? compatit Arthur.

Henry fit signe que oui. Il semblait vouloir s'épargner une explication détaillée.

— Salut, fille au fromage ! dit-il à la place en me souriant. Alors, tu as tout de même réussi à venir ?

— Oui, mon affreuse mère a finalement lâché du lest, répondis-je avec un regard en coin à Grayson.

— Mais seulement jusqu'à 11 heures, compléta-t-il sans sourciller.

— Oh non ! s'exclama Jasper en montrant une fille rousse en robe bleue sans manches, si courte qu'elle aurait pu aussi passer pour un maillot de bain. Qui a invité Madison ?

C'était donc là l'ex de Jasper. Étroitement collée contre un type près de la piscine aux eaux turquoise scintillantes, elle éclatait justement de rire.

— Madison est venue avec Nathan, dit Arthur. Sois fort, Jasper ! Je vais vite la saluer, je reviens tout de suite, OK ?

— Bah ! fit Jasper en le regardant partir. Je m'en fiche. Ça m'énerve seulement de la voir faire comme si c'était elle qui m'avait plaqué. Alors que, naturellement, c'est moi.

— Naturellement, murmura Grayson.

— Je veux dire… *Nathan* ! On croit rêver, non ? Comment Madison peut-elle espérer me rendre jaloux de ce nain de jardin ? Moi, Jasper Grant ! Je l'ai vu sous la douche, ce type. Tu parles, c'est comme son nez ! Visez-moi ce gros pif et comparez-le avec son minuscule…

— Mais oui, Jasper, nous sommes d'accord avec toi, l'interrompit Henry.

Jasper prit soudain un ton mielleux.

— Madison fait vraiment pitié. Pas vrai, ma petite Lizzy ?

Sans quitter des yeux son ex, il posa son bras sur mes épaules.

— Pendant des mois, elle n'a pas arrêté de me courir après et de m'écrire des lettres d'amour délirantes ; mais, à peine séparés, elle se jette au cou du premier venu. Par pur désespoir.

À chaque mot, il s'était rapproché de moi et ses lèvres frôlaient maintenant mon oreille.

— Dis donc, tu sens bon.

— Laisse-la tranquille, Jasper, dit Grayson.

Mais Jasper l'ignora.

— C'est quoi, ce parfum ? chuchota-t-il à mon oreille. Il me rend complètement fou.

— Oui, je vois ça. D'autant plus que je ne me suis pas parfumée.

Je me libérai de sa prise mais, comme Madison regardait toujours dans notre direction, je le fis bien plus doucement que je ne l'aurais fait normalement.

— Tu veux boire quelque chose ? me demanda Jasper.

Il se réjouit de me voir acquiescer.

— En ton honneur, dit-il, je vais créer un nouveau cocktail aujourd'hui. Je l'appellerai Sweet Liz, du nom de la plus charmante blonde dans cette salle.

Henry émit un ricanement.

— Jas, elle s'appelle Liv. L-I-V. Et elle n'a que quinze ans, s'énerva Grayson. Hors de question que tu la soûles ou que tu l'utilises pour rendre Madison jalouse. Du reste…

— Va donc voir ton Emily, espèce de trouble-fête ! l'interrompit Jasper.

Il désigna deux filles qui franchissaient les portes grandes ouvertes du *pool house* : Florence et Emily Clark, la rédactrice en chef du journal de l'école, une fille mince aux cheveux bruns mi-longs.

Je me hissai sur la pointe des pieds pour avoir une meilleure vue. Florence était superbe. Ses boucles brillantes tombaient sur sa veste en cuir qu'elle avait assortie à une mini-jupe et des bottes. Emily la dépassait d'une tête au moins et, avec sa coiffure sérieuse, son blazer et son pantalon noirs, elle donnait l'impression d'être plus âgée qu'elle : elle avait l'air d'une étudiante qui prend ses cours au sérieux. Ou de quelqu'un qui veut vous vendre une assurance. Si Mia et moi soupçonnions qu'Emily se cache derrière Secrecy et le blog à potins, c'était essentiellement parce que, dans les trois années précédentes, le blog n'avait rien publié de méchant sur elle. Hormis un passage sur la mocheté des bombes d'équitation ainsi que quelques toutes petites piques sur ses bonnes notes. Mais le mot « intello » lié à tout cela pouvait aussi bien être interprété comme un compliment finement dissimulé, voire une sorte d'autolouange, et la photo montrant Emily à cheval, en tenue de cavalière, n'avait rien de défavorable. Elle était probablement la seule personne au monde qui n'ait pas l'air complètement abrutie avec une bombe sur la tête.

— Notre féministe Emily serait-elle allée chez le coiffeur ? remarqua Jasper. Et ne serait-ce pas là du rouge à lèvres ?

Il siffla doucement entre ses dents.

— Il faut qu'elle soit vraiment folle de toi, Grayson.

Comme pour le prouver, Emily se mit à sourire et à nous faire signe alors que Florence se tournait vers un garçon brun aux épaules en porte-manteau, dont la peau grasse ressortait malgré le faible éclairage. Oh, mon Dieu ! C'était à coup sûr Sam-le-Boutonneux. Son regard cherchait quelque chose. Florence avait dû lui proposer un billet de 100 livres pour qu'il m'emmène au bal et, à présent, il voulait vérifier si la somme était suffisante. J'aurais pu parier que Mum paierait encore plus pour voir sa fille dans une robe de bal victorienne.

Je me mis à couvert derrière Grayson.

— À la voir sourire et faire signe, dit Henry, on dirait qu'Emily se trouve sur le balcon du palais de Buckingham. Je crois qu'elle attend son prince.

Grayson poussa un profond soupir et Jasper lui donna un coup de coude dans les côtes.

— Vas-y. Nous allons veiller sur Liz.

— Liv !

— C'est bien ce que je dis.

— Bon, mais je reviens tout de suite, dit Grayson en s'adressant aux murs.

Il se retourna et partit lentement vers Emily. Jasper, Henry et moi l'observâmes la saluer.

— Catégorie bisou sur les joues sans engagement, constata Henry.

— C'est ce genre de baiser que je fais à ma tante Gertrude quand je la vois, remarquai-je. (En retenant mon souffle parce que tante Gertrude était très laide et sentait habituellement le chien mouillé et le spray pour cheveux.)

Mais Emily ne parut pas se satisfaire d'un bisou à la tante Gertrude. Elle nous jeta un bref coup d'œil, se pendit au cou de Grayson et l'attira vers elle pour lui coller un baiser hollywoodien.

— Houou là ! fit Jasper. Et Henry dit :

— C'est mal barré pour le rouge à lèvres.

— Elle ne veut certainement pas donner à croire qu'elle sent le chien mouillé, dis-je.

— Entre nous, je lui trouve toujours un peu une odeur d'écurie, murmura Arthur qui s'était de nouveau glissé derrière nous. Une odeur de foin, de cuir et de crottin… Mais ne le dites surtout pas à Grayson. D'autant plus que, petit à petit, elle semble éprouver plus de passion pour lui que pour son cheval.

— Et pourtant son cheval s'appelle *Conquest of Paradise*, compléta Henry.

Je n'eus pas besoin de le regarder pour savoir le visage qu'il faisait. Je m'efforçai de ne pas glousser.

Emily et Grayson s'embrassaient toujours et ça devenait quelque peu gênant de les regarder.

— Ils feraient peut-être mieux de se chercher une chambre, marmonna Jasper.

Henry et Arthur échangèrent un bref regard.

— Humm, Liv, tu voudrais peut-être voir le ciné et nos films ? demanda alors Arthur.

Je retrouvai tout à coup toute ma tête et ma concentration. Le moment était-il arrivé ? Allais-je enfin apprendre pourquoi Grayson s'était tellement efforcé de me tenir à l'écart de cette fête ? Jasper, Arthur et Henry paraissaient tous aussi tendus que moi. Ils attendaient ma réponse, comme aux aguets.

« Tu n'as qu'à dire non »... Je n'avais pas oublié ces mots de Grayson.

— Oui, dis-je résolument. Très volontiers.

Chapitre 18

Dans le couloir qui nous ramenait au bâtiment principal, je remarquai d'abord à quel point la musique de la fête avait été forte. Mes oreilles sifflaient encore alors que nous laissions derrière nous les basses grondantes et que seuls nos pas retentissaient sur le sol de granit poli.

Je me retournai.

— Où est passé Jasper ?

— Il nous prépare quelques cocktails et va venir nous rejoindre. Par ici !

Au bout du couloir, nous bifurquâmes dans le hall de réception où l'eau de la fontaine clapotait paisiblement. Il n'y avait personne mais on entendait un brouhaha de voix assourdies et la musique d'un piano.

— Le ciné et les archives sont au sous-sol, m'expliqua Arthur en ouvrant une porte.

Devant nous, un escalier descendait. Mes pieds refusèrent d'avancer.

— Ce n'est peut-être pas la meilleure idée de descendre dans une cave sinistre avec deux inconnus, n'est-ce pas, Liv ?

Henry se plaça à mon côté et me jeta un regard en biais, le sourcil moqueur comme d'habitude.

J'avais bizarrement pensé la même chose (et mes pieds aussi, sans doute). Ma mère ne venait-elle pas quelques heures auparavant d'exprimer sa crainte que, tout comme mon père, je ne ferais jamais rien d'« inconsidéré » ? Ha, ha ! Tu parles !

Mais, comme aimait à le répéter Mr Wu : « Celui qui réfléchit longtemps avant de faire un pas passe toute sa vie sur une jambe. »

Je me remis en mouvement.

— De quoi devrais-je avoir peur ? demandai-je avec mon sourire innocent le plus charmant. (Ce truc avec le sourcil, je savais le faire aussi et même assez bien, mais je préférais le garder pour plus tard.)

— La cave n'a rien de sinistre et nous ne sommes pas des inconnus, déclara Arthur d'un air un peu vexé.

Et de fait, une fois arrivée en bas, le terme de « cave » me parut plutôt inconvenant. Elle était éclairée par toute une série de splendides plafonniers et de lampes murales, et des tapis précieux recouvraient le sol du couloir qui, avec ses nombreuses portes, me rappelait un peu celui de mes rêves.

— Cela dit, les murs ici sont vraiment épais. Personne ne t'entendrait crier.

OK. Henry voulait en remettre une couche.

Je haussai les épaules d'un air dégagé en citant, cette fois à voix haute, l'un des nombreux adages de Mr Wu :

— Pour s'élever, le cerf-volant doit voler contre le vent.

Et puis je pratique le kung-fu.

Henry pouffa de rire, et Arthur ouvrit une lourde porte au bout du couloir.

— Après toi ! dit-il avec un grand geste en me laissant passer devant.

Impressionnée, j'aperçus des rangées de fauteuils en gradins, chacune comprenant une dizaine de sièges recouverts de velours rouge, encadrées de chaque côté par un escalier tapissé d'une épaisse moquette noire. C'était fou ! Ces gens avaient un vrai cinéma dans leur sous-sol ! Arthur actionna un interrupteur près de la porte et la salle s'éclaira tout doucement grâce à d'innombrables mini-spots qui, telles des étoiles, illuminèrent le plafond tendu d'étoffe sombre.

Un cri perçant retentit dans la pièce. Instinctivement, je tournai la tête vers les haut-parleurs, mais je vis surgir deux têtes dans l'une des dernières rangées de sièges. Celle d'un homme, distinguée et grisonnante, et celle d'une femme avec une coiffure de la chic Bond Street qui, pour l'instant, était plutôt en désordre.

— Ah, Mrs Kelly. Et sir Braxton. Surtout, ne vous dérangez pas, je vous en prie, dit poliment Arthur en continuant tranquillement à actionner l'interrupteur jusqu'à ce que le ciel étoilé ne montre plus que des supernovae et que la salle soit plongée dans une lumière vive. Mes amis et moi n'en avons que pour une demi-heure. Grosso modo.

— Et merde ! grommela l'homme en s'efforçant nerveusement de remettre ses vêtements en ordre.

Cela ne lui prit que quelques secondes puis il dévala l'escalier, la chemise encore à moitié boutonnée. Je n'eus pas le temps de lui céder le passage qu'il me bouscula avec la force d'un train entrant en gare. Henry me rattrapa juste avant que je ne tombe.

— Sale mufle ! pestai-je.

Je comprenais parfaitement sa précipitation, mais ce n'était tout de même pas une raison de me prendre pour un butoir.

— C'est de moi que tu parles, là ?

Henry rit doucement et me retira une mèche du front avant de me lâcher. Je tentai de respirer normalement. Je ne voulais pas qu'il remarque combien sa proximité me déstabilisait.

La pauvre femme mit un peu plus de temps à se rhabiller. Elle descendit finalement les marches, les joues en feu, les yeux résolument baissés.

— Quel plaisir de vous revoir, Mrs Kelly, dit Arthur en esquissant une courbette quand elle passa près de nous comme une flèche malgré ses hauts talons. Saluez donc votre époux de ma part, s'il se trouve également ici.

Mrs Kelly trotta dans le couloir comme si elle n'avait rien entendu.

— C'était méchant, dit Henry.

— Sir Braxton aurait pu aussi l'attendre, remarquai-je avec compassion.

— Mouais…

Arthur ferma la porte du couloir et baissa de nouveau l'éclairage.

— Les gentlemen sont en voie de disparition, comme le dit toujours ma grand-mère. Où en étions-nous ? Ah oui !

Il me sourit.

— Alors ?… Que penses-tu de notre ciné ?

Je revins aussitôt sur terre.

— Il est super ! dis-je prudemment en caressant le tendre velours d'un fauteuil.

Mais qu'est-ce qu'on fichait ici ?

— Je pourrais nous chercher un film d'horreur des années 1950, proposa Arthur qui se trouvait toujours devant la porte, les mains dans les poches de son pantalon. Ils n'ont rien de terrifiant mais, à en croire mon père, ils ont une grande valeur filmique. Qu'est-ce que tu préfères, Liv ? Les zombies, les fantômes, les vampires… ?

— Ou peut-être les démons ? ajouta Henry.

Était-ce là le mot-clé ? Allait-on enfin dévoiler les secrets ? J'affichai de nouveau mon sourire des plus innocents.

— Ce n'est vraiment pas le moment de regarder un film… Vous avez cinquante invités là-haut !

— Il doit y en avoir soixante-dix maintenant, mais ils se débrouilleront sans moi. Ce que nous faisons ici est plus important.

Quelque chose heurta la porte.

— Ah, nos cocktails !

Arthur ouvrit et Jasper trébucha à l'intérieur, chargé de verres, de bouteilles, d'un seau avec des glaçons et de deux oranges coincées entre son oreille et son épaule. Son visage était à demi caché par un bouquet de menthe en travers de sa bouche, qui tomba quand il se mit à parler. Henry eut juste le temps de le rattraper au vol.

— Je n'ai pas trouvé de plateau, alors je me suis dit que j'allais mixer tout ça ici, expliqua Jasper tout en essayant de déposer prudemment le reste sur un siège. Alors ? Vous lui avez déjà demandé ?

— Non, répondit Arthur. On avait dans l'idée de prendre notre temps et de faire ça le plus délicatement possible.

— Demandé quoi ? m'étonnai-je en ramassant les oranges qui avaient roulé sur la moquette.

— Eh bien, si tu veux… prendre la place d'Anabel dans notre jeu, répondit Jasper. Ce qui ne sera évidemment possible que si tu es encore vierge. Et donc, il faudrait d'abord tirer ça au clair : tu es encore vierge ?

Mais de quoi se mêlaient-ils ? Ils déraillaient, non ?

— Ah, ferme-la, Jas ! dit Henry tandis que je perdais mon sourire innocent.

— Pourquoi ? dit Jasper en plissant le front. À quoi bon perdre des heures à lui expliquer de quoi il retourne pour apprendre à la fin que, de toute façon, elle ne remplit pas tous les critères ? J'ai encore lu dernièrement qu'en moyenne la première fois des filles a lieu vers leurs quinze ans. Elle a quinze ans et elle est assez canon, pour peu qu'elle ne porte pas ses lunettes bizarroïdes, donc ma question est tout à fait justifiée. Alors, Liv, tu es encore vierge, oui ou non ?

Je le regardai, complètement effarée.

— Vous jouez à un jeu auquel on ne peut participer qu'en étant *vierge* ?

— Ah, bravo, Jasper ! Elle nous prend pour des fous maintenant, s'énerva Henry.

— Ce n'était pas mon intention, répliqua piteusement Jasper. Je voulais juste ne pas perdre de temps… Comment vous vous y seriez pris, vous ?

Henry s'adossa au mur et croisa les bras.

— Je pense que nous aurions d'abord montré les avantages du jeu avant de passer à la partie la plus démente.

— Lentement et doucement, dit Arthur, nettement plus agacé qu'Henry.

— Et c'est quoi ce jeu au juste ? m'empressai-je de demander.

Arthur ouvrit la bouche pour répondre, mais Jasper le devança.

— En tout cas, il ne se joue pas avec des dés. Et il ne s'agit pas non plus de gagner. Disons que c'est une sorte de jeu de rôle… même si l'on n'y joue aucun rôle. Dans le fond, ce n'est pas vraiment un *jeu*. Je comprends que tu sois troublée. Moi aussi, je trouve ça troublant. Très troublant. Si troublant que je vais d'abord nous faire quelque chose à boire.

Il avait aligné les verres sur le dossier du fauteuil et il dévissa le bouchon d'une bouteille de gin.

Arthur avait clairement envie d'attraper Jasper et de lui clouer le bec, mais après un coup d'œil à Henry, il se contenta de le fusiller du regard. Encore une fois, Jasper ne remarqua rien.

— J'avoue que je n'ai pas encore vraiment tout compris, continua-t-il à babiller. Surtout ce truc avec les rêves, tout ça me passe un peu par-dessus la tête. Mais, avec un peu d'entraînement, ça a tout de même fini par marcher pour moi et, waouh, cette histoire de souhaits m'a complètement bluffé, et oui, c'est cool, en tout cas, ça l'était jusqu'à… Oh, merde, j'ai oublié le verre gradué.

Ma parole ! Ce n'était pas vrai ! Qu'est-ce qu'on en avait à faire de son stupide verre gradué !

— Jusqu'à quoi ? laissai-je échapper avec impatience.

— Jusqu'à ce que nous ayons enfreint les règles. Bon, juste Anabel, mais pour lui ça ne fait sans doute aucune différence.

Jasper avait décidé de ne pas se biler plus longtemps à cause du verre gradué. Il versa généreusement le gin sur les glaçons.

— En fait, il faut qu'au moins un des participants ait du sang vierge parce que le dernier sceau ne peut être brisé qu'avec ça, et, l'année dernière, à Halloween, quand nous avons commencé le jeu, je croyais encore que c'était pratiquement OK pour nous tous, sauf pour Anabel et moi… 'xcuse, Arthur…

— C'est bon…

Arthur s'était laissé tomber sur un fauteuil et il se tenait la tête dans les mains. Apparemment, il avait renoncé à faire taire Jasper.

Je me frottai discrètement les bras pour chasser la chair de poule qui m'avait gagnée quand j'avais compris que tout cela correspondait plutôt bien à l'histoire qu'Anabel m'avait racontée. La nuit dernière, en rêve. Elle avait parlé d'un jeu qu'ils avaient commencé à Halloween et qui avait déraillé… par leur faute.

Je lorgnai vers Henry qui était toujours adossé au mur. Comme Arthur, il ne cherchait plus à stopper Jasper. Peut-être parce que je ne m'étais pas encore enfuie en criant, mais peut-être aussi simplement parce qu'il était impossible de stopper Jasper.

Il avait reposé le gin et versait maintenant du Martini dans les verres, une bonne rasade là aussi. Rien qu'à l'odeur, on était déjà dans le brouillard.

— En tout cas, dit Jasper, il est apparu ensuite que Grayson avait, étonnamment, tout de même quelque chose en cours avec Maisie, qu'Henry est un stupide faiseur de mystères qui, de toute façon, ne nous dit jamais rien, et qu'Arthur s'était fait dépuceler à quinze ans par cette stagiaire française terriblement craquante, mais qu'il avait malheureusement omis d'en parler à son meilleur ami…

Jasper décocha un regard lourd de reproches à Arthur, puis il reprit :

— Et que, en réalité – qui aurait pu penser ça ? – Anabel était vraiment au début du jeu la seule d'entre nous qui n'avait encore jamais couché. Ce qui, dans le fond, aurait parfaitement suffi. Mais ensuite, Anabel a plus ou moins, et avec on ne sait qui…, contrevenu aux règles du jeu, une histoire très compliquée et profondément dramatique, et tout a foiré ; et maintenant il nous faut une nouvelle Anabel, en tout cas une fille qui soit garantie vierge et qui le restera aussi jusqu'à la fin du jeu. Alors, Liv, dis-nous ! Es-tu encore vierge, oui ou non ?

Il avait prononcé d'un jet les dernières phrases et cherchait maintenant à reprendre son souffle.

Arthur émit un sourd gémissement.

— Bon, Liv, maintenant, tu sais tout, dit Henry d'un ton sarcastique. Alors ? Effrayée ?

Malheureusement non. Au contraire. Je brûlais de poser quelques questions précises mais je ne voulais pas encore admettre tout ce que je savais déjà. D'autant plus que la plupart de mon savoir provenait de rêves douteux.

— Je crois que j'aimerais bien connaître les avantages de ce jeu, maintenant, répondis-je.

— Oh, il y en a toute une flopée ! Voyons… dit Jasper en plissant fort le front. Si tu joues avec nous, tu aurais par exemple pour le bal d'automne quatre cavaliers potentiels, que toutes les filles de cette école t'envieraient beaucoup.

Henry eut un petit rire.

— Tu veux l'appâter avec le bal d'automne ?

— Pourquoi pas ? J'en connais qui tueraient pour ça… En fait, j'aurais peut-être mieux fait de le dire d'abord, non ?

— Ah, Jasper, tu es un cas désespéré ! répondit Arthur en tendant la main. Allez, file-moi un verre !

— Je n'ai pas fini, dit Jasper en lui tapant sur les doigts. Il manque du Campari et une rondelle d'orange. Et une feuille de menthe. On était d'accord de ne s'enivrer qu'avec style, tu te rappelles ?

À cet instant, la porte s'ouvrit d'un coup. La lumière vive du couloir tomba dans la pièce.

— Hi, Grayson ! lança Arthur en attrapant la bouteille de gin sur le siège de Jasper.

— Hi, Grayson ? répéta furieusement Grayson. Ça ne va pas, non ? Qu'est-ce qui vous a pris de disparaître comme ça avec Liv. Je me suis laissé distraire une minute… et…

— Ça a duré nettement plus qu'une minute, marmonna Henry.

— Les cocktails sont bientôt prêts, annonça Jasper.

— On ne peut vraiment pas vous faire confiance !

Arthur poussa un profond soupir.

— Allez, Grayson, entre et ferme la porte ! Mais Grayson secoua la tête.

— Il est tard. Je dois raccomp… Merde alors, Arthur ! Tu bois le gin à la bouteille, maintenant ?

— Calme-toi, Grayson, il n'est rien arrivé à Liv, dit Henry.

— Oui, c'est vrai, renchérit Arthur.

Il allongea ses jambes sur le dossier du fauteuil voisin et tendit la bouteille à Grayson.

— Tiens, prends une gorgée et ne nous regarde pas comme si nous avions braqué une banque. Nous avons juste tenté d'initier Liv à notre jeu.

— Ah oui ? J'espère que vous n'avez rien oublié… Cette histoire avec le chien d'Anabel par exemple, et les cauchemars et ce qui… Ah, et puis merde !

Grayson semblait sur le point d'éclater de colère.

— Allez, Liv, on rentre, fit-il en serrant les dents.

Je ne bougeai pas d'un pouce. Il eut l'air un peu désespéré, mais je ne pouvais pas m'en aller d'ici, pas maintenant, alors que j'allais enfin connaître le fin fond du secret.

— Il n'est même pas encore 10 heures, bon sang, détends-toi ! dit Arthur en jetant un coup d'œil à sa montre. S'il te plaît, ajouta-t-il ensuite sur un ton presque suppliant.

Grayson ferma la porte.

— Je vous ai déjà dit cent fois qu'il faut trouver une autre solution, mais naturellement vous n'en tenez pas compte. Quand est-ce que vous allez enfin m'écouter ?… Ah, merde ! Je ne sais pas ce qu'ils t'ont raconté, Liv, mais quoi que ce soit, il faut l'oublier !

— Avant, j'aimerais bien comprendre tout ça, rétorquai-je.

— C'est bien là le problème, dit Arthur. C'est vraiment difficile à comprendre quand on ne l'a pas vécu soi-même.

— Je l'ai pourtant bien expliqué, se vexa Jasper. Surtout si l'on pense que je ne le comprends pas moi-même.

Grayson voulut lui répondre, mais je fus plus rapide.

— Donc, vous jouez depuis l'année dernière à un jeu qui n'en est pas vraiment un et pour lequel il faut qu'au moins un des joueurs soit vierge, m'empressai-je de dire. C'est ça ?

— Tout juste ! répondit Jasper en jetant un regard triomphant à la ronde. Vous voyez, elle a tout compris.

Les autres ne réagirent pas. Grayson se frotta le front ; Arthur prit une autre gorgée de gin ; Henry détacha quelques feuilles du bouquet de menthe et les roula entre ses doigts.

— Et *pourquoi* ? demandai-je. Henry leva la tête.

— Pourquoi jouons-nous à ce jeu ou pourquoi les règles exigent-elles qu'au moins l'un des joueurs soit vierge ?

— Les deux, dis-je.

Le silence s'étendit. Jasper sortit simplement un canif de son jean et entreprit sans grand succès de découper une orange en tranches.

— Eh bien, voilà… finit par dire Arthur d'une voix quelque peu métallique et vide d'émotion, c'était Halloween et tout le nord de Londres était privé de courant. La fête ne pouvait donc pas continuer. Nous étions tous un peu partis, amoureux et prêts à n'importe quelle folie.

— *Tu* étais amoureux, rectifia Henry. Nous autres, nous avions simplement un peu trop bu…

— C'est vrai.

Résigné, Grayson s'adossa à la porte.

— En tout cas, il y avait une ambiance du tonnerre, poursuivit Arthur. C'était au milieu de la nuit, nous étions seuls dans la maison d'Anabel et le vin français de son père était vraiment top…

— N'oublie pas de raconter que dehors il faisait un temps pourri, avec un brouillard pas possible, l'interrompit Jasper sans cesser de massacrer l'orange. Anabel avait allumé tout un tas de bougies. Et quand elle s'est pointée avec ce bouquin mystérieux et qu'elle nous a proposé d'essayer autre chose pour une fois, on a eu comme l'impression que c'était justement ce qu'il nous fallait… Une invocation de démons dans la nuit d'Halloween… On ne peut pas faire mieux, n'est-ce pas ? Nous ne pouvions pas supposer qu'on allait ensuite s'introduire dans nos rêves. Ou tuer des chiens… C'était drôle, au début, et tout à fait inoffensif.

Ah, enfin !

— C'est donc là votre jeu ? Une invocation de démons ? Mais qu'est-ce que c'était que cette histoire de chiens ?

Jasper hocha la tête.

— Je sais que ça paraît parfaitement idiot, dit-il.

— C'est effectivement parfaitement idiot ! déclara Grayson.

— C'était juste pour s'amuser. Personne n'a vraiment cru que ça fonctionnerait pour de bon, soupira Jasper. Nous avons juste répété les formules prononcées par Anabel, versé quelques gouttes de sang dans notre vin rouge, dessiné un plantagramme rigolo sur le sol et nous avons chacun émis un vœu…

— Pour la centième fois, Jas, il s'agit d'un pentagramme ! intervint Henry.

— Peu importe, dit Jasper en levant les yeux au ciel. Personne ne pouvait supposer que ce truc deviendrait si… vrai.

Tout cela me donnait l'impression qu'ils avaient plus besoin d'un exorciste que d'une vierge.

— Cette invocation de démons a donc vraiment fonctionné ?

Je m'étais tellement efforcée de chasser de ma voix tout doute et toute moquerie qu'elle me parut être celle d'une thérapeute dans un mauvais téléfilm. L'une de celles dont on comprend bien qu'elle trouve ses patients complètement fous.

— Et comment ça s'est passé exactement ? demandai-je encore.

Personne ne répondit. Apparemment plongé dans ses pensées, Henry émiettait des feuilles de menthe ; Arthur, quant à lui, regardait, le front plissé, les glaçons fondre dans les verres de Jasper ; Grayson se mordillait la lèvre et Jasper se remit à tronçonner l'orange.

Peu à peu, j'en eus assez de leur tirer laborieusement les vers du nez, d'autant plus que chaque question ne faisait qu'en soulever une dizaine d'autres.

— Donc, résumai-je encore, vous vous êtes amusés l'année dernière à invoquer un démon à Halloween. D'après une règle du jeu que vous avez trouvée dans un vieux bouquin et qui dit que l'un des joueurs doit être vierge. Mais, parce que votre vierge ne l'est plus maintenant, il vous faut un remplaçant. Et, pour je ne sais quelle raison, vous m'avez choisie.

La raison, je la connaissais : parce que dans ce rêve de la nuit de lundi, j'avais atterri directement à leurs pieds.

— À condition que tu sois encore vierge, insista Jasper.

— Oui, je l'ai bien compris. Mais ce que je n'ai pas compris, hormis le fait que j'ignore comment ce jeu fonctionne, c'est pourquoi vous ne vous arrêtez pas.

— Oh, crois-moi, ce n'est pas aussi simple.

Jasper se pencha en avant et poursuivit à voix basse :

— Nous avons essayé, mais on ne peut pas conclure un pacte avec le diable et se retirer, vois-tu.

— Ah bon ! Oui, bien sûr que non, dis-je de ma voix de thérapeute en examinant Henry.

Un moment, je me sentis de nouveau au cimetière d'Highgate. Henry savait qu'ils n'avaient pas rêvé de moi mais *avec* moi ; j'en étais presque sûre… mais apparemment, il n'avait pas fait part de son soupçon à ses copains. Sauf peut-être à Grayson, qui avait voulu récupérer son sweat.

J'essayai de formuler ma question suivante de manière à les obliger à m'en apprendre plus.

— Mais que vous a-t-il fait au juste, ce démon ? Vous n'y croyez pas vraiment, n'est-ce pas ?

De nouveau, le silence. Stupide erreur : j'aurais dû m'abstenir de poser la deuxième question. Je soupirai. Ce n'était pas comme ça que j'y arriverais.

— D'accord, fis-je pour abréger.

— D'accord ?

Jasper ne fut pas le seul à m'interroger du regard. J'inspirai un grand coup et les regardai l'un après l'autre.

— Je suis partante. Je vais remplacer Anabel dans ce jeu. Mais à condition que vous répondiez à toutes mes questions et, croyez-moi, j'en ai un paquet.

L'ambiance changea aussitôt, ils se mirent tous à parler.

— Ça veut dire que tu es encore vierge ? s'écria Jasper. Je le savais ! Il faut bien que ces affreuses lunettes servent à quelque chose !

Arthur posa la bouteille de gin, se leva et dit solennellement :

— Liv Silver, tu nous sauves la vie ! Et je te promets de répondre de mon mieux à toutes tes questions.

Il rit, puis reprit :

— Oh, j'aimerais tellement t'embrasser maintenant, mais, si je fais ça, Grayson va certainement m'en coller une.

Grayson donnait vraiment l'impression de vouloir le frapper.

— Tu ne sais pas ce que tu fais ! me dit-il.

Et il ajouta encore autre chose qui se perdit dans le vacarme produit par ses amis.

Henry fut le seul à se taire. Il se contenta de me regarder en secouant légèrement la tête. Puis il sourit.

Chapitre 19

— Je vais monter avec toi, dit Grayson après avoir réussi comme par magie à garer la grosse Mercedes d'Ernest sur une minuscule place de parking. Je ne voudrais pas que tu aies des ennuis à cause de ton retard.

— Tu veux rire ? fis-je en claquant la porte. Il est 23 h 10 et si nous sommes déjà ici, c'est parce que tu as inventé cette histoire de mère sévère et que je n'ai pas voulu te faire passer pour un menteur auprès de tes amis.

En fait, j'aurais aimé rester plus longtemps. J'avais encore des tas de questions à poser. Et pendant le court trajet de retour, Grayson n'avait pas contribué à me rendre tout ça plus clair ; il m'avait bombardée de reproches en abusant des mots « damné » et « débile ».

J'avais tout de même reçu quelques réponses demandant réflexion. À vrai dire, je bouillais d'impatience de pouvoir mettre la main sur mon cahier pour tout consigner ; cette fois peut-être à l'aide de tableaux clairs.

Grayson était également descendu de voiture.

— Nous sommes à Londres ici. Tu connais le taux de criminalité dans cette ville ?

— Bien sûr, et ça craint particulièrement dans ce coin hyper malfamé.

Je montrai la rue paisiblement endormie dans la lumière des lampadaires nostalgiques, comme sortie d'un prospectus vantant un habitat urbain idyllique.

— Des gangs se mitraillent en permanence, des maniaques sexuels guettent derrière les buissons et Jack l'Éventreur tourne le coin de la rue, là-bas… Oh, mince !

Ce n'était pas Jack l'Éventreur qui tournait le coin, mais juste Mum qui venait de faire un tour avec Butter, mais c'était à peu près aussi grave.

— À ta place, Grayson, je remonterais vite fait bien fait et je filerais d'ici ! dis-je entre mes dents.

— Ne fais pas tant de manières, bon sang ! Je veux seulement te raccompagner à cette foutue porte, simplement parce que c'est poli, nom d'un chien !

Trop tard pour lui. Mum nous avait déjà aperçus.

— Hou, hou ! cria-t-elle.

Elle lâcha la laisse pour permettre à Butter de courir vers nous et nous sauter dessus.

Je pus me repaître deux secondes du visage interloqué de Grayson.

— Eh bien, c'est toi qui l'as voulu, murmurai-je. Maintenant, tu vas pouvoir lui expliquer pourquoi nous sommes déjà de retour à 23 heures.

— Parce que sa fille dit toujours oui quand elle devrait dire non ?

Grayson se pencha pour caresser Butter en imitant ma voix.

— Quoi ? Vous faites des trucs interdits et dangereux que je ne comprends pas et dont on m'a expressément avertie ? Évidemment que je veux en être !

— Tu es vraiment un…

Tandis que je cherchais le bon terme, Mum nous avait rejoints.

— Bonsoir vous deux ! Déjà revenus ? La fête n'était pas bien ?

— Oh si, fis-je avec mon sourire le plus malicieux.

Mais Grayson tenait à se débarrasser de moi.

— Pour ta première soirée à Londres, je voulais juste éviter qu'on t'emmène à l'hôpital pour cause de coma éthylique, répliqua Grayson. Un seul cocktail de Jasper aurait déjà largement suffi.

Mon sourire disparut.

— Comment ça ? Je n'y ai même pas trempé les lèvres !

— Oui, parce que je t'ai ramenée à temps à la maison. S'ils te l'avaient proposé, tu n'aurais pas su dire non ! C'est un mot trop difficile pour toi !

— Oh, mes chéris ! s'écria Mum, visiblement émue. Vous vous conduisez déjà comme de vrais frère et sœur. Il faut que j'appelle tout de suite Ernest pour lui raconter ça.

Je levai les yeux au ciel. C'était typique. Elle ne voyait que ce qu'elle voulait voir. En secouant la tête, je grimpai les marches du perron.

— Au revoir ! lançai-je le plus majestueusement possible.

Mais Grayson n'en avait pas encore fini.

— J'entrerais bien avec toi, l'entendis-je dire. Si je peux.

— Évidemment que tu le peux, mon trésor, s'écria Mum avant même que je puisse me retourner pour lui décocher un regard assassin.

Elle sortit la clé de sa poche et ouvrit la porte.

— Lottie a fait des muffins aux myrtilles. La pâtisserie lui calme les nerfs et, ce soir, elle en a fait trois tôles pleines… Je crains que sa rencontre avec Charles ne l'ait un peu déboussolée.

Moi aussi, j'étais un peu déboussolée.

— Qu'est-ce que tu as à me regarder comme ça ? s'énerva Grayson.

Il me passa devant et monta les marches. Butter le suivit en remuant joyeusement les oreilles. Je ne les rattrapai tous les deux que devant la porte de l'appartement.

— Qu'est-ce qui te prend ? demandai-je à Grayson.

Ma coiffure s'était défaite et, en rejetant en arrière les cheveux qui me tombaient sur les yeux, je m'aperçus que ma barrette-papillon avait disparu. J'avais dû la perdre quelque part.

— De quoi tu parles ?

Grayson s'accroupit pour grattouiller le ventre de Butter. Cette traîtresse s'était étalée sur le dos devant lui.

— J'ai tout de même bien le droit de manger quelques muffins aux myrtilles avec ma nouvelle famille, fit-il remarquer.

— Bien sûr que tu en as le droit, intervint Mum qui avait aussi atteint le troisième étage, sans grand dommage à sa coiffure et sans être essoufflée. Nous en sommes toutes très heureuses.

Ce n'était pas tout à fait la vérité. Mum était la seule à se réjouir. Lottie et Mia parurent plutôt gênées en voyant Grayson. Elles étaient en peignoir de bain et s'étaient appliqué un masque gris verdâtre qui leur donnait un peu l'apparence de zombies.

— Bel appart ! constata poliment Grayson tandis que Lottie et Mia s'enfuyaient dans la salle de bains.

— Tu ne crois pas que tu forces un peu, là ? m'énervai-je.

Mum me lança un regard sévère.

— Je ne sais pas pourquoi vous vous êtes disputés, mais vous devriez vraiment vous réconcilier.

Elle pencha la tête de côté.

— Des muffins ? fit-elle.

— Oui, volontiers, dit Grayson. Liv et moi pourrions peut-être les manger dans sa chambre ? Pour pouvoir nous réconcilier tranquillement ?

Pardon ?

— Naturellement.

Tout émue, Mum se posa la main sur le cœur.

— Tu sais, Liv a toujours souhaité avoir un grand frère… Ah, tout cela est si… Il faut vraiment que j'appelle Ernest.

Elle disparut dans sa chambre sur un dernier soupir pathétique. Je la regardai partir sans rien dire.

Grayson traversa lentement le couloir.

— C'est laquelle ta chambre ? demanda-t-il. Celle-ci ?

— Oui, mais… j'aimerais bien savoir ce qui se passe. Emily doit t'attendre chez Arthur !

— Sans doute.

Il chercha son iPhone d'une main et ouvrit la porte de l'autre.

— Alors, tu vas nous les chercher, ces muffins ?

Je me rappelai soudain, presque trop tard, mes notes sur mes rêves. Je les avais laissées sur une commode dans ma chambre et je ne voulais en aucun cas que Grayson les lise. Je le poussai donc de côté et attrapai mon cahier ainsi que les feuilles volantes autour avant qu'il puisse y jeter un coup d'œil. Mais ce n'était pas ce qui l'intéressait. Il se dirigea droit vers mon lit, plus précisément vers le banc de lit, où son sweat se trouvait bien plié afin que

Lottie n'ait pas l'idée de le laver tant que je n'avais pas terminé mes enquêtes empiriques. Il s'en empara avec un sourire satisfait.

Le déclic se fit.

— Ah, c'était donc ça ! m'écriai-je. Tu voulais récupérer ton sweat !

Mince ! Je l'avais vraiment sous-estimé. Je ne lui aurais pas cru tant de finesse.

Grayson vérifia son iPhone.

— Exact, dit-il nonchalamment, le regard rivé sur l'écran. J'avais comme l'impression que tu ne me le rendrais pas spontanément… Oh, eh bien, il semble s'en passer des choses là-bas. Jasper cherche apparemment à noyer ce pauvre Nathan dans la piscine. Bon, ben… j'y retourne. Je ne voudrais pas manquer ça. Fais de beaux rêves, Liv !

Son sourire satisfait était à peine supportable. Tout comme le sentiment d'avoir été roulée.

— Pas si vite ! m'écriai-je en lui bloquant la porte. Nous ne nous sommes pas encore réconciliés !

À l'évidence, il ne s'y attendait pas. Il parut éberlué un instant puis reprit sa mine ordinaire.

Je le gratifiai d'un sourire mielleux.

— Dois-je appeler Mum à la rescousse ?

— Très drôle ! Mais je dois vraiment repartir, dit Grayson.

À mon grand contentement, il avait perdu sa nonchalance. Je ne bougeai pas d'un pouce.

— Eh bien, tu aurais dû y réfléchir plus tôt. Je veux dire, avant d'évoquer le taux de criminalité londonien. Au fait, Emily sait-elle que tu rencontres tes amis la nuit dans un cimetière pour invoquer des démons ?

— Nous ne nous rencontrons pas dans… Non, elle ne le sait pas.

Il se mit à arpenter nerveusement la pièce. Il venait sans doute de comprendre qu'il ne pourrait sortir que par la force.

— Et elle ne doit jamais l'apprendre, poursuivit-il. Emily est la personne la plus raisonnable que je connaisse. Elle ne comprendrait pas comment on peut se fourrer dans une telle histoire. Elle me prendrait pour un fou… Elle ne croit même pas aux horoscopes.

— Moi non plus, à vrai dire. Aussi peu qu'aux démons.

— Et tu penses peut-être que j'ai cru à ce genre de chose ? se fâcha-t-il. Même maintenant je n'y crois toujours pas. C'est seulement… Il s'est passé vraiment des trucs graves et étranges et je n'ai pas d'explication logique pour tout ça.

J'étais encore furieuse mais je compris bien ce qu'il voulait dire.

— Si l'on élimine toutes les solutions logiques d'un problème, remarquai-je, c'est la solution illogique – bien qu'impossible – qui est immanquablement la bonne.

Il sourit.

— Sherlock Holmes, n'est-ce pas ?

J'acquiesçai, surprise.

Le silence se fit entre nous. Grayson s'assit au bord du lit et me regarda, comme en attente.

J'hésitai un moment.

— Alors, tu me racontes ? finis-je par demander. Histoire de me laisser une chance de comprendre tout ça ?

— Je ne sais pas… dit-il en dégageant ses cheveux du front. Je t'en veux toujours de ne pas m'avoir écouté.

— Mais tu ne crois pas qu'il vaudrait mieux tout m'expliquer plutôt que de continuer à m'accabler de reproches ? J'ai promis de participer, alors…

— Tu pourrais encore changer d'avis.

Une lueur d'espoir éclaira son visage.

Je me contentai de secouer la tête et me laissai tomber près de lui sur le lit.

— Allez, parle-moi de ces rêves ! l'invitai-je.

Il ne commença pas par les rêves mais par le tout début. Mais au moins, il commença. Il me parla de Jasper, d'Arthur, d'Henry et de lui et de leur amitié depuis l'école primaire, des hauts et des bas, et des bêtises qu'ils avaient vécues et commises ensemble au cours des années. Il finit par cette étrange nuit d'Halloween, l'année précédente. Ce qu'il en raconta était tout aussi ridicule que ce que j'avais entendu de Jasper et je m'efforçai de garder un air neutre, de crainte de le voir bondir du lit et s'enfuir. Mais je dois avouer que c'était un vrai défi (je veux dire, de garder un air neutre), surtout lorsque Grayson finit par me donner des détails.

Anabel leur avait montré un bouquin poussiéreux avec des pages scellées qui était prétendument en possession de sa famille depuis des générations. En suivant les rituels indiqués dans ce livre, avait-elle affirmé, on faisait surgir des enfers un très vieux démon qui pouvait vous aider à acquérir un pouvoir incommensurable et à accomplir vos vœux les plus chers.

« Et l'immortalité était sans doute aussi comprise dans l'offre ? » me retins-je juste à temps de dire. Incroyable. On ne pouvait tout de même pas avoir bu à ce point ? Apparemment, si. Car, après cet effrayant rituel d'initiation, ils s'étaient vraiment attelés à la tâche, à en croire Grayson : après avoir rompu le premier sceau, ils avaient dessiné à la craie des symboles magiques sur le sol, s'étaient mutuellement peint des mots mystérieux sur la peau et avaient répété les formules et les serments de fidélité qu'Anabel leur avait lus – la moitié en latin. Avec des mots onctueux, ils avaient promis de suivre les règles du grimoire jusqu'au bout et de délivrer le démon des enfers s'il exauçait en échange leurs souhaits secrets, qu'ils avaient notés sur des bouts de papier et laissés solennellement se consumer dans les flammes. Ils avaient ensuite scellé le tout avec leur sang qu'ils avaient fait goutter dans un calice et bu tour à tour en y ajoutant un peu de vin rouge. Bref, ils s'étaient comportés comme des enfants de maternelle. Enfin, comme en maternelle chez les vampires.

À cet endroit de l'histoire, je ne fus pas étonnée d'entendre Grayson pousser une sorte de gémissement étranglé.

— Et il s'est manifesté, votre démon ? demandai-je, perdant mon impassibilité. Ou bien, vous vous êtes réveillés le lendemain avec une méchante gueule de bois ?

Les yeux de Grayson me lancèrent des étincelles.

— Je sais bien que cela paraît ridicule. Et j'aurais aussi oublié tout ça, comme les autres. Mais, dès la nuit suivante, les rêves ont commencé…

Il frissonna.

— Dans mon rêve, le démon m'a rappelé la promesse que nous lui avions donnée pour la réalisation de nos souhaits.

— C'est logique. Ton subconscient cherchait à assimiler ces idioties, remarquai-je.

— Possible, dit-il.

Grayson se frotta le front. Il avait tout à coup le même air que Mum quand elle cherche désespérément quelque chose qu'elle n'arrive pas à retrouver.

— Mais, reprit-il, comment expliquer que cette nuit-là nous ayons tous rêvé la même chose ? Sans exception. Et que le démon ait exigé la même chose de nous tous : briser le deuxième sceau et procéder au rituel suivant…

Quelque chose se mit à sonner dans sa poche ; sans doute son portable qui lui annonçait l'arrivée d'un SMS. Il ne le sortit même pas, mais cette petite distraction fut la bienvenue parce que je commençais à me sentir mal à l'aise.

— Vous avez donc rêvé d'un démon ? À quoi ressemblait-il ?

Grayson fit un vague geste de la main.

— En fait, je crois qu'il n'avait de forme que dans le rêve de Jasper. Il jure encore aujourd'hui que le démon ressemblait à Saroumane le Blanc, mais avec des cornes et une cape noire ; dans les nôtres, il n'était qu'une ombre, une voix chuchotante, une présence informe, mais ce n'était pas non plus tellement angoissant… Je dirais plutôt que c'était… *séduisant*.

Il soupira.

— Une coïncidence singulière ? reprit-il. Nous n'en étions pas sûrs. Et nous avons ouvert le deuxième sceau.

J'aurais sans doute fait comme eux.

— Cette fois, j'étais sobre, de sorte que le rituel m'a paru un peu plus ridicule que le premier, mais nous l'avons poursuivi.

— Et alors ?

Je m'apercevais bien que j'étais suspendue à ses lèvres. Peut-être un peu trop.

— D'abord, il ne s'est pas passé grand-chose. Nos rêves sont seulement devenus un peu plus vivants et intrusifs. Nous y avons vu le démon et nous, des portes et des couloirs, et le lendemain nous pouvions nous rappeler mot pour mot nos conversations rêvées.

Il se mordit la lèvre.

— C'était… angoissant, poursuivit-il. En tout cas, pour Anabel et moi. Henry trouvait ça intéressant, Arthur exaltant, et Jasper… Je crois que pour lui c'était juste amusant.

Nous arrivions au nœud de l'histoire et je me sentis de nouveau mal à l'aise.

— Vous pouviez donc rêver ensemble, dis-je. Et, comme vous n'aviez pas d'explication logique, vous avez commencé à croire à l'existence de ce démon.

— Disons que nous avons de plus en plus considéré qu'il existait vraiment, en dehors de notre imagination. Du coup, nous avons continué et nous avons rompu les autres sceaux l'un après l'autre. Nous avons pratiqué alors quelques rituels en rêve, chaque nuit de nouvelle lune. Le plus fascinant, c'était qu'on pouvait le faire n'importe où. En des lieux qu'on n'a pas l'habitude de visiter la nuit.

Comme le Highgate Cemetery, faillis-je dire. Mais je me demandais encore si Grayson savait vraiment que j'étais présente dans le rêve du cimetière ou s'il ne faisait que l'envisager… à cause de son sweat.

— Arthur, Henry et Anabel étaient totalement fascinés par ces rêves et les possibilités qui s'ouvraient à eux… Ils sont devenus avides de pouvoir tout essayer et de se promener dans les rêves d'autrui.

Compréhensible.

— Et Jasper et toi ?

Il haussa les épaules.

— Tout cela était un peu trop troublant et trop fatigant pour Jasper, je crois. Et moi, avec le temps, j'ai trouvé ça... disons... plutôt malsain. Et puis, ça ne m'intéresse pas plus que ça de connaître les rêves des autres.

— *Vraiment pas ?* Les rêves de personne ? lâchai-je sans réfléchir.

— Les exceptions confirment la règle, répliqua Grayson, un léger sourire aux lèvres. Toujours est-il que ce n'est pas sympa d'espionner les gens en rêve.

Je me sentis un peu honteuse.

— Mais, dit-il en retrouvant son sérieux, le démon avait ainsi rempli une partie de notre pacte, car s'introduire dans les rêves d'autrui, connaître ses angoisses et ses désirs secrets ne signifie rien d'autre qu'avoir...

— ... une puissance illimitée, chuchotai-je en essayant d'ignorer la chair de poule qui me gagnait.

Pour me distraire, j'allai vers la fenêtre et fixai les contours d'un érable qui se dressait dans l'arrière-cour. J'avais besoin de me concentrer.

— Bon, jusqu'à maintenant, nous n'avons pas d'explication logique pour ces rêves, analysai-je d'une voix ferme. Mais, pour être tout à fait objectif, il n'y a pas non plus de preuves concrètes de l'existence réelle d'un quelconque démon. Car, finalement, s'il existe, il n'est apparu que dans vos rêves.

— C'est vrai, concéda Grayson. Je me suis aussi accroché à cette pensée. Jusqu'à...

Il marqua une courte pause puis reprit :

— Jusqu'à ce que nos souhaits commencent à se réaliser. D'abord ceux de Jasper, puis les miens, puis ceux d'Arthur…

Je me retournai et lui lançai un regard incrédule.

— Vos vœux les plus chers ?

— Oui, dit-il, ce que nous avions écrit sur ces bouts de papier à Halloween s'est vraiment réalisé.

— Vous vous êtes confié vos souhaits ? Mais je croyais qu'ils étaient secrets, non ?

— Exact. Mais, quand on se connaît aussi bien et depuis aussi longtemps, on n'ignore pas les désirs et les aspirations secrètes des autres…

Il marqua une pause un instant, puis il parut se ressaisir.

— Oui, bon, et tu commences à connaître aussi un peu Jasper maintenant ; il n'est pas du genre à pouvoir garder longtemps un secret. Il a exactement tenu une journée avant de nous confier le sien. Et, de fait, les Frognal Flames ont remporté la coupe des championnats interscolaires de basket, même si nous étions encore en bas du tableau à Halloween, si bas que notre victoire a tenu du miracle.

Je sentis un rire libérateur monter en moi, un rire irrépressible. D'accord, dans les dernières minutes je m'étais laissé un peu trop entraîner, particulièrement par cette histoire de rêves, mais maintenant tout était de nouveau clair dans ma tête. Trop, c'était trop. Les championnats de basket ? Non, mais quoi encore ?

— On ne peut pas trouver plus démoniaque, m'esclaffai-je. Vous ne croyez pas que vous avez simplement bien joué ?

Grayson se garda de rire.

— C'est allé bien au-delà de ce souhait, dit-il doucement alors que j'avais repris mon souffle.

Le timbre de sa voix me rendit aussitôt mon sérieux.

— Et ton souhait à toi ? demandai-je en m'asseyant de nouveau près de lui.

Les mains de Grayson caressèrent le sweat.

— Pas si important. Ce qui importe, c'est qu'il ait été exaucé.

On frappa, et Mum passa la tête par la porte. Son visage s'éclaira quand elle nous vit assis l'un à côté de l'autre sur le lit.

— Ah, comme c'est bien de vous savoir réconciliés, dit-elle. Mais, Grayson, tu ne voulais pas repartir à la soirée ? Ton amie t'attend certainement !

— Euh… oui, c'est vrai, répondit Grayson en se levant. Je devrais déjà y être depuis longtemps.

Je me demandai si je n'allais pas lui reprendre le sweat et m'enfermer avec dans la salle de bains ou crier quelque chose comme « Halte-là, stop ! Nous n'en avons pas encore fini », mais, sous le regard de Mum, ce n'était guère possible. De sorte qu'il ne me resta plus qu'à le suivre dans le couloir. La perte du sweat m'irritait bien, mais nous logerions sous le même toit dans quelques jours et, de toute façon, j'étais trop fatiguée pour poursuivre mes enquêtes. Je me laverais rapidement les dents et j'irais dormir. D'une traite. Tout le reste pouvait attendre le lendemain.

Mum embrassa Grayson sur les deux joues en lui glissant une boîte de muffins aux myrtilles.

— Tiens, pour la soirée, dit-elle. Ça ne démarre vraiment qu'à partir de minuit.

— Je te raccompagne en bas, dis-je en écartant Mum. La porte d'entrée devrait être toujours fermée de l'intérieur à partir de 10 heures, surtout dans ce quartier de Londres qui regorge de criminels…

Grayson sourit sans protester. Nous descendîmes ensemble l'escalier et je lui lançai des regards en douce. C'était vraiment dommage de le voir partir au moment où il s'était montré si disposé à me donner des renseignements.

— Ton souhait avait-il quelque chose à voir avec Emily ? laissai-je échapper.

— Non, pourquoi ?

Je réfléchis et fis une autre tentative.

— Quelle était la probabilité pour que ton vœu se réalise ?

— Moins de trente pour cent, répondit-il sans hésiter.

Trente pour cent. Les chances d'un Noël blanc étaient encore plus faibles sous nos latitudes. Mais soupçonnait-on pour autant un démon quand il neigeait un 24 décembre ?

Je me demandai si je devais faire part à Grayson de ma comparaison brillante mais nous étions déjà arrivés en bas. Je frissonnai en sentant sur mes bras l'air froid de la nuit.

Grayson sortit sa clé de voiture.

— Je ne l'aurais pas cru, mais ça m'a fait du bien de parler de tout ça avec toi.

Il se pencha et me donna un léger baiser sur la joue.

— Merci de ne pas t'être moquée de moi.

Je me raclai la gorge d'un air gêné.

— C'est un cas difficile, docteur Watson, dis-je ensuite de ma meilleure voix de Sherlock Holmes. Il y a là une composante extrêmement mystérieuse. Mais je suis sûre qu'il se trouvera une explication logique à la fin.

— J'aurais préféré te tenir à l'écart de tout ça, répliqua Grayson avec un faible sourire. Mais maintenant, nous voilà dans le même bain.

Ouais et, à vrai dire, ce n'était pas pour me déplaire.

— À bientôt.

Grayson se retourna pour partir et je le suivis des yeux tandis qu'il s'éloignait. Il n'était pas si mal que ça. Non, vraiment pas. Il s'arrêta encore à mi-chemin et se retourna.

— La maladie de Huntington, dit-il tout à trac.

— Quoi ?

— Mon souhait !

Ses doigts jouaient nerveusement avec la clé de contact. J'en oubliai un instant de respirer.

— Ma mère est morte de la maladie de Huntington. Et avant elle, mon grand-père et un oncle.

Sa voix avait changé, elle était comme blanche. Il ne me regardait pas mais gardait la tête penchée.

— Il était probable à plus de soixante-dix pour cent que Florence et moi soyons touchés.

Je le fixai d'un air effrayé.

— Dad a refusé pendant des années de nous faire faire le test génétique, se hâta-t-il de poursuivre. Mais Florence et moi nous ne pouvions pas vivre dans l'incertitude et nous nous sommes finalement décidés à passer un examen.

Il fit une petite pause.

— C'était mon souhait, reprit-il. Que ma sœur et moi ne soyons pas atteints par cette maladie.

— Vous êtes donc sains, tous les deux, Florence et toi ?

Je soufflai de soulagement quand il fit oui de la tête. J'aurais voulu trouver quelque chose de gentil et de consolant à lui dire, mais je me sentais terriblement impuissante.

J'avais entendu dire que sa mère était morte quand Florence et lui étaient encore tout jeunes.

— Et maintenant, tu te demandes si l'examen aurait donné le même résultat si tu n'avais pas conclu de pacte avec le démon ?

— Oui, avoua-t-il simplement. Dans mes moments de faiblesse, je pense que notre santé pourrait être l'œuvre du démon… C'est fou, non ?

Il leva enfin la tête et me regarda dans les yeux.

— Et puis, je me demande ce qu'il me prendra si jamais j'enfreins ses règles.

Blog
à potins

Ici, le blog à potins de la Frognal Academy, avec les derniers ragots, les plus folles rumeurs et les scandales chauds bouillants de notre école.

Qui suis-je ? Je m'appelle *Secrecy*,
je suis parmi vous et je connais tous vos secrets.

UPDATE ACTIVITY

9 septembre, 3 heures du matin

La fête de début de saison d'Arthur Hamilton a encore une fois tenu ses promesses de teuf déjantée. Sur la photo, vous voyez Nathan Woods des Frognal Flames en train de faire trempette dans la piscine après avoir ingurgité cinq cocktails. Malheureusement, il avait oublié de retirer ses chaussures et ses fringues et, accessoirement, de sortir son portable de sa poche. Bon, ce sont des choses qui arrivent... Il y a une version de l'histoire qui circule, disant que Nathan n'aurait pas sauté dans l'eau mais qu'il y aurait été poussé par Jasper, l'ex de

Madison, qui est terriblement jaloux et regrette à fond leur séparation. Mais, les amis, cette version provient de Madison elle-même et elle prétend aussi que le roux de ses cheveux est tout à fait naturel. Comme si on avait oublié leur couleur blond filasse d'il y a quatre ans.

Nathan ira-t-il tout de même avec Madison au bal d'automne ? Je vous le ferai savoir. En tout cas, on l'a déjà nominée une fois pour le titre de reine du bal. Depuis l'adresse e-mail de sa petite sœur. Oups.

Une des rares élèves du cycle moyen à cette soirée était Liv Silver, en compagnie de son futur beau-frère. Je suis prête à parier que nous la verrons aussi au bal d'automne... Mais avec qui ? Vous l'apprendrez ici en exclusivité, à coup sûr... et même très bientôt si je ne m'abuse.

À plus !

Secrecy

PS : Pour vous mettre dans l'ambiance du bal, voici déjà un lien vers la valse de Johann Strauss « Hommage à la reine Victoria ». Vous vous rappelez encore comment Hazel Pritchard, dite Le-céleri-a-changé-ma-vie, a trébuché l'année dernière en dansant et a failli faire tomber la moitié des danseurs avec elle ? Je suis tout de même sûre qu'il se trouvera bien un courageux pour l'accompagner au bal. Sérieusement, les garçons, vous pouvez y aller : il y a treize kilos de moins à se coltiner.

Chapitre 20

— Qu'est-ce qu'on va bien pouvoir faire de toi, sale crapaud hideux ? dit Lindsay en faisant claquer ses longs ongles artificiels. Tu as mérité une leçon, tu ne trouves pas ?

Comme il s'agissait d'une question rhétorique, je ne répondis pas. Je savais pertinemment à quoi m'attendre ; je lisais déjà la joie dans ses yeux bleus. Et rien de ce que je pourrais dire ne l'empêcherait, ni suppliques ni prières.

— Ça fait un bail que nous n'avons pas fait le coup de la main coincée dans la porte, dit Samantha qui m'avait tordu le bras dans le dos et me tenait fermement.

La grande et plutôt grassouillette Samantha passait pour être la plus dangereuse de la bande parce que en général c'était elle qui distribuait les coups. Aubrey l'assistait en tenant la victime et, le plus souvent, Lindsay se contentait de regarder, mais c'était elle qui décidait du mode de supplice, si bien que c'était elle que je craignais le plus. La moins pire était sans doute Abigail qui ne faisait que le guet.

— Ah ouais, le coinçage dans la porte ! exulta Aubrey en applaudissant des deux mains.

Samantha me tordit encore un peu plus le bras et j'eus du mal à réprimer un cri. Jamais de ma vie je ne m'étais sentie aussi impuissante.

— Bien, dit Lindsay. Mais avant, il faudrait la baptiser, qu'est-ce que vous en dites ?

— Ah oui, approuva de nouveau joyeusement Aubrey. On va lui plonger la tête dans la cuvette des WC et après on lui écrasera la main… Tu es droitière ou gauchère ?

Samantha éclata de rire.

— Peu importe, ça fait aussi mal des deux côtés !

Elle me poussa en avant et Aubrey l'aida en attrapant ma queue-de-cheval et en me tirant dans la cabine des toilettes. En trébuchant au passage, je captai mon reflet dans le miroir et j'y vis mes grands yeux angoissés dans un visage blanc crayeux, la figure outrageusement maquillée d'Aubrey et le sourire jouissif de Lindsay. Ainsi qu'une porte verte dans le mur carrelé derrière nous. Samantha m'expédia un coup de pied dans les mollets et je tombai à genoux, juste devant la cuvette. Aubrey me tira la tête en arrière par les cheveux en gloussant :

— Elle a de la chance, la femme de ménage vient juste de passer.

— Reste à savoir ce qui est le plus malsain : la crasse ou les désinfectants ? Tu voudrais dire encore quelques mots avant de boire ça ? me demanda Lindsay.

Samantha me décocha un coup de pied d'encouragement dans les reins. Mais je me tus. Toute remarque sarcastique aurait été en pure perte : Lindsay et sa bande ne comprenaient pas le sarcasme. Elles ne savaient même pas orthographier ce mot. Et, à vrai dire, je ne trouvai non plus rien de sarcastique à dire. Je voulais juste appeler ma maman. Et pleurer. Mais je ne leur ferais pas ce plaisir. Je tentai bien encore de me cabrer, de toutes mes forces, mais Samantha m'expédia un nouveau coup de pied, d'une telle violence cette fois que je ne pus m'empêcher de crier.

Je n'avais aucune chance.

Sa main grasse se posa sur ma nuque et elle m'enfonça impitoyablement la tête dans la cuvette tout en me tordant toujours le bras de son autre main.

Le rire de Lindsay s'arrêta subitement et je l'entendis suffoquer de frayeur. Quelqu'un dit d'une froide voix de colère :

— Lâche-la, tout de suite !

Étrangement, Samantha obéit et recula d'un pas. Le sang revint douloureusement dans mon bras quand je tentai de me redresser.

Un grand type aux cheveux en bataille était venu à ma rescousse. Henry ! Il avait bousculé Lindsay et sorti Samantha de la cabine en la tirant brutalement par le bras. Aubrey, réfugiée vers les lavabos, tout aussi troublée que moi, le fixait maintenant avec des yeux ronds.

Il y avait là quelque chose qui clochait.

— D'où il sort, celui-là ? demanda Aubrey.

Et Lindsay dit :

— Eh, connard, ce sont les toilettes des filles ici !

Mais elles avaient toutes l'air fébrile et presque angoissé. Même Samantha. Face à Henry, elle ne paraissait plus aussi imposante. Elle se frotta le bras à l'endroit où il l'avait agrippée et murmura une grossièreté.

— Vous êtes vraiment infectes ! cria Henry, ses yeux gris scintillant de colère. À quatre contre une. Et elle est beaucoup plus petite que vous. Fichez-moi le camp maintenant, avant que je ne vous plonge vos sales têtes dans la cuvette !

Elles ne se le firent pas dire deux fois, se retournèrent et filèrent sans demander leur reste. Devant la porte, nous les entendîmes insulter Abigail, qui était chargée de surveiller les entrées et, apparemment, Abigail n'y comprenait rien, car elle répéta au moins sept fois « Hein ? Quel type ? », puis les voix s'éloignèrent et ce fut le silence.

Encore toute haletante, je m'adossai à la paroi de la cabine. Henry me retira une mèche du front, ce qui n'aida pas à me calmer.

Il me fixa d'un air soucieux.

— Eh, tout va bien, Liv !

— À cet instant-là, elles me plongent toujours la tête dans la cuvette, tentai-je de lui expliquer. Et tu n'as rien à faire ici.

— Oui, je sais. Mais je ne pouvais pas me contenter de les regarder te…

Ses doigts me caressaient prudemment la joue.

— Mon Dieu, reprit-il, mais qui étaient ces monstres ?

— Des monstres de la Junior High School, répondis-je.

— De la *Junior* High School ? Celles-là ? Mais elles étaient géantes !

— Suralimentées, pour avoir sans doute confisqué, dès l'école primaire, les goûters de tous les enfants. D'autre part, je pense qu'elles ont déjà dû redoubler plusieurs fois.

Je commençais peu à peu à comprendre comment il pouvait être ici.

— C'est un rêve, n'est-ce pas ? Car ici, nous sommes à Berkeley, et je ne te connaissais pas encore à Berkeley.

De soulagement, mes genoux se firent tout mous. Juste un rêve. Dieu merci !

— Naturellement… la porte verte ! Je l'ai aperçue dans le miroir et ça m'a étonnée…

— Mais, bon sang, pourquoi fais-tu ce genre de rêve, Liv ? s'étonna Henry en me caressant toujours.

— Parce que ça s'est passé exactement comme ça. Il y a trois ans, à Berkeley. Sauf que personne ne m'a sauvée.

Au lieu de cela, j'avais vomi toutes mes tripes pendant un quart d'heure. Ce qui m'avait toutefois épargné le « coinçage dans la porte ». Elles l'avaient expérimenté quelques semaines plus tard sur une fille du nom d'Erin. Je me sentais encore mal en pensant à la main de cette pauvre fille.

— Voilà pourquoi tu parais… si jeune, dit Henry en souriant. Charmant, cet appareil dentaire !

Je me passai la langue sur les dents. Oh oui, je me souvenais encore de tout ce métal dans la bouche. Cela dit… En présence d'Henry, je préférais ne pas avoir l'air d'avoir treize ans.

Il émit un léger sifflement en voyant mon corps reprendre sa forme actuelle. Son instinct protecteur parut disparaître, l'inquiétude quitta son regard. Tout souriant, il s'adossa à la paroi de la cabine, croisa les bras et me dit :

— Tu as bien grandi ces trois dernières années.

— Oui, mon nez aussi, malheureusement.

Je jetai un œil au miroir, me passai un doigt sur l'arête du nez et vérifiai que mon changement de look avait réussi. Par simplicité, j'avais repris ma tenue de la dernière fois :

jean, sneakers et T-shirt Ninja. J'hésitai à donner encore un peu plus de volume à mes cheveux mais ça aurait été de la triche.

— J'aime bien ton nez, dit Henry.

— Oui, peut-être parce que le tien est aussi trop long, répliquai-je en levant des yeux souriants vers lui.

J'avais beau avoir grandi, j'étais toujours beaucoup plus petite que lui. La façon dont il m'avait défendue avait été sympa. En rêve, il était toujours si gentil avec moi, nettement plus qu'en réalité. D'un autre côté…

— Qu'est-ce que tu fabriques ici, au fait ? m'étonnai-je. C'est un cauchemar tout à fait personnel et ce sont les toilettes des filles ! Tu n'as rien à faire ici.

Il ignora mes questions et se contempla également dans le miroir.

— Mon nez n'est pas trop long. Il est juste comme il faut. Finalement, le nez doit aller avec le reste du visage.

Son reflet me fit un clin d'œil.

— Si on allait ailleurs ? Ça manque un peu de romantisme ici.

— Oui, et c'est lié à d'affreux souvenirs, soupirai-je. J'ignorais que je rêvais toujours de cet épisode. Et que je n'avais rien oublié de leurs visages et de leurs voix.

Henry reprit aussitôt son sérieux.

— Est-ce qu'on les a au moins renvoyées de l'école ?

Je secouai la tête. Je n'en avais jamais parlé à un prof. Et je ne l'avais pas non plus raconté à Mum ; elle se serait terriblement énervée. Seule Lottie avait remarqué que quelque chose me dérangeait et elle avait réussi à me tirer les vers du nez. Son visage avait aussitôt blêmi. Et puis elle m'avait traînée chez Mr Wu afin qu'il m'apprenne à me défendre.

Le lendemain matin, elle m'avait accompagnée à l'école et j'avais dû lui montrer Aubrey, Samantha, Lindsay et Abigail. Je ne sais pas comment elle s'y est prise ensuite, mais elles ne m'ont plus jamais importunée. Pourtant, après quelques semaines de cours de kung-fu auprès de Mr Wu, j'étais si bonne que je l'aurais presque souhaité.

— Nous pourrions leur courir après et leur coller une bonne raclée, suggéra Henry. Maintenant que tu sais que tu es juste en train de dormir.

Je refusai d'un geste.

— Ah non. Je parie que si je les rencontrais aujourd'hui, je ne ressentirais que de la pitié pour elles… Allez, dis-moi plutôt ce que tu fais ici, Henry !

— Je voulais juste te rendre visite. Je ne me doutais pas que j'atterrirais dans des toilettes de filles au pire moment de ta vie.

Il me tendit la main.

— Viens, allons nous chercher un coin plus sympa.

— Ce n'était pas le pire moment de ma vie, dis-je en prenant sa main comme si c'était la chose la plus naturelle du monde.

Puis je me laissai tirer par lui vers la porte verte qui jurait comme un corps étranger sur le mur carrelé couvert de graffitis. À vrai dire, je ne trouvais pas si naturel que ça de tenir la main d'Henry. Mon cœur non plus, apparemment, car il se remit à battre la chamade.

Henry posa sa main libre sur le lézard et s'apprêta à ouvrir la porte.

— Oh non ! fis-je, sous le coup d'une idée subite.

Je l'écartai de la porte.

— Pas par là !

— Mais…

Je ne le laissai pas aller plus loin.

— Maintenant que tu es là, dis-je, nous pouvons rester encore un peu. Il y a aussi de beaux coins à Berkeley. Viens, par ici !

J'ouvris la porte des toilettes et me réjouis de ne pas trouver derrière le large couloir désert de l'école mais le soleil et une brise fraîche. Eh oui ! Cette façon de rêver avait vraiment tout pour plaire. Et j'étais vraiment bonne, car tout était exactement comme dans mes souvenirs. Nous nous trouvions sur les collines de Berkeley. De là-haut, on voyait la moitié de la ville et toute la baie. Le soleil couchant nimbait tout d'une douce lumière dorée.

J'entraînai Henry vers un banc sous un arbre immense, mon ancien endroit préféré. J'avais passé des heures, assise là, à jouer de la guitare et à contempler l'océan. Je ne pus réprimer un sourire triomphant. Si ce n'était pas là un petit coin romantique !

— Autrefois, nous habitions dans la rue juste un peu plus haut.

— Pas mal, dit Henry, impressionné.

Je me demandai s'il voulait parler de mon aptitude à changer de décor, de le faire passer des WC cradingues à une vue aussi époustouflante, ou du fait que nous avions habité là autrefois. La maison était vraiment pas mal ; nous y avions même une piscine. Mais nous avions dû la partager avec une prof de philo acariâtre et sa mère, une maniaque du ménage, de sorte que nous ne nous étions jamais senties chez nous mais toujours comme des pensionnaires.

— C'est le parc Indian Rock, expliquai-je en espérant qu'il ne remarquerait pas l'écriteau à quelques mètres de là, qui venait de me rappeler le nom du parc. Butter y a attrapé un écureuil un jour…

— Qui est Butter ?

Henry se laissa tomber sur le banc et je m'assis à côté de lui, ne serait-ce que pour ne pas devoir lui lâcher la main.

— Notre chienne. Princess Buttercup. Mon père nous l'a offerte quand ma mère et lui se sont séparés. Piètre consolation.

— Oh, je connais ça ! Par souci de simplification, nous donnons toujours le nom de la nouvelle copine de Dad à chaque nouvel animal domestique, m'apprit-il avec un demi-sourire. Le plus souvent, nous gardons le nom d'artiste, il sonne mieux en général. Les lapins s'appellent Candy Love, Tyra Sprinkle, Daisy Doll et Bambin Lamour, puis il y a encore deux poneys du nom de Moira Mystery et Nikki Baby.

Je lui jetai un regard incrédule. C'était terrible. Je ne me plaindrais jamais plus de ma famille.

— Ça fait beaucoup… d'animaux domestiques !

Je lui serrai prudemment la main et son sourire s'accentua. Il s'éclaircit la voix.

— En fait, c'était pour rire, dit-il. Mais tu peux continuer à me regarder avec pitié.

— Avec pitié ?

— Euh, oui.

Gênée, je détournai les yeux. Mince. En rêve, c'était beaucoup plus difficile d'évaluer le temps qui passait quand on regardait quelqu'un au fond des yeux. Trop profondément, pour le cas présent.

Mon regard s'arrêta sur quelque chose qui était appuyé contre l'arbre près du banc.

— Ma guitare ! constatai-je avec une émotion trop marquée.

Décidément, mon subconscient forçait sur le romantisme.

— Oh, comme c'est bien ! ironisa Henry. Tu me joues quelque chose ?

— Il faudra d'abord passer sur mon cadavre, répondis-je en sentant le rouge me monter aux joues.

En réalité, mes pensées avaient galopé sans que je puisse les contrôler et je me retrouvais déjà en train de fredonner à Henry un air de Taylor Swift tandis que le soleil déclinait lentement en faisant rougeoyer le ciel au-dessus de la mer et qu'un groupe de baleines passait dans la baie… Oh, mon Dieu ! Et avais-je vraiment cru voir dans cette lumière ses cheveux se tisser d'or ? Pas possible ! Je déraillais complètement ! Un peu plus et j'allais me transformer en l'une de ces bécasses pilotées par leurs hormones que Mia méprisait tant !

Je lâchai aussitôt sa main.

Henry m'interrogea des yeux et je pus à peine soutenir son regard. Que pouvait-il bien penser de moi ? Il m'avait sauvée d'une bande de hyènes en furie et voilà que je l'entraînais dans les collines, au coucher du soleil, la guitare déjà préparée…

Je m'efforçai de prendre un ton neutre.

— Tu n'as toujours pas répondu à ma question. Que viens-tu faire dans mon rêve ?

Henry se pencha en arrière et croisa les bras.

— Et comment as-tu franchi ma porte ? ajoutai-je. Je croyais que ce n'était possible que si…

— Si quoi ? Si on portait le sweat de Grayson ?

Avec un petit rire malin, Henry sortit de sa poche un objet brillant et le tint en l'air. Ma barrette à cheveux !

Ah bon, c'était donc ça !

— Il faut juste avoir quelque chose appartenant à l'autre, poursuivit Henry en faisant tourner la barrette dans ses longs doigts. Et puis, bien sûr, il faut trouver la bonne porte et venir à bout des barrières.

Il jeta un regard inquiet autour de lui.

— D'où vient tout ce brouillard ?

— Eh bien, m'amusai-je, ici aussi, le soleil ne brille pas toujours. Ce coin est connu pour ses brusques changements de temps.

Je mentais. J'avais juste voulu atténuer un peu le romantisme du coucher de soleil. Et le brouillard est la première idée qui m'était venue à l'esprit. Malheureusement, les brumes qui s'élevaient majestueusement de la mer étaient tout aussi romantiques. Mais au moins, il n'y avait plus cette lumière kitsch qui troublait la clarté de mes pensées.

— De quelles barrières parles-tu ? demandai-je en cherchant à voir ma porte.

Où était-elle ? Ah, juste là-derrière, encastrée dans l'une de ces énormes roches auxquelles le parc devait son nom.

Henry haussa les épaules.

— Eh bien, la plupart des gens protègent inconsciemment leur porte. Plus ou moins bien. Comme Grayson avec l'Effroyable Freddy. Mais, chez toi, on a tout loisir d'entrer. Il n'y a pas la moindre petite barrière.

— Je comprends, dis-je lentement en m'efforçant d'avoir vraiment l'air de comprendre. Pour entrer chez moi, il suffit de me faucher une barrette.

— Oui, à ce qu'il semble. Tu es manifestement quelqu'un de très confiant.

J'essayai de ne pas me laisser distraire par son sourire.

— Mais pas toi. Ton subconscient t'a fait installer trois verrous à ta porte.

Henry secoua la tête.

— Non, Liv. Pas mon subconscient. Moi.

Il frotta en frissonnant ses bras nus.

— Tu ne pourrais pas faire revenir le soleil ? poursuivit-il. C'était vraiment plus beau. Je veux dire, ce n'est pas tous les jours qu'on se trouve en Californie.

Pensive, je me mordillai la lèvre.

— Donc, je pourrais aussi sécuriser ma porte ?

— Oui, et tu le devrais même.

Henry avait changé de ton. Il n'avait plus l'air amusé mais profondément sérieux.

— Il se pourrait que d'autres s'intéressent à tes rêves. C'est le seul endroit qui nous permet de découvrir aussi bien quelqu'un et qui nous dévoile le plus ses faiblesses et ses secrets.

— Je comprends…

Pas encore complètement. Je jetai de nouveau un œil vers la porte. C'était dérangeant de penser qu'il suffisait de posséder un objet m'appartenant pour débouler sans problème dans l'un de mes rêves. C'était encore pire que de savoir que quelqu'un pouvait lire le journal de mes rêves. Je ressentis soudain le besoin pressant de clouer des planches sur la porte, d'y poser un rideau de fer et de me chercher un énorme chien de garde.

— Pourquoi Grayson n'a-t-il pas mieux protégé sa porte ? m'étonnai-je. N'importe quel idiot peut prononcer le nom de Freddy à l'envers.

— Grayson est le type le plus honnête et le plus franc que je connaisse, répondit Henry. Je ne crois pas qu'il ait grand-chose à cacher dans ses rêves. De plus, il est beaucoup trop modeste pour penser que d'autres pourraient s'y intéresser.

Il haussa les épaules.

— Et il ne s'en préoccupe pas ; il trouve tout ça beaucoup trop inquiétant.

— Pas toi ?

Henry se pencha en soupirant et s'empara de ma guitare.

— Oh si. Mais c'est justement là tout l'intérêt de la chose. Je hochai la tête.

— Oui, c'est vrai. Les choses intéressantes sont aussi les plus dangereuses, remarquai-je doucement. Et malgré ça, il faut les explorer.

— Ou justement pour ça.

Henry détourna son regard et entreprit d'accorder la guitare.

— Ne me dis pas que tu sais jouer de la guitare ! m'exclamai-je.

Il leva un sourcil.

— Pourquoi ?

— Parce que…

Parce que c'était trop beau ! C'était déjà suffisant qu'il ait de beaux yeux et qu'il connaisse par cœur des poèmes de l'époque victorienne et que j'aie toujours chaud au ventre en le voyant sourire… Mais peut-être jouait-il affreusement mal, ce qui me permettrait de lui trouver au moins un défaut. Je lui lançai un regard de défi.

— Alors, tu sais jouer ou tu fais semblant ?

Il pinça les cordes avec un sourire suffisant.

— C'est un rêve, Liv. Si je voulais, je pourrais jouer comme Carlos Santana. Ou comme Paul Galbraith, selon ta préférence.

— Oh !

Qui était Paul Galbraith ? J'irais regarder ça sur Google à mon réveil.

Henry se mit à jouer, très doucement. Bach. Et il jouait bien. Je fixai ses doigts. On ne pouvait tout de même pas simplement rêver une telle technique. Ou peut-être que si ? J'avais bien réussi à voler en rêve sans savoir comment ça fonctionnait.

Mais tout de même… Ah !…

— Ça t'épate, hein ? se moqua Henry.

Je me ressaisis. Il avait toujours ce sourire suffisant.

— Dans tes rêves ! dis-je, en mettant le plus de mépris possible dans ma voix. Ce prélude est tellement facile que je savais le jouer à huit ans.

— Oui, c'est sûr, fit-il d'un ton railleur.

Il reposa la guitare et se leva.

— Allez, je m'en vais, dit-il. Avant d'entendre le réveil mettre un terme à ce beau rêve.

Son sourire se fit légèrement narquois.

— Merci pour cet intéressant aperçu de ta psyché.

— De rien, répondis-je en réprimant l'envie de grincer des dents. Tu peux garder la barrette. Mais autant que tu me la rendes car tu ne pourras très certainement plus franchir cette porte.

— Ouais, je l'espère, répliqua-t-il, reprenant son sérieux.

Il sortit la barrette de sa poche et la contempla. Le papillon d'argent trembla et se mit à battre des ailes. Bouche bée, je le regardai s'envoler.

— Penses-y ! dit Henry. Les barrières doivent être efficaces. Et elles ne doivent pas seulement écarter les humains.

— Quoi d'autre ? demandai-je en détachant à contrecœur mon regard du papillon. Le seigneur des ombres et des ténèbres ? L'inquiétant homme du vent ? Ne devrait-il pas d'abord pour cela me piquer un objet personnel ou bien n'a-t-il pas besoin de ce genre de trucs ?

Il soupira.

— Tu devrais peut-être prendre tout ça un peu plus au sérieux.

— Désolée, je ne peux pas. Sans preuves concrètes, je ne crois pas à l'existence de démons qui hantent les rêves et peuvent exaucer des souhaits.

Je le regardai dans les yeux avant d'ajouter :

— Toi, oui ?

Il soutint mon regard sans sourciller.

— Tout ce qui vient de se passer n'est peut-être que le fait du hasard. Mais peut-être pas. Comment expliques-tu ça ? dit-il avec un large geste de la main. Comment expliques-tu nos rêves ?

Mes réflexions n'étaient pas allées aussi loin. Exténuée, je m'étais endormie aussitôt après le départ de Grayson.

— Moi… hmm… par la psychologie ? risquai-je avec un brin de défi.

— La psychologie ? dit-il d'un air amusé.

— Un domaine encore inexploré de la psycho. Je pense qu'avec un peu d'entraînement tout le monde peut faire ce genre de rêve… même sans conclure de pacte avec le dia… euh, avec un démon. J'ai d'ailleurs franchi toute seule ma porte verte, sans l'aide de personne.

— Tu en es parfaitement sûre ? Eh bien…

— Oui, affirmai-je d'une voix ferme. Parce qu'il n'y a pas de démons. Vous avez gagné le championnat de basket et Grayson et Florence n'ont pas hérité de cette mutation génétique, mais je ne vois pas le rapport. Tant que je ne verrai pas ce démon en chair et en os devant moi, je ne croirai pas à son existence. Une apparition dans un rêve ne compte pas… Ce serait de nouveau de la psychologie pure.

— Et si ton vœu le plus cher se réalisait ? objecta Henry.

Il avait baissé les yeux et s'amusait à pousser du pied quelques petits cailloux.

— Ça dépendrait du vœu, répondis-je. Si je désirais quelque chose d'impossible comme par exemple… parler avec les animaux, voyager dans le temps ou marier Lottie au prince Harry, ma conviction serait peut-être ébranlée. Bien que… cette histoire entre Lottie et le prince Harry ne serait pas non plus improbable au point que l'on se mette à croire aux démons. Et toi, quel souhait as-tu fait ?

Henry ne répondit pas. Son regard glissa lentement des cailloux vers mes pieds, remonta mes jambes jusqu'à mon visage via mon T-shirt Ninja, et je me sentis rougir. De nouveau. Arrivé à mes yeux, il dit :

— Je dois vraiment partir. Mais c'était encore une fois très sympa de rêver avec toi, Liv.

C'était typique. Il fallait toujours qu'il s'en aille quand les choses devenaient personnelles.

— Il s'est réalisé ? demandai-je alors qu'il partait.

Silence.

Il avait atteint le rocher et sa porte verte quand il se retourna vers moi, la main posée sur le lézard en laiton.

— Je savais que tu participerais. Tu étais trop curieuse pour dire non. D'ailleurs, ça m'aurait déçu.

— Je n'étais pas seulement curieuse… Je… je… balbutiai-je, cherchant mes mots.

— Dis-moi, c'est cette histoire de bal d'automne qui t'a persuadée ?

— Tu veux rire, non ?

— Quoi alors ?

— J'ai pensé que vous aviez besoin de mon aide, assurai-je d'une voix ferme. Contre ce démon dangereux que vous redoutez tant.

— Tu viens de me déclarer que tu ne crois pas aux démons !

— Justement ! C'est pour ça que je suis celle qu'il vous faut. Franchement, Henry, tu y crois, toi à ce démon ? Pour de vrai, je veux dire ?

— Pour de vrai ?

Il avait ouvert la porte et j'apercevais derrière lui la lumière diffuse du couloir. Mais il lâcha la poignée et me rejoignit en quelques pas. Sans me laisser le temps de réagir, il se pencha vers moi et m'embrassa sur la bouche. Un baiser pas particulièrement long, en fait un simple effleurement délicat de ses lèvres, mais je fermai pourtant instinctivement les yeux, sans pouvoir m'en défendre.

Quand je les rouvris, un battement d'ailes de papillon plus tard, Henry se trouvait déjà sur le seuil de la porte. Loin de moi.

— En cette affaire, c'est difficile de distinguer le vrai du faux, dit-il. Et oui… Je crois qu'il se passe des choses anormales ici. Mais ce n'est pas forcément mal.

Sur ces mots, il laissa la porte se refermer doucement et disparut.

Chapitre 21

— Le buffet proposera un échantillon de toutes les spécialités des anciennes colonies, et des confettis de feuilles d'automne ruisselleront du plafond sur la piste de danse.

Persephone but une gorgée d'eau minérale pour s'humecter la gorge. Cela faisait un quart d'heure qu'elle vantait les surprises top secret que le bal d'automne réservait à ses invités et elle avait la gorge sèche. Cela dit, elle n'avait encore rien annoncé de vraiment surprenant. Pourtant, les deux filles assises à notre table dans la cafétéria étaient suspendues à ses lèvres. J'avais oublié leur nom – possible aussi qu'elles ne me l'aient pas encore précisé. Par souci de simplification, je les appelai Tison et Lison.

— Je n'arrive pas à croire que tu vas pouvoir y aller encore cette année, dit Tison. Tu as une de ces chances !

— Ce n'est pas une question de chance, répondit Persephone en me faisant un sourire complice. Pas vrai, Liv ?

Son regard glissa deux tables plus loin, là où Florence et Emily déjeunaient en compagnie d'un garçon à la peau acnéique. Il devait s'agir de Sam, le frère d'Emily – mon billet pour le paradis, d'après Persephone. Voilà pourquoi je m'étais efforcée de me cacher derrière le large dos de Lison pour éviter qu'ils me voient et que Florence ait l'idée de faire les présentations. J'espérais qu'ils finiraient leur repas avant moi, car nous étions obligées de passer près d'eux pour déposer nos plateaux.

— Inutile d'attendre le prince charmant sur son cheval blanc, mais il faut mettre en œuvre ses relations, poursuivit Persephone. Et surtout ne pas faire la fine bouche en ce qui concerne son cavalier. Moi, par exemple, j'y suis allée l'année dernière avec Ben Ryan…

— Je le croyais homo ?

— Exact. Mais quand on n'a pas l'âge requis, tous les moyens sont bons pour entrer au bal. Cette année, mon partenaire n'est pas non plus du premier choix, vous savez… Gabriel se ronge les ongles et il a des paluches grosses comme des abattants de WC, mais, en tout cas, c'est toujours mieux que pas de cavalier du tout. Il faut voir les choses pragmatiquement, sans romantisme. Vous comprenez ? Ce qui ne veut pas dire qu'on ne doit pas essayer de viser plus haut… Il est permis de rêver.

Tison et Lison opinèrent respectueusement.

— Mais tout le monde n'a pas une grande sœur dans le comité du bal, remarqua Tison.

— Et aucun garçon ne nous invitera, dit Lison tristement en remuant la cuillère dans son tiramisu.

— Sans doute pas, l'approuva Persephone. Mais je vous raconterai tout. Et je vous montrerai des photos. Le shooting des couples se fera cette année dans un authentique décor victorien et les clichés seront ensuite imprimés en sépia. Sur les photos, on aura l'air d'un personnage tout droit sorti d'un roman d'Oscar Wilde : Jane Eyre ou autre.

— Oh, c'est d'un romantisme fou ! soupira Tison. Bien sûr, d'un point de vue tout à fait pragmatique.

— Jane Eyre n'est pas d'Oscar Wilde. Ce serait plutôt *Le Fantôme de Canterville*, murmurai-je. Très romantique aussi.

Persephone voulut répliquer quelque chose ; elle prit une grande inspiration et pointa sa cuillère vers moi, mais elle se figea en plein mouvement et ouvrit de grands yeux, signe certain que Jasper se trouvait dans son champ de vision. Je m'en serais volontiers amusée mais j'étais la dernière à me le permettre. La plupart du temps, Henry ne se trouvait pas loin de Jasper et il me suffisait de penser à l'apercevoir pour que mon cœur s'affole.

Je me retournai. Et de fait, Jasper, Arthur, Henry et Grayson venaient d'entrer dans la cafétéria et, comme d'habitude, ils attiraient tous les regards. Ce devait être effrayant d'être ainsi fixé. Mais aussi pourquoi devaient-ils toujours se pointer ensemble et faire leur numéro de marche au pas ? Ou, comme maintenant, s'arrêter à l'endroit le plus ensoleillé de la salle et jeter un regard alentour en laissant briller leurs cheveux ? Afin que même le dernier des idiots remarque leur beauté ?

Leurs regards glissèrent sur moi comme sur chacune des personnes dans la salle ; je n'étais même pas sûre qu'ils m'aient vraiment remarquée dans cette mer d'uniformes scolaires et de têtes. Comme si rien ne nous liait. Comme si cette conversation dans la salle de ciné n'avait jamais eu lieu. Comme si je n'avais fait que la rêver ?

Nous avions passé tout le dimanche, Mum, Mia, Lottie, Ernest et moi, à faire un tour de Londres, comme de simples touristes. Big Ben Tower, St Paul's, Hyde Park, Buckingham Palace, Millenium Bridge et cette satanée grande roue. Ernest nous avait traînées partout et nous avait prises en photo au moins deux millions de fois. Grayson et Florence n'étaient pas de la partie. Évidemment, ils connaissaient déjà la ville par cœur. Toutefois, Florence nous avait accompagnés le soir au Globe Theater pour la représentation de *Hamlet* qui devait clore notre journée touristique. Assise à côté de moi, elle m'avait complètement gâché le spectacle en récitant le texte à mi-voix aux moments les plus passionnants. J'appris plus tard qu'elle avait joué Ophélie lors de la dernière représentation de l'école. Bien sûr, la plus belle Ophélie de tous les temps. Mais je n'arrivais plus à la détester depuis que je savais que sa mère était morte de la maladie de Huntington. Et que cela avait dû être terrible d'ignorer si Grayson et elle portaient le gène en eux. Quand Hamlet déclama « Il y a plus de choses entre le ciel et la terre que n'en peut concevoir votre philosophie… », je ne pus m'empêcher d'opiner franchement du chef. Comme c'était vrai !

Dans l'ensemble, ç'avait été une bonne journée, même si j'aurais préféré visiter Highgate ou flâner dans Notting Hill, mais rien ne m'empêchait de le faire plus tard… sans Ernest. Les heures étaient passées vite, je n'avais guère eu le temps de réfléchir aux démons, souhaits, rêves et baisers, sans parler de dresser des schémas bien clairs. Complètement vannée après *Hamlet* (« Le reste est silence »), je m'étais effondrée sur mon lit et j'avais merveilleusement dormi, non sans rêves, mais d'un sommeil ferme et profond et avec la certitude que plus personne ne pourrait franchir ma porte verte tant que je ne le voulais pas. Même pas Henry dont les cheveux luisaient là-bas au soleil comme du miel liquide.

Oh non, venais-je vraiment de penser ça ? Du miel liquide… ? Honteuse, je me mordillai la lèvre, reconnaissante une fois de plus que personne ne puisse lire mes pensées.

En tout cas, je respirais à peu près normalement et on ne pouvait pas dire la même chose de Persephone. Elle ne sortit de sa paralysie que lorsque mes invocateurs de démons s'assirent à la table de Florence et d'Emily. Elle inspira alors un grand coup.

— Il est bien permis de rêver, répéta-t-elle comme si de rien n'était. Mais il faut rester réaliste.

Tison soupira langoureusement.

— Cet Arthur Hamilton est d'une beauté incroyable ! J'en ai la chair de poule chaque fois que je le vois. Mais Henry Harper est absolument craquant lui aussi. Et sexy.

— Il serait encore plus craquant s'il arrangeait un peu ses cheveux, remarqua Persephone. Comme Jasper, qui est toujours parfaitement stylé. D'ailleurs, je trouve que Jasper est le plus viril des quatre. Déjà adulte en quelque sorte.

— Oui, et il se comporte aussi comme tel, marmonnai-je.

— Je trouve que Grayson est le plus craquant, dit Lison. Juste après Arthur, je veux dire. Il a toujours un regard charmant et de si beaux yeux bruns.

— Oui, c'est vrai. Comme du caramel, ajoutai-je.

Oh, mon Dieu, il fallait que je parte d'ici, ce verbiage était contagieux. Je repoussai brusquement ma chaise et me levai.

— J'ai oublié de dire quelque chose d'important à ma sœur… Euh… Vous pourriez débarrasser mon plateau pour moi, s'il vous plaît ? Merci.

Sans attendre leur réponse, je pris la fuite en faisant un large détour pour éviter l'endroit où Henry et les autres étaient attablés.

Mia fut très étonnée de me voir surgir à la cafétéria du cycle inférieur et m'asseoir à sa table. Non sans une certaine fierté dans la voix, elle me présenta sa voisine, Daisy Dawn. Daisy Dawn était très contente de me rencontrer. J'étais la sœur de Mia mais j'avais surtout été citée plusieurs fois dans le blog à potins.

— Nous parlions justement du bal d'automne, m'apprit-elle, les yeux brillants. Lacey dit que Hannah lui a dit qu'Anabel Scott viendrait spécialement de Suisse pour le bal. Afin qu'Arthur ne soit pas obligé d'y aller avec une autre. Je suis si impatiente de voir la robe qu'elle portera cette année ; la dernière était rouge foncé, avec du velours, une merveille !

Je gémis. Pas possible ! L'épidémie avait déjà fait des ravages.

— OK, il faut que je reparte. Sympa de t'avoir rencontrée, Daisy Dawn.

Le regard médusé de Mia dans le dos, je partis au pas de course, puis j'accélérai dans le couloir. J'arrivai finalement quelque peu essoufflée à mon casier et je composai les quatre chiffres du code qui permettait de l'ouvrir. Ce petit sprint m'avait fait du bien ; la barbe à papa s'était retirée de mon cerveau.

— Quatre, trois, deux, un ? Ce n'est pas une combinaison très difficile à trouver !

Je me retournai en sursaut. Henry ! Ne venais-je pas encore de le voir à la cafétéria ?

— Vas-y, sers-toi ! m'empressai-je de dire avant de rougir ou de penser à quelque chose de sirupeux sur les yeux gris ou les cheveux couleur de miel. Il doit y avoir là un livre de maths follement précieux sur les fonctions et les équations, une paire de baskets pointure 38 et un téléphone portable bon pour le musée, que j'espère me faire faucher depuis des années.

Mon ventre se serra quand Henry éclata de rire. Il avait de si charmantes fossettes quand il riait et de belles dents aussi d'ailleurs et je n'arrivais pas à comprendre comment j'avais pu trouver son nez si long… Et il avait des yeux si incroyablement fascinants !

— Tu vas bien ? me demanda-t-il d'un ton insistant.

— On ne peut mieux, répondis-je en me collant mentalement une bonne gifle.

— Et qu'est-ce qui n'est pas sûr ? Ah !

— Tu aimerais bien le savoir, n'est-ce pas ?

La nuit précédente, Henry avait sans doute cherché à franchir ma porte verte pour s'introduire dans mes rêves, ce qui était peut-être aussi la cause de ses cernes. Je lui fis un sourire narquois. Qu'est-ce qui n'est pas sûr ? Cette question faisait partie des barrières avec lesquelles j'avais sécurisé ma porte. Plus imaginatif que les clés d'Henry et plus difficile que l'énigme de Grayson. Seul celui qui connaissait la bonne réponse pouvait passer.

Henry sourit.

— Oui, j'aimerais vraiment bien le savoir. Mais je suis heureux que tu aies suivi mon conseil. C'est une barrière très efficace. En tout cas pour moi.

— Pas seulement pour toi, lui assurai-je.

— Un extrait de poème ? Shakespeare, peut-être ?

— Non, beaucoup plus difficile. N'importe quel démon pourrait trouver Shakespeare sur Google.

— Hmm, fit Henry en plissant le front. J'aime les énigmes.

Tout comme moi.

Nous nous tûmes un moment.

— À propos, finit par dire Henry. On m'a chargé de te dire que nous nous rencontrons samedi chez Jasper pour procéder à ton admission dans le cercle. Ses parents sont partis pour le week-end.

Déjà samedi ?

— Je croyais que ça ne marchait qu'à la nouvelle lune, m'étonnai-je.

Je m'abstins de poser les autres questions qui me brûlaient la langue. (Est-ce que ça fait mal ? Est-ce grave que je ne supporte pas la vue du sang ? SUIS-JE FOLLE ?)

— Non, samedi est un bon jour. À moins que tu ne changes d'avis.

Je secouai lentement la tête.

— Les bateaux ne sont pas faits pour rester au port, répondis-je en citant Mr Wu.

— Joli ! dit Henry. Alors, nous nous verrons samedi.

— Oui, ça c'est sûr, répliquai-je pour l'agacer.

— C'est pas sympa. Tu ne pourrais pas au moins me donner un petit indice ?

À cet instant, la sonnerie retentit. Fin de la pause de midi. Un flot d'élèves déferla dans le couloir, le brouhaha des voix s'amplifia, des portes de casiers s'ouvrirent et se refermèrent bruyamment.

— Un indice ? Bon, d'accord.

Je devais avouer que tout cela m'amusait.

— Voyons voir… La réponse doit être en allemand. Ça t'aide ?

— Pas vraiment, répondit Henry en se mordillant la lèvre. En allemand, donc. Ce qui explique aussi cette robe bavaroise… Oh, salut, Florence. Emily. Et Sam. Vous revoilà !

Oh non. Il fallait prendre la fuite. Même si, vu de près, Sam n'était pas aussi boutonneux que je l'avais cru.

Florence réussit à esquisser un sourire et je m'étonnai de la façon professionnelle dont elle le fit.

— Bonjour, Liv, contente de te trouver ici. Voici Sam et Emily.

— Je suis la sœur de Sam, ajouta Emily. Et l'amie de Grayson. Ravie de faire ta connaissance. Je n'en ai pas eu l'occasion à la fête, samedi dernier.

Exact, tu as d'abord flirté à qui mieux mieux et ensuite j'ai promis à ton copain et à ses copains de les aider à délivrer un démon des enfers.

Sam garda le silence. Il paraissait mal à l'aise. Quant à Henry, il avait l'air follement amusé.

— Sam a seize ans. Et il est très, très intelligent, dit Florence.

— Oui, son QI dépasse le mien de quinze points. Et pourtant on m'a déjà classée comme surdouée, dit Emily.

Ah, misère !

— Il a sauté deux classes et il va passer son diplôme de fin d'études à la fin du mois.

Une mère n'aurait pas été plus fière que Florence.

— Et après, Sam, où vas-tu étudier déjà ? demanda-t-elle.

— À Harvard, répondit Sam, l'air encore plus mal à l'aise.

— Quel hasard ! susurra Florence. Liv est à moitié américaine et j'ai entendu dire que sa famille vient de la région de Boston, c'est vrai ?

— Hmm, oui. Mes grands-parents et ma tante Gertrude vivent là-bas, dis-je en claquant la porte de mon casier. Excusez-moi, mais je suis pressée, il faut que je monte au troisième étage.

— Ah, ça tombe bien, nous y allons nous aussi.

Mince de mince ! Je restai sur place, comme enracinée. Je jetai un coup d'œil vers Henry qui, adossé au casier, ne perdait pas une miette de la conversation. Eh bien, super ! Allais-je devoir sortir le coup classique des toilettes ? Ils n'allaient tout de même pas m'y suivre. Du moins, pas tous.

Florence me prit par le bras.

— En montant là-haut, Sam va pouvoir aussi te demander quelque chose. Allez, pose-lui ta question, Sam !

Oh non, tout ça allait beaucoup trop vite. Et si je prenais la tangente maintenant ? Sam-le-Boutonneux était peut-être intelligent mais il ne me paraissait pas particulièrement sportif. Il n'avait aucune chance de me rattraper.

D'un autre côté, il me faisait un peu de peine ; ce devait être terrible de se faire mener ainsi par sa sœur et l'amie de celle-ci et de se trouver obligé d'emmener une totale inconnue à un bal débile. Les filles de son niveau d'études étaient toutes plus âgées que lui et n'avaient sans doute pas grande envie de lui servir de partenaire. Et puis, il y avait ce problème de peau… Pauvre Sam.

Je tentai un petit sourire en sa direction. Il ne voulait peut-être me demander que quelque chose d'anodin : par exemple, si j'avais apprécié le déjeuner ou si j'aimais les concours d'orthographe ou ce que je préférais f…

— Voudrais-tu m'accompagner au bal ? demanda Sam.

Non ! Non, non et non !

Je fermai un court instant les yeux, histoire de le faire disparaître, mais rien à faire. Le pauvre garçon se trouvait toujours devant moi avec l'air de vouloir rentrer sous terre. Que ferait-il si je disais non ? Pleurerait-il ? Se sauverait-il ? Irait-il se chercher une corde ? Mais bon sang, que dire dans une telle situation ?

— Hmm. C'est vraiment très gentil… de ta part, balbutiai-je en cherchant désespérément autre chose à dire tandis que Florence et Emily me regardaient, pleines d'attente.

Quant à Henry, je ne savais pas ce qu'il faisait. Sans doute affichait-il un petit sourire narquois.

Je *détestais* Florence. Tout cela était sa faute. Elle savait ce que je pensais de ce bal. Plutôt une extraction de racine sans anesthésie, avais-je dit. C'était clair, non ?

— Je sais, dit Sam.

Je *sais* ? Comment ça ?

— Qu'est-ce que tu sais ?

— Que je suis sympa, répondit Sam. Tu es dans le cycle moyen… Je pourrais demander ça à n'importe quelle fille du cycle moyen, mais Florence pensait que ce serait bien pour nous deux, une affaire familiale en quelque sorte. Alors… tu veux bien m'accompagner ?

J'ouvris la bouche (tout en réalisant que j'étais déjà bouche bée), mais avant que je puisse dire quelque chose, Henry avait déjà pris la parole.

— C'était vraiment une demande romantique et des plus irrésistibles, mais Liv ne peut malheureusement pas l'accepter, déclara-t-il.

En tout cas, c'était bien plus élégant que le « non » sec que je m'apprêtais à sortir.

— Henry ! s'écria Florence en le fusillant du regard et en me lâchant le bras. Ne te mêle pas de ça ! Naturellement que Liv va aller au bal avec Sam. Nous avons déjà…

— … manigancé tout ça, oui, j'en suis sûr, répondit Henry en se plaçant à mon côté. Mais Liv ne pourra pas aller au bal avec Sam, car je lui ai déjà fait ma demande.

Il me fit un clin d'œil.

— N'est-ce pas, Liv ?

De nouveau, tous les regards se braquèrent sur moi.

— Oui, c'est vrai, répondis-je.

— Je n'y crois pas, s'énerva Florence. Vous ne vous connaissez même pas.

— Parce que Sam et Liv sont des amis de longue date, peut-être ?

— Tu détestes ce genre de chose, Henry. L'année dernière, tu n'y es pas allé non plus.

— Eh bien, il est grand temps pour moi, dit Henry. Finalement, c'est ma dernière année à la Frognal Academy. Ma dernière chance de mettre un si merveilleux smoking et de danser la valse avec des portés…

— Mais… dit Florence en s'adressant à moi. Pourquoi n'en as-tu pas parlé hier soir, Liv ?

Je m'efforçai de soutenir son regard perçant.

— Je ne pouvais pas savoir que tu avais ce plan en tête… Vraiment désolée.

— Hmm.

Florence paraissait encore méfiante, mais Emily donnait l'impression de vouloir étrangler quelqu'un. À mains nues. Sam, en revanche, semblait s'être résigné. Je me demandai si je n'allais pas lui recommander deux filles vraiment gentilles qui ne refuseraient certainement pas, mais les noms de Tison et Lison ne lui diraient sans doute rien.

— On s'en va, dit Emily en tirant Sam par la manche. Je l'avais bien dit que c'était une idée stupide.

Florence les suivit après nous avoir lancé un dernier regard inquisiteur.

— Tu ne l'as pas dit ! marmonna-t-elle en partant.

Je soupirai de soulagement.

— Ouh, c'était chaud ! dis-je en regardant les yeux rieurs d'Henry. Merci !

— De rien, fille au fromage. Vas-tu me dire maintenant ce qui n'est pas sûr ?

— Non ! Mais parce que tu as été si gentil, je vais te donner encore un petit indice, répondis-je.

Puis, baissant la voix en un chuchotement mystérieux :

— Il s'agit d'un certain Hans.

Et je m'en allai en courant pour arriver encore à temps à mon cours de géographie.

Chapitre 22

Le samedi suivant, nous emménageâmes chez les Spencer. Pas une si grande affaire, à vrai dire. Ernest avait prévu trois jours de congé pour le déménagement. Il s'était acheté une nouvelle visseuse sans fil et une nouvelle perceuse, avait chargé Mrs Dimbleby du ravitaillement et son frère Charles des gros travaux, loué un camion et tout organisé militairement. Mais, quand Mum lui montra nos quelques affaires, il comprit que, pour ce peu de cartons, il suffirait de faire deux allers et retours avec le pick-up de Charles. Et que nous ne possédions ni tableaux ni meubles nécessitant l'utilisation d'une visseuse ou d'une perceuse ni rien non plus justifiant une planification d'état-major. Je me demandai à quoi il s'était attendu ! Nous n'avions toujours logé que dans des meublés et appris à ne pas nous attacher aux choses plus grandes qu'un livre. (Exception faite de ma guitare et d'un ours en peluche nommé Mr Twinkle.)

D'autre part, nous avions une grande expérience des déménagements, et déballer les cartons était pour nous la routine. Avant le déjeuner, toutes nos possessions avaient trouvé leur place, nous avions tout nettoyé, et Mum avait dit ce qu'elle disait toujours quand elle avait fini de garnir les bibliothèques : « Tu es chez toi là où sont tes livres. »

Ernest en resta comme deux ronds de flan. Son plan d'état-major prévoyait de ne commencer les hostilités qu'après avoir pris des forces avec le shepherd's pie de Mrs Dimbleby. Au lieu de cela, tout le monde était en congé. Sauf Grayson qui devait aller au lycée parce que les Frognal Flames allaient disputer leur premier match de la saison. Mum proposa de mettre à profit notre après-midi libre pour aller l'encourager. Dans sa jeunesse, elle avait été *cheerleader* et elle aurait été ravie que Mia et moi marchions sur ses traces. Quand elle entendit qu'il n'y avait pas de *cheerleaders* à la Frognal Academy, elle fut horrifiée, marmonna quelque chose comme « Britanniques constipés » et abandonna son plan. Elle préféra rejoindre Mrs Dimbleby à la cuisine pour lui soutirer la recette du shepherd's pie. Non pas que Mum sût vraiment cuisiner, mais elle aimait en donner l'impression. Et le shepherd's pie avait été vraiment bon, si bon que Mia avait aussitôt mis un terme à sa phase végétarienne. Mrs Dimbleby avait la soixantaine, des cheveux d'un rose tendre (une erreur du coiffeur, comme elle me l'assura) et une légère corpulence. Mais elle gagna tout de suite mon cœur par son sourire chaleureux et sa manie de gâter Buttercup dans la cuisine avec de tendres petits morceaux de viande.

Ma nouvelle chambre me plut d'emblée. C'était la plus petite des cinq pièces du premier étage mais, avec ses seize mètres carrés, elle était encore plus grande que certaines de celles que Mia et moi avions dû nous partager les années précédentes. Je m'y sentis bien tout de suite. J'en aimais le parquet, les étagères encastrées et les murs clairs, mais le top du top, c'était la large banquette de fenêtre capitonnée d'où l'on pouvait contempler le jardin. Le seul inconvénient, c'était que la chambre jouxtait celle d'Ernest et de Mum. J'espérais simplement que les murs seraient assez épais pour pouvoir l'oublier une fois couchée. D'ailleurs, j'espérais beaucoup qu'Ernest n'avait pas pour habitude de se promener en slip dans la maison ; je ne savais pas si j'avais les nerfs assez solides pour ça. Ils avaient bien sûr une salle de bains attenante à leur chambre. Florence, Mia et moi devions nous partager celle qui se trouvait juste à côté de l'escalier. Elle était équipée de deux lavabos, d'une douche et d'une baignoire, mais Florence plaida pour la mise en place d'un plan d'occupation afin, selon ses dires, d'éviter les bousculades matinales. Comme il y avait suffisamment de toilettes dans la maison et que Lottie disposait de sa propre salle de bains mansardée, je ne me souciais pas des bousculades. J'avais d'autres chats à fouetter. Surtout que ce soir, pour la première fois de ma vie, j'allais invoquer un démon.

J'avais raconté à Mum que Grayson et quelques amis avaient organisé une soirée jeux et m'y avaient invitée. Ce n'était pas si loin de la vérité. Tant que Mum ne me demandait pas de quelle sorte de jeux il s'agissait (« Oh, un jeu avec des démons, du sang, des trucs comme ça »), je n'avais même pas besoin de mentir. Mum, naturellement, n'avait pas hésité une seconde à m'en donner la permission. Elle ne se lassait pas de répéter que c'était vraiment formidable d'avoir enfin mis un terme à ma période de fille trop sage.

La semaine s'était passée incroyablement vite. Dès le mardi, le blog à potins avait rapporté que j'irais au bal avec Henry. *Qu'a-t-elle donc que les autres n'ont pas ? Henry Harper a-t-il vraiment succombé à son charme ou a-t-il été contraint par Grayson ?* Mais il ne mentionnait pas la demande de Sam. Encore une raison de suspecter Emily de se cacher derrière Secrecy. Car, naturellement, elle n'écrirait rien qui puisse montrer son frère sous un mauvais jour.

La nouvelle avait été non seulement largement diffusée, mais en plus Florence avait tout raconté à ma mère. Et celle-ci, bien évidemment, avait explosé de joie et accepté avec excitation l'adresse de deux boutiques qui vendaient soi-disant des robes de bal purement renversantes. Maintenant, j'avais un double problème : Mum avait réussi à me traîner dans l'une de ces boutiques le jeudi après-midi, et oui, les robes étaient vraiment renversantes. Leur prix surtout. Mais Mum avait versé des larmes d'émotion en me voyant dans une monstruosité de tulle bleu-gris et je n'eus pas le courage de lui expliquer que cette histoire de bal était du pipeau parce que Henry avait simplement voulu me sauver de Sam-le-Boutonneux. Et maintenant je me demandais comment expliquer à Henry que ma mère m'avait trouvé une robe de bal à trois cents livres… Je ne savais même pas comment on en était arrivés là.

Je me demandais également comment je pourrais encore avoir des secrets tant que je vivrais sous le même toit que Grayson et Florence et que les informations circulaient librement dans les deux sens.

Mais il y avait eu aussi de bonnes choses cette semaine-là : je m'étais inscrite au West Hampstead White Crane Kung-Fu-Club dans un cours de niveau avancé. La première heure m'avait vraiment bien plu ; le prof, Mr Arden, n'était certes pas aussi bon que Mr Wu mais il était en revanche plus prodigue en louanges et n'énervait pas son monde avec des proverbes chinois. Il accordait aussi plus de valeur à l'aspect de la self-défense qu'à l'unité du corps et de l'esprit sans cesse invoquée par Mr Wu, et c'était exactement ce dont j'avais besoin.

Malgré tous ces dérivatifs, la peur m'avait gagnée chaque jour un peu plus, et j'appréhendais ce qui allait m'arriver le soir même. En me rappelant le rêve du cimetière, je craignais de ne pas pouvoir garder mon sérieux s'il me fallait répéter des formules emphatiques ou tracer des pentagrammes sur le sol. Ce n'était pas tant la rencontre avec le démon que je redoutais, car il n'existait pas, mais, en général, les gens qui pratiquaient ce genre de rituels n'étaient pas de bonnes fréquentations.

Dans mon sommeil, j'avais consciemment évité le couloir. Certes, depuis la représentation de *Hamlet*, je faisais chaque nuit des rêves débiles où Florence jouait Ophélie sur scène. Mais, assurée que personne ne parviendrait en rêve à franchir la barrière de ma porte et ne pourrait me faire une visite surprise, j'avais toujours plutôt bien dormi.

En début de soirée, Grayson rentra tout guilleret de son match. Florence était partie à une réunion du comité de bal et Mum et Ernest promenaient Butter dans le parc. Lottie, Mia et moi profitions de l'absence de Butter pour nous familiariser avec Spot, le matou roux. En nous inspirant de Mrs Dimbleby, nous le séduisions avec de petits morceaux de viande et nous étions ravies de pouvoir le caresser et de l'entendre ronronner à en faire vibrer le canapé.

Mia accueillit Grayson par un grand sourire.

— Spot nous aime bien, annonça-t-elle fièrement.

— Il aime tout le monde, même ma grand-mère, dit Grayson en passant.

Je le suivis dans la cuisine.

— Alors ? Vous avez gagné ? demandai-je.

— Oui, bien sûr, répondit-il en dévissant une bouteille d'eau qu'il vida d'un trait. 104 à 62 ! Nous les avons ratatinés.

— Ah, c'est vrai, j'ai complètement oublié que vous gagnez tous les matchs depuis que vous avez conclu un pacte avec un démon. Très pratique, dis-je en regardant toute cette eau glouglouter dans sa gorge. Hmmm, pour ce soir…

Grayson reposa la bouteille.

— Tu as changé d'avis, dit-il, soulagé.

— Non, pas du tout. Je voulais juste savoir comment m'habiller.

— Quoi ? s'écria-t-il. Mais reste donc comme tu es là. C'est super.

— Tu veux rire, non ?

Je jetai un œil sur ma tenue de déménagement complètement crade. De plus, le T-shirt avec l'inscription *Freak out and call Mom* m'était trop petit d'une taille.

— Peu importe ce que tu portes, dit Grayson. Mais qu'est-ce qui te prend de vouloir jouer les minettes ? Les fringues sont le cadet de tes soucis, d'habitude.

Naturellement, il avait raison. Je mis cependant un temps fou à me préparer pour le soir. Si un démon m'attendait, autant me montrer sous mon meilleur jour. Sans parler des garçons qui seraient là, pour lesquels je me devais de faire un petit extra. L'astuce, c'était de ne pas montrer que je m'étais donné du mal. Je portais aujourd'hui des lentilles au lieu de mes lunettes. Du coup, je préférai enlever mon rouge à lèvres. Trop voyant. Il ne fallait pas qu'Henry s'imagine des choses.

Plus le soir approchait, plus je me sentais nerveuse sans pouvoir vraiment m'en expliquer la raison. Était-ce dû à Henry ? Ou à la pensée que toutes mes questions allaient enfin trouver réponse ? Quand, à 8 heures et demie, Grayson gara la Mercedes d'Ernest devant la belle maison des parents de Jasper, je remarquai, non sans effroi, qu'une grande partie de moi commençait à se réjouir de la soirée.

Sans doute la partie la plus déraisonnable.

Chapitre 23

Le livre n'était pas aussi vieux que je me l'étais imaginé, ni si épais. Ce n'était rien de plus qu'un calepin aux bords usés et aux pages jaunies. Celui qui y avait inscrit des indications permettant de libérer le démon des enfers ne l'avait pas fait dans la période obscure du Moyen Âge avec une plume de corbeau taillée. Il l'avait fait beaucoup plus tard. Peut-être même au stylo-bille, mais je ne pouvais pas l'affirmer à la lumière de la bougie. Le sceau qui maintenait ensemble les dernières pages donnait en tout cas l'impression d'une antiquité précieuse. Et, évidemment, il était rouge sang, comme les autres sceaux déjà brisés qui pendaient encore aux pages.

— C'est une copie des années 1970, m'apprit Arthur comme s'il lisait dans mes pensées.

— Ah, ah ! dis-je. Et comme ça, il se trouvait tout simplement dans la bibliothèque d'Anabel ?

— Bien sûr que non, répondit Arthur. Elle l'a découvert dans un vieux secrétaire, une pièce d'héritage.

— Évidemment, dis-je. Dans un vieux secrétaire, c'est clair. Sans doute dans un tiroir secret avec un anneau magique et une lettre du père Noël ?

— Bon… Est-ce que tu as réfléchi à ton souhait, Liv ?

Mon souhait le plus cher, oui. Force était d'avouer que dans cette affaire d'invocation de démon, il s'agissait là d'un détail que je trouvais vraiment épineux. Ces derniers jours, je m'étais efforcée de refouler ce que Grayson m'avait raconté sur son vœu et la maladie de Huntington. Mais chaque fois que je l'avais croisé, j'y avais repensé avec la chair de poule. Même s'il y avait pour cela une explication en béton des plus logiques, à savoir le calcul des probabilités, je ne pouvais pas…

— Liv ?

Je hochai vite la tête.

— Oui, je sais ce que je vais souhaiter.

Comme d'habitude, Henry s'était adossé à une étagère et avait croisé les bras. La mère de Jasper semblait avoir une prédilection pour les romans à l'eau de rose et cela me turlupinait beaucoup de lire, tout près de la tête d'Henry, des titres comme *Embrasse-moi, rebelle !* ou *Laisse-moi mourir dans tes bras forts*. Il valait mieux ne plus regarder par là.

Le salon des Grant (livres mis à part) était aménagé avec goût, à condition de s'imaginer les meubles et les tapis à la bonne place : ils avaient été poussés contre le mur afin de dégager un endroit pour celui (Arthur ?) qui avait tracé un énorme pentagramme sur le plancher foncé. Les signes mystérieux, plutôt anguleux, qui encadraient le dessin m'étaient totalement inconnus.

La pièce était éclairée par des bougies posées sur deux commodes, le buffet et les banquettes de fenêtre ; quelques-unes un peu trop près des rideaux, à mon goût. Jasper et Grayson étaient occupés à en allumer d'autres, qu'ils répartissaient sur les tables. Mais l'ambiance n'était pas pour autant terrifiante. C'était peut-être dû aux nombreuses photos encadrées dont certaines montraient Jasper et son grand frère, bébés et petits garçons. Ils avaient été vraiment mignons…

— Réfléchis bien à la manière dont tu vas formuler ton souhait, dit Arthur, le nez plongé dans le calepin. Car il te sera accordé *exactement* en ces termes… Et tu devrais peut-être aussi savoir que plus il sera compliqué, plus il mettra longtemps à être exaucé.

— Ça a mis combien de temps pour toi ?

J'avais posé cette question en passant, mais il me sembla les voir tous retenir leur souffle pour regarder Arthur.

Celui-ci ne parut même pas le remarquer.

— Nous gardons nos vœux secrets, dit-il sans lever le nez du livre.

Ah, il était déjà passé en mode grandiloquent. Il fallait peut-être le lui faire remarquer : à la lueur des bougies, il était magnifique, mais cette façon de parler n'avait vraiment rien de sexy.

— C'est simplement un accord entre toi et le prince des ombres, dit-il encore.

— Je comprends.

Mon regard se porta sur Henry, mais je détournai vite les yeux parce qu'il venait de pencher légèrement la tête sur le côté, laissant apparaître, juste au-dessus de son oreille, le titre *Désir ardent* écrit en lettres roses. Oh, mon Dieu, je détestais les goûts littéraires de Mrs Grant. Pourquoi ne collectionnait-elle pas les thrillers ?

— Les formules que tu devras répéter sont pour la plupart en latin, m'informa Arthur. Ce serait donc bien de les passer en revue ensemble pour t'éviter de poser des questions pendant la cérémonie. Il n'y en a pas beaucoup. En gros, tu jures fidélité au prince des ombres jusqu'à ce que le dernier sceau soit rompu, et tu le jures sur ton sang.

— En gros, répétai-je.

— Sur ton sang virginal, spécifia Arthur. Tu confirmes être vierge et le rester jusqu'à ce que le dernier sceau soit brisé.

— Et ce sera quand exactement ? Je veux dire, ce truc avec le dernier sceau ?

— Le maître de la nuit nous en informera en temps utile.

Je levai les sourcils.

— Tu ne pourrais pas préciser un peu ? Je ne voudrais pas finir comme ma tante Gertrude.

J'aurais juré avoir entendu le petit rire d'Henry mais, quand je le regardai, il contemplait minutieusement ses mains.

— Ce n'est pas que je sois pressée, me hâtai-je de dire. Je veux seulement être sûre de mon coup.

— Nous pensons que le dernier sceau sera brisé à Halloween, répondit Grayson à la place d'Arthur. En ce jour où tout commença…

Eh bien, merveilleux ! Voilà qu'il employait aussi ce style pompeux.

— Écoute, Liv ! reprit-il en me prenant le bras. En prononçant le serment, tu promettras de respecter les règles et de jouer le jeu jusqu'à la fin.

« Oui, mais… » voulus-je dire, mais le sérieux de sa voix et quelque chose dans son regard m'en empêchèrent.

— J'aimerais que tu le comprennes vraiment, dit-il en lorgnant vers Arthur. Arthur a oublié d'évoquer ce tout petit détail, mais, en échange de l'accomplissement de tes souhaits et de la puissance qui te sera donnée, tu dois offrir un gage au dé… – enfin, au seigneur des ombres. Tu dois lui promettre ce que tu as de plus cher et de plus précieux.

Il me regarda comme s'il s'attendait à ce que j'envoie tout promener et que je file vers la porte.

— Je ne l'ai pas oublié, se défendit Arthur en montrant, pour la première fois depuis que je le connaissais, une certaine nervosité. J'allais juste y venir.

Soudain, je fus prise de pitié. Voilà pourquoi ils étaient encore tous là. Parce qu'ils craignaient véritablement que le démon vienne réclamer son gage s'ils mettaient fin aux rituels.

— Ce que tu as de plus cher et de plus précieux, répéta Grayson. Donc, si tu changes d'avis…

Mais non. Je comprenais que Grayson voulait me faire peur et qu'il ne pensait pas à mal, mais si j'abandonnais maintenant, ça n'aiderait personne. Et puis, je ne saurais jamais tout ce qui se trouvait là-derrière.

Quant à cette histoire de gage, ce n'était pas aussi surprenant et odieux que cela. Autrement, comment le démon ferait-il pour maintenir les gens dans le coup ? En contrepartie, il exauçait les vœux et conférait une immense puissance, et puis c'était un *démon*, bon sang, pas un ange… À quoi s'étaient-ils donc attendus ? J'aurais voulu le dire à voix haute mais c'eût été pousser le bouchon un peu loin. Je n'allais tout de même pas prendre la défense d'un démon qui n'existait pas.

— Encore autre chose que je devrais savoir ? demandai-je à la place.

Il n'y avait pas de démons, voilà ce à quoi je devais me raccrocher : comme les démons n'existaient pas, ils ne pouvaient non plus rien vous prendre, quoi qu'on leur promette. Et basta !

Grayson prit un air résigné et me lâcha le bras.

— Alors, allons-y, tout est prêt, dit onctueusement Arthur en montrant la table basse au centre du pentagramme.

Un calice, du papier, un crayon et un couteau s'y trouvaient disposés.

Un couteau plutôt grand, à mon avis. Grayson, qui avait suivi mon regard, déclara :

— Le couteau de chasse du père d'Arthur, forgé main.

— Trois cent cinquante couches de damas, compléta Jasper qui ne s'était bizarrement pas manifesté jusqu'alors. Affûté comme un scalpel.

Je ravalai ma salive.

— L'entaille est moins douloureuse quand le couteau est bien affûté, dit Henry.

C'était sans doute censé m'encourager.

— Vous ai-je déjà dit que je ne supporte pas la vue du sang ? demandai-je.

— Pareil pour moi, m'apprit Jasper.

Il souffla l'allumette qui lui avait servi à allumer la dernière bougie. Puis il reprit :

— Je ferme toujours les yeux, tu devrais le faire aussi.

— Placez-vous maintenant en cercle, frères et sœur, demanda Arthur.

Je me mordillai la lèvre. La dernière fois que je m'étais mise en cercle, c'était à la maternelle. *Entrez dans la ronde, voyez comme on danse, sautez, dansez, embrassez qui vous voudrez…* Mais mon regard tomba sur le couteau, et mon envie de rire s'arrêta net.

— Cinq ont brisé le sceau, cinq ont prêté serment et cinq ouvriront la porte comme il est écrit, prononça Arthur. Nous nous sommes rassemblés aujourd'hui pour reformer le cercle et renouveler notre serment.

Il se produisit alors quelque chose d'étrange. Si l'on m'avait décrit tout cela avant, j'aurais juré me rouler par terre de rire. Mais non. Je ne sais pas si c'était dû aux bougies, à la gravité solennelle ou peut-être tout de même au précédent avertissement de Grayson, mais j'avais comme un nœud dans la gorge en répétant ce qu'Arthur me lisait. Je ne cherchai même pas à traduire ce que je disais ; je savais seulement que *sanguis* voulait dire « sang »... et ce mot revenait très souvent, dans toutes les déclinaisons possibles. De temps à autre, les garçons devaient aussi répéter quelque chose, mais ils n'émettaient qu'un marmonnement, à la différence d'Arthur qui s'exprimait haut et clair, avec autant de conviction que s'il se trouvait sur une scène.

Pour finir, je dus m'avancer vers la table et écrire mon souhait noir sur blanc sur un bout de papier. Je mis un certain temps à le faire – je voulais être sûre de mon coup –, mais ils attendirent tous patiemment que j'en aie fini. *Je désire que les démons n'existent pas et ne puissent par conséquent faire de mal à personne.* Bon, ce n'était peut-être pas brillant mais, dans ces conditions, c'était tout de même assez futé. Parce que c'était un paradoxe, en tout cas pour le cas improbable où le démon existerait vraiment. Et avec les paradoxes, on pouvait venir à bout de mauvaises puissances surnaturelles, comme la littérature de ce genre me l'avait montré.

Arthur leva la feuille pliée à la flamme d'une bougie et lut à voix haute une phrase latine du livre tandis que le papier brûlait et que les cendres tombaient lentement sur le sol.

Et puis, ce fut fini. Nous passâmes à la partie la plus désagréable de la soirée, beaucoup plus vite que je ne l'avais pensé.

— Ainsi, nous te jurons fidélité, à toi qui portes mille noms et dont la nuit est la demeure, dit Arthur en me tendant solennellement le couteau. Et nous allons sceller cela par notre sang.

Indécise, je gardai le couteau en l'air. Pourquoi fallait-il que me reviennent justement en mémoire ces rimes ? *Si tu en as marre de ta mère, lève un couteau en l'air…*

— Où exactement ? demandai-je.

— Dans le creux de la main, dit Henry. Ça cicatrise plus vite qu'au bout du doigt. Mais pas trop fort, ce truc est vraiment super aiguisé. Je vais t'aider si tu veux.

— Non, non, ça va. Je vais le faire.

J'inspirai à pleins poumons et pressai la pointe du couteau sur le bas de mon pouce. Le sang apparut aussitôt. Aïe.

— Et maintenant ?

— Là-dedans !

Grayson me tendit la coupe qui était déjà pleine d'un liquide rouge. Beurk ! L'estomac en compote, je regardai le mince filet de sang qui s'écoulait de ma main et tombait goutte à goutte dans la coupe, une, deux, trois…

— Ça suffit, dit Grayson.

Henry me tendit un mouchoir que je pressai sur la blessure. Ça brûlait un peu, mais sans plus. Non sans fierté, je tendis le couteau à Grayson.

Quand ils eurent tous fait couler goutte à goutte leur sang dans le calice – Jasper, les yeux fermés –, arriva la partie la plus pénible : Arthur remua le liquide afin que tout se mélange bien, puis chacun de nous dut en boire une gorgée et prononcer *sed omnes una manet nox*. Allez donc savoir ce que ça voulait dire ! (Mais tout le monde a une main nocturne ? La nuit, toutes les mains ne sont qu'une ?) Le latin n'était vraiment pas mon truc.

Je m'efforçai de mon mieux d'avaler d'un trait cette mixture, sans prendre le temps de la goûter, mais ce ne fut pas aussi simple. S'il s'agissait de vin rouge, l'envie d'en boire m'en était passée pour toujours, même sans arrière-goût de sang. Mais au moins, je ne vomis pas.

Les garçons étaient beaucoup plus cool que moi. Pour eux, c'était la routine. Et Jasper prit même deux gorgées : il misait probablement sur l'effet désinfectant.

— Maintenant, le cercle est de nouveau complet, ô Seigneur des ombres et des ténèbres, dit Arthur, le visage satisfait. Nous attendons tes instructions pour rompre le dernier sceau et tenir notre promesse.

— Mais tu peux prendre tout ton temps pour ça.

Il fallait bien évidemment que Jasper gâche la solennité de la conclusion. Il se mit à souffler les bougies.

— Ben quoi ? C'est vrai, non ? Il peut bien attendre encore que nous ayons gagné les matchs de la première partie de saison.

Chapitre 24

— « Êtes-vous belle ? » demanda Hamlet, et Florence, gracile apparition en robe sobre, boucles brunes relevées et enrubannées, répondit troublée : « Que veut dire votre Seigneurie ? »

— Super, non ? Elle est la parfaite Ophélie, chuchota Lottie à côté de moi, les yeux braqués vers la scène.

Mais Florence n'était pas si parfaite. Au grand dam de Hamlet, elle déclama sa réplique dans la foulée :

— « Que si vous êtes vertueuse et belle, votre vertu ne devrait pas admettre de pourparlers avec votre beauté. »

— Hmm, oui, Ophélie, dit Hamlet. C'est justement ce que j'allais dire !

Florence sourit finement.

— « La beauté, mon seigneur, peut-elle avoir une meilleure compagne que la vertu ? »

Hamlet plissa le front.

— « Certes, oui… »

Il n'alla pas plus loin, car Florence lui coupa de nouveau la parole.

— « Car le pouvoir de la beauté transformera plutôt la vertu en maquerelle ! »

— Vous m'ôtez les mots de la bouche ! protesta Hamlet. Je vous aimais autrefois, mais maintenant vous n'êtes qu'une sotte qui me pique mon texte !

— Une mise en scène… très moderne, me chuchota Lottie avec enthousiasme. Le décor aussi est avant-gardiste, ce mélange de Steam Punk, de folklore et de minimalisme… C'est incroyablement extravagant.

— Tu veux rire ! chuchotai-je en retour.

Le décor était horrible et manquait d'unité. Hamlet en voulait maintenant à mort à Florence alors que celle-ci, une main posée sur la poitrine, déclamait « être ou ne pas être ! » avec une joie maligne.

— Maintenant, c'est assez ! Ce n'est pas le pauvre Polonius que je devrais poignarder, mais vous ! hurla Hamlet.

Il saisit Florence à la gorge et la pressa contre une porte verte laquée dans le décor de la coulisse.

— Mais non, point besoin d'un poignard ! Je vais vous étrangler à mains nues.

— Là, ça prend des airs d'*Othello*, dit Lottie, impressionnée. Eh, où vas-tu, Liv ? Et depuis quand sais-tu voler ?

— Je ne sais le faire qu'en rêve, lui assurai-je en fonçant sans hésiter vers ma porte.

Quand j'atterris sur la scène, Lottie applaudit à tout rompre et Florence, la gorge toujours étranglée par le furieux Hamlet, croassa :

— Je ne suis pas la plus misérable et la plus pauvre des femmes, connard ! Non pas malheur à moi, mais malheur à toi !

Puis elle lui expédia un coup de genou dans le ventre. J'aurais parié que j'allais rêver cette nuit de lames damasquinées sanglantes ou d'êtres cornus surgissant d'étranges cercles de craie pour me réclamer ce que j'avais de plus cher. À la place, je me retrouvais dans ces incessants et stupides rêves en boucle de *Hamlet* qui m'avaient déjà tourmentée pendant toute la semaine. Je préférais ne pas savoir ce que cela révélait de mon état mental.

Il fallait déguerpir au plus vite. Je bousculai Florence et Hamlet pour tourner la poignée lézard et sortir dans le couloir. Une fois la porte refermée derrière moi, j'appréciai le silence bienfaisant.

Je scrutai prudemment les environs. Apparemment, il n'y avait là personne à part moi, en tout cas aussi loin que portait mon regard. La porte noire d'Henry se trouvait de nouveau en face de la mienne, tout près de celle de Grayson. L'Effroyable Freddy inclina majestueusement le bec quand je lui fis signe. J'aurais pu rendre visite n'importe quand à Grayson en rêve car j'étais de nouveau en possession d'un objet qui lui appartenait. L'après-midi, j'avais repêché un de ses T-shirts dans le panier à linge sale de la salle de bains, l'un des bleu marine qui faisaient partie de l'uniforme scolaire. Il en possédait sûrement une bonne douzaine, il n'en remarquerait pas l'absence. Mais je ne croyais pas que les rêves de Grayson m'en apprendraient plus cette nuit.

Indécise, je fis les cent pas sans vraiment savoir ce que j'attendais. Ou qui j'attendais. J'ignorais complètement depuis combien de temps je dormais. Grayson et moi étions rentrés à la maison peu avant minuit et nous nous étions tout de suite couchés. *À la maison*… un drôle de sentiment. Je ne m'y étais pas encore habituée. J'avais toujours l'impression de n'être qu'une invitée chez les Spencer.

Le couloir du rêve était toujours aussi calme. Près de la porte bleu clair aux chouettes sculptées que je pensais être l'entrée des rêves de Mia, j'aperçus une porte de boutique en pin décorée pour Noël. Une guirlande avec des rubans de velours rouge courait tout autour du cadre. Je n'eus pas besoin de déchiffrer la pancarte pour savoir à qui appartenait la porte. *Au puits d'amour – Pâtisserie de Lottie – Accès fournisseurs par la porte arrière*. Je soupirai d'émotion. Lottie était si adorable ! J'allais m'installer sur le seuil de sa porte, juste sous une branche de gui – très pratique au cas où Henry aurait besoin d'une occasion pour m'embrasser encore une fois (merveilleuses, ces coutumes de Noël anglo-saxonnes !), quand j'entendis des pas s'approcher.

Ce n'était pas Henry, comme je l'avais secrètement espéré, mais Anabel.

— Je te cherchais, dit-elle de sa charmante voix.

Je l'aurais cherchée moi aussi si j'avais su où la trouver. Depuis notre dernière rencontre, je brûlais qu'elle m'en apprenne plus.

Comme la dernière fois, elle était tout simplement renversante. Avec son jean et ses ballerines, elle portait un pull-over à grand décolleté, d'un pur bleu turquoise, comme ses yeux.

— Désolée d'avoir manqué de sérieux lors de notre dernière rencontre, dis-je.

Ce n'était pas tout à fait vrai mais c'était certainement une bonne idée de commencer cette discussion sur de bonnes bases. J'espérais simplement qu'elle ne prononcerait plus encore le mot *Lulila*, sans quoi je ne pouvais rien garantir.

— C'est bon, répondit Anabel en esquissant un sourire. Cela dit, elle semblait plutôt tendue.

— Écoute, ajouta-t-elle, nous n'avons peut-être pas beaucoup de temps. Je sais que tu as prêté serment ce soir. C'est pourquoi je voulais te rencontrer… Je trouve ça… vraiment très courageux de ta part.

— Eh bien…

Moi aussi en quelque sorte.

— Courageux et généreux ! Grâce à toi, tout va pouvoir bien se terminer ! Tant que tu ne commettras pas la même faute que moi. Viens, je vais te montrer quelque chose.

Je lorgnai vers la porte d'Henry.

— Où m'emmènes-tu ? demandai-je, plutôt méfiante.

— Juste à côté.

Anabel m'avait déjà devancée de quelques pas. Je la suivis sur quelques mètres du couloir puis dans un autre vers une porte à double battant qui, avec ses imposantes ferrures dorées et son arc brisé gothique, ressemblait à un portail d'église. Vue de l'extérieur, elle n'avait rien à voir avec Anabel. Pour elle, je me serais attendue à quelque chose de plus délicat. Mais elle ouvrit tout naturellement l'un des battants et se tourna vers moi.

— Alors, tu viens ?

— Est-ce la porte de tes rêves ? Mais… Je croyais… Je ne possède rien qui t'appartienne.

— Tu n'en as pas besoin si je t'invite personnellement, m'informa-t-elle.

— Oh, comme chez les vampires ?

Anabel plissa le front sans comprendre. Apparemment, elle ne connaissait pas trop les habitudes des vampires. Forcément, son truc, c'était plutôt les démons.

— Viens, ça va t'intéresser et t'aider à mieux comprendre les choses.

Ça tombait bien… J'avais très envie de comprendre les choses. Je passai la porte et entrai dans un jardin inondé de soleil. Des arbres, des buissons et des plates-bandes colorées bordaient une grande pelouse vert émeraude, impeccable, parfaitement tondue : bref, un gazon typiquement anglais. Une maison se dressait plus loin.

Un petit chien blanc surgit des buissons et se précipita sur nous. Il avait une balle dans la gueule et la cracha fièrement aux pieds d'Anabel avant de lui sauter dessus en remuant la queue.

— C'est bien, Lancelot, mon petit bandit !

Anabel lui ébouriffa le poil en riant.

Je remarquai alors que je l'avais toujours vue tendue, stressée et angoissée. Le rire lui allait bien.

Elle reprit la balle et la lança dans une plate-bande de fleurs. Le petit chien, pressé de rattraper son jouet, faillit faire la culbute, pelote de poils virevoltante sur le vert gazon.

Je jetai un œil autour de moi.

— Que voulais-tu me montrer ?

Son visage se ferma. Elle désigna Lancelot qui avait saisi la balle et revenait au triple galop.

— C'était mon meilleur ami. Mais maintenant, regarde ça !

À cet instant, Lancelot poussa un gémissement et s'effondra en pleine course. Il resta allongé sur le gazon, le corps tressautant.

— Oh, mon Dieu, qu'est-ce qu'il a ?

J'allais courir vers lui mais Anabel me retint par la manche.

— Il va mourir.

— Quoi ? fis-je, horrifiée.

— C'est ma faute. C'est *Lui* qui me l'a pris, tu comprends ? Parce que j'ai enfreint les règles. Je te montre ça pour que tu ne commettes pas la même erreur.

« Lui », c'était sans doute le démon. Là, sur le coup, je n'aurais même pas ri si elle l'avait nommé par son drôle de nom.

— Mais qu'est-ce que… Comment peut-il… Pourquoi ? balbutiai-je, désemparée, tandis que le petit chien se tordait de douleur sur le sol.

Il tressauta encore un peu, étira les pattes et ne bougea plus.

— En réalité, ça a duré plus longtemps, dit Anabel d'une voix sourde. À mon réveil, il gisait tout tremblant devant la porte de ma chambre ; il souffrait atrocement et, pendant tout le temps que je l'ai tenu dans mes bras, il m'a regardée comme si…

Sa voix se brisa, puis elle reprit :

— Le vétérinaire a diagnostiqué une hémorragie interne.

— C'est… Je suis si désolée, chuchotai-je. Mais je ne comprends pas… Tu crois que le démon a tué ton chien ?

— Lancelot était mon gage.

Anabel s'essuya une larme sur la joue.

— Ce que j'avais échangé contre mon souhait le plus cher. Quand j'ai enfreint les règles, il me l'a pris.

Je n'arrivais pas à détacher mon regard de ce petit corps flasque dans l'herbe. Ce chien était ce qu'Anabel avait de plus cher et de plus précieux ? Je veux dire : j'adorais Buttercup, mais j'aimais encore plus Mia, ma mère et Lottie (même si ce n'était pas obligatoirement dans cet ordre). Et Papa aussi, à bien y réfléchir. Mais, même si Anabel n'avait pas de si bonnes relations avec sa famille, qu'en était-il d'Arthur ? N'avait-elle pas dit lors de notre première rencontre qu'il était son grand amour ?

Je tentai de me concentrer.

— Que s'est-il passé exactement ? demandai-je en me jurant de crier si elle me sortait de nouveau ses allusions et ses moitiés de phrases habituelles.

Mais Anabel me surprit.

— J'ai fait l'amour, dit-elle en me regardant droit dans les yeux. J'avais juré de garder ma virginité jusqu'à la fin du jeu, mais... Je ne croyais pas que ce serait si important. Et j'étais aussi persuadée que personne ne l'apprendrait. Mais on ne peut pas avoir de secret pour Lui. Il était tellement furieux, il m'a rejetée...

— ... et il a tué ton chien, complétai-je.

Et tout cela uniquement parce qu'elle n'était plus vierge ? La réaction était d'une sévérité extrême. Depuis quand les démons étaient-ils catholiques ? Et de plus, ce n'était pas juste, car enfin il faut être deux pour faire ça.

— Pourquoi le dé... euh, il n'en voulait pas à Arthur ?

— Arthur, répondit Anabel dans un nouvel accès de larmes. C'est bien là le pire... D'avoir fait mal à Arthur. Je n'oublierai jamais son regard.

— Comment ça, Arthur ? m'étonnai-je.

Et puis je compris soudain.

— Tu n'as pas fait ça avec Arthur ! m'écriai-je. Tu as couché avec quelqu'un d'autre !

Maintenant toutes ses tergiversations prenaient sens et c'était d'une simplicité déconcertante : Anabel avait fait l'amour en douce ; le démon s'en était aperçu et avait vendu la mèche. La question était de savoir avec qui elle avait couché. Et pourquoi, alors qu'Arthur… Comment l'avait-elle formulé déjà ?… Arthur était le *tsunami* de sa vie ?

Les rumeurs que le blog à potins diffusait concernant le courant qui passait encore entre elle et son ex décédé étaient donc vraies.

Anabel me scruta du regard.

— Comme déjà dit… Je voulais que tu le saches. Je te le dois bien. C'est moi qui vous ai collé tout ça sur le dos, aux garçons et maintenant à toi.

Je l'avais compris entretemps. *Tout ça est ma faute* était en tout cas l'une des phrases préférées d'Anabel.

Apparemment cela lui avait fait du bien d'en parler. Elle semblait étrangement revigorée. D'un geste de la main, elle fit disparaître le chien de la pelouse. Une couverture de pique-nique apparut comme par magie et Anabel l'étala sur le gazon. Un panier et quelques coussins complétèrent l'ensemble.

— Qu'est-ce… ? murmurai-je.

— Crois-moi, si je pouvais revenir en arrière, je le ferais, dit Anabel en plaçant un petit vase de fleurs sur la couverture. Je le regrette tous les jours. Arthur et moi, nous sommes comme ces couples de la littérature irrévocablement liés l'un à l'autre, par-delà la mort. Roméo et Juliette, Tristan et Yseult…

Elle aussi aurait fait une bonne Ophélie ; sa voix avait juste ce qu'il faut de tragique. Comme elle me donnait maintenant l'impression d'être assez distraite, le moment me parut propice à une question piège. Je posai la première qui se présenta.

— Ce livre que tu as trouvé chez toi dans la cave, d'où vient-il ?

Anabel leva la tête.

— Oh, ce bouquin ! Arthur a tout de suite compris que nous étions tombés sur un vrai trésor. Que ce livre changerait notre vie.

OK. Il fallait absolument que je revienne sur ce point. Mais avant, il restait encore un petit détail à éclaircir.

— Ton ex, ce Tom… commençai-je.

— Oh, Tom ?

Anabel parut d'abord étonnée, puis elle hocha la tête.

— Je vois, tu as certainement lu quelque chose à ce sujet sur le blog à cancans et maintenant, tu penses… Bon, évidemment, tout le monde pense ça, même Arthur.

Qu'est-ce que ça voulait dire ? Est-ce que cela signifiait qu'elle n'avait pas couché avec Tom ? Avec qui, alors ? D'autre part…

— Arthur a toujours été terriblement jaloux de Tom ; il le détestait, dit Anabel. Parce qu'il avait été le premier à m'embrasser.

— Et maintenant, Tom est mort ?

En prononçant ces mots, je sentis la chair de poule me gagner.

— Oui, confirma doucement Anabel. Il est mort en juin dans un accident. Pas par sa faute. Il a juste croisé la route d'un chauffeur de camion qui avait trop bu.

Cela me parut une étrange coïncidence.

— Encore une fois, reprit Anabel en tapotant les coussins, je regrette beaucoup ce que j'ai fait. Et je fais tout ce que je peux pour que tout redevienne comme avant entre Arthur et moi. Il prétend m'avoir pardonné, mais parfois, quand je le regarde dans les yeux… J'y vois toujours la douleur que je lui ai causée. Et une froideur qui me transperce le cœur comme un couteau.

Elle aussi avait apparemment un faible pour les formulations pathétiques. Mais elle me fit pourtant de la peine. Elle avait l'air profondément malheureuse.

— Et puis, chuchota-t-elle encore, j'ai peur qu'il ne me regarde plus jamais comme avant. Je… Oh, le voilà !

Je me retournai. C'était vraiment Arthur qui franchissait maintenant le portail et s'avançait vers nous, une bouteille de vin à la main. Ses cheveux brillaient comme de l'or au soleil. Et j'eus soudain envie de m'enfuir.

— Ne lui dis surtout pas de quoi nous avons parlé ! m'enjoignit nerveusement Anabel en retirant une boucle de cheveux de son visage.

— C'est le véritable Arthur ou tu ne fais que rêver de lui ?

— Le véritable Arthur est dans son lit à Hampstead, du moins je l'espère, dit-elle en riant.

— Et il y est seul ! assura Arthur.

Anabel fit trois pas vers lui et lui sauta au cou.

— Regarde qui est là ! dit-elle en me montrant. Je voulais la remercier.

— Salut, Liv !

Me trompai-je ou y avait-il une lueur de triomphe dans ses yeux ?

— Quel effet ça fait d'être l'héroïne du moment ? me demanda-t-il.

Il avait déposé la bouteille de vin et se levait derrière Anabel, les mains sur sa taille. Puis il lui écarta tendrement les cheveux dans sa nuque et commença à couvrir son cou de baisers.

— Tu m'as tellement manqué, ma chérie.

Gênée, je détournai les yeux.

— Excuse, Liv ! dit Anabel. C'est juste que… Ça fait trois semaines que je vis en Suisse, à plus d'un millier de kilomètres. Nous ne pouvons nous rencontrer que dans nos rêves.

— Oui, c'est cent fois mieux que par Skype ! dit Arthur dans un rire en serrant encore plus fort Anabel. Tu te joins à nous pour le pique-nique ?

— Hmm, non, je ne veux pas déranger.

Il me restait certes encore tout un tas de questions à poser mais j'avais déjà suffisamment matière à réfléchir.

Arthur se laissa tomber avec Anabel sur la couverture.

— Sage décision ! apprécia-t-il.

Anabel me lança encore un « à bientôt, Liv ». Mais aucun des deux ne me vit ouvrir la porte et sortir pour me retrouver dans le couloir.

Chapitre 25

De loin, je vis Henry devant la porte verte et je l'entendis discuter avec Lottie qui refusait apparemment de le laisser entrer. Elle avait les mains sur les hanches et portait sa robe bavaroise du dimanche avec le tablier de taffetas noir.

— La présence des dieux ? demanda Henry.

Lottie secoua la tête.

— Très joli, mais non. Rien d'aussi élégiaque. Essaye encore. Alors, qu'est-ce qui n'est pas sûr ?

Henry soupira.

— C'est quelque chose de Goethe ?

— Non.

Lottie pencha la tête de côté et rectifia coquettement l'énorme boucle de taffetas à sa ceinture.

— Ni de Goethe ni de Schiller.

— Tu dois juste poser la question, Lottie, et ne pas fournir d'indices, lui fis-je remarquer tandis qu'Henry se retournait vers moi.

— Ah, te voilà enfin ! fit-il.

— Oh, j'aime discuter avec lui. C'est un garçon si poli, m'informa Lottie, tout sourire. Et il vient ici toutes les nuits. Cette méchante poignée-lézard lui a mordu le doigt ; du coup, j'ai dû le soigner un peu et nous sommes devenus amis.

— Oui, c'est vraiment un détail vicieux de ta barrière, constata Henry. Depuis quand les lézards ont-ils des dents ?

— Depuis qu'ils doivent empêcher des personnes non autorisées de pénétrer dans mes rêves, répondis-je. C'est un lézard-vampire. Un tueur. Et, manifestement, un gardien de porte plus fiable que ma nounou.

— Tu savais que ce garçon aime faire de la pâtisserie ? me demanda Lottie avec un sourire plein de fierté maternelle à l'adresse d'Henry. Il s'est énormément intéressé à mes sablés et il m'a confié en échange sa recette de gâteau aux noix. Il m'a aussi demandé si je dansais la valse et pouvais la lui apprendre. N'est-ce pas charmant ?

J'en restai bouche bée l'espace d'une seconde. Le moment était sans doute venu de lever les sourcils et de fixer Henry d'un air moqueur.

Il se gratta le nez avec gêne.

— Qu'est-ce qu'on ne ferait pas pour résoudre une énigme, marmonna-t-il.

— Ne renonce pas, mon petit. Il faut penser de façon plus populaire, l'encouragea Lottie. Alors, essaye encore : qu'est-ce qui n'est pas sûr ?

Je suffoquai d'indignation.

— Tu n'es pas la vraie Lottie, tu n'es qu'une Lottie de rêve que j'ai engagée pour veiller sur ma porte. Si tu ne remplis pas bien ta fonction, je vais te virer et engager à la place Mr Wu. Non seulement il maîtrise la technique de la patte du tigre, mais il ne se laissera pas aussi facilement entortiller. Gâteau aux noix ! Bah !

Lottie était vexée.

— Je croyais t'avoir appris la politesse et le respect, dit-elle. Et si tu rentrais ? Il y a des courants d'air ici.

— Non, je vais rester encore un peu. Ferme la porte, lui ordonnai-je sévèrement. Et ne laisse personne entrer, tu m'entends ?

— La gratitude des Allemands ? demanda rapidement Henry avant que Lottie n'entre et ne puisse fermer la porte.

Lottie secoua la tête avec regret.

— Plus populaire, j'ai dit !

— Lottie !

— Bon, bon ! Au revoir, Henry.

Elle ferma la porte très lentement et avec force soupirs de protestation.

— La gratitude des Allemands ? répétai-je quand nous fûmes enfin seuls.

— J'ai trouvé ça sur le Net dans je ne sais plus quel manifeste de Churchill. Il y était question de l'ingratitude des Allemands, qui était certaine.

— Tu en as donc déduit à l'inverse que la gratitude des Allemands n'était pas sûre ? dis-je en riant. Il faut déjà réussir à le penser. Mais quel est le rapport avec Hans ?

— Ah, mince, c'est vraiment une énigme très difficile. J'ai entré au moins une centaine de fois *Hans* et *pas sûr* sur des moteurs de recherche mais… Oh !…

Il semblait avoir une idée, car ses yeux se mirent à luire.

— Quoi ?

— Je n'ai pas lancé la recherche en allemand ! s'exclama-t-il en se tapant le front. Dire que ça ne m'avait même pas effleuré l'esprit !

— Et alors ? Que vas-tu faire maintenant ? Te réveiller et allumer ton ordinateur ? Ou sortir de ta poche ton téléphone de rêve et vérifier ici tout de suite ?

Je ris et Henry m'imita.

— Tu es vachement bien lunée pour quelqu'un qui vient d'adhérer au club des âmes perdues, dit-il alors.

— Et toi, tu es bien pessimiste si tu considères déjà ton âme comme perdue, rétorquai-je. Bien que…

Je me rappelai soudain ce qu'Anabel venait de m'apprendre et mon rire s'éteignit.

— Au fait, tu connaissais l'ex-ami d'Anabel, ce Tom ?

— Tom Holland ? Bien sûr, il était une classe au-dessus de moi. Pourquoi ?

— Eh bien, parce que…

Parce que Arthur le détestait et qu'il était mort maintenant… Non, je ne pouvais pas dire ça. Indécise, je me mordillai la lèvre.

— On ne pourrait pas se chercher un endroit plus sympa pour discuter ? dit Henry en m'interrogeant du regard. Derrière cette porte verte, par exemple ?

— Bien essayé, remarquai-je.

— Alors, faisons au moins un bout de chemin ensemble.

Il sourit en me tendant la main. J'hésitai une seconde puis je glissai ma main dans la sienne. Une sensation très agréable.

Nous descendîmes lentement le couloir. Arrivés au coin où j'avais précédemment bifurqué avec Anabel, je demandai :

— Et, d'après toi, que va-t-il se passer une fois le dernier sceau brisé ?

Henry haussa les épaules.

— Tu l'as entendu toi-même aujourd'hui : le seigneur des ombres va rompre ses chaînes, s'élever du sang versé et se montrer reconnaissant envers ceux qui lui ont témoigné fidélité.

Mais quand aurais-je pu entendre ça ?

— J'ai dû zapper ce passage, dis-je.

— Oui, c'est vrai, tu ne comprends pas le latin. *Cruor* signifie « sang », mais différemment de *sanguis*, cela signifie « sang versé avec violence »…

— Peut-être qu'il ne s'agit que d'une métaphore ? Comme ce truc de chaînes rompues – je veux dire… Oh, qu'est-ce que c'est ?

Je venais d'entendre un bruit, le léger grincement d'une porte.

— Aucune idée, dit Henry.

Il lâcha ma main et scruta les alentours par-dessus mon épaule, puis il ajouta :

— Il vaudrait peut-être mieux aller quelque part où nous pourrions parler sans être dérangés. Chez toi, par exemple.

Je me retournai. Des portes, à perte de vue. Et aucun mouvement discernable. Pourquoi donc me sentais-je observée ?

— Viens !

Henry me saisit le bras, un peu trop fort à mon goût, et m'entraîna de nouveau vers nos portes. Normalement j'aurais protesté, mais là, je le suivis volontiers.

— Il n'y a personne ici, n'est-ce pas ?

— Va savoir ! répondit-il avec une légère âpreté que je ne lui connaissais pas. Il suffit d'un peu d'imagination et de concentration pour prendre n'importe quelle forme dans un rêve.

— Je sais.

Il m'était déjà arrivé d'être une chouette. Mon imagination était excellente, seule la concentration laissait à désirer. Pourtant… le couloir était tout ce qu'il y a de plus désert.

Alors, pourquoi Henry marchait-il de plus en plus vite ? Et pourquoi chuchotait-il ? Ça ne contribuait franchement pas à me rassurer.

Il jeta encore un œil par-dessus son épaule.

— Si tu es assez doué, tu peux te transformer en quelqu'un d'autre ou en tigre, en moustique, en plafonnier, en arbre, en souffle de vent… Je pourrais par exemple ressembler simplement à Henry mais être en réalité quelqu'un de tout à fait différent.

Oh, mon Dieu. Ce n'était vraiment pas fait pour me rassurer. Tout en marchant, j'explorai du regard son visage : yeux gris aux cils épais, nez droit, lèvres bien dessinées, petites fossettes au coin des lèvres.

Non, c'était Henry. Sûr et certain.

— Pschtt ! fit-il en s'arrêtant.

J'avais aussi entendu. Une sorte de froissement. Comme celui d'un rideau que l'on tire de côté. Je m'accrochai à son bras. De nouveau ce petit bruit. Oui, comme celui d'une étoffe. Ou comme celui de quelqu'un qui cherche à respirer en serrant les dents. Difficile d'en dire la provenance. Mais de toute façon, c'était déjà beaucoup trop près.

Henry m'entraîna de nouveau en avant et heureusement parce que mes genoux menaçaient de fléchir. Le truc typique : chaque fois que j'étais poursuivie en rêve, mes genoux se mettaient à flageoler. Et le sol n'était plus que du sable ou de la neige profonde, de sorte que je n'avançais plus qu'au ralenti. Je détestais ce genre de rêves.

De nouveau cet étrange bruissement. Qu'est-ce que c'était déjà que ce souffle d'air ? Pouvait-on être poursuivi par un souffle d'air ? Par un souffle d'air froufroutant… avec des dents ?

— Tu ne trouves pas qu'il fait sombre, d'un coup ?

Henry ne répondit pas. Nous avions de nouveau atteint nos portes, mais il ne s'arrêta pas et préféra m'entraîner vers une porte en bois laqué rose couverte de motifs floraux. Même la poignée était en forme de fleur.

— Il fait aussi plus froid, ajoutai-je en remarquant que ma voix prenait une nuance hystérique. Ou bien c'est mon imagination qui travaille. Dis-moi que ce n'est que mon imagination !

— Mieux encore : ce n'est qu'un rêve !

Henry passa son doigt sur une fleur jaune. Comme s'il la chatouillait ; en tout cas, on entendit un petit rire. Le verrou s'ouvrit et Henry tourna la poignée.

J'hésitai un peu.

— Allez, viens, ça va te plaire.

Il me fit passer le seuil tandis que la porte se refermait derrière nous dans un claquement sec en laissant au-dehors le couloir et ce qui pouvait s'y trouver. Je respirai de soulagement. Juste une seconde.

Quelque chose d'humide me frappa le visage et je poussai un petit cri d'effroi.

Puis je vis les bulles de savon. Des centaines de bulles de savon ! Elles planaient au-dessus d'un paysage verdoyant de collines, surplombé du ciel le plus bleu que j'aie jamais vu. Les couleurs étaient d'une intensité inouïe. Il y avait des fleurs partout, les feuilles des arbres n'étaient pas seulement vertes mais parfois aussi jaunes et roses, et on discernait au loin les tours d'un château. Des tours dorées.

À quelques mètres de nous, un manège tournait sur la tendre ritournelle *It's a small world* de Disney. Sur l'un des chevaux de bois colorés, une petite fille blonde, toute souriante, se laissait tourner en rond. Malgré mon cri, elle ne paraissait pas nous avoir remarqués.

— Où sommes-nous ? Dans le pays d'Oz ? demandai-je en m'essuyant le visage là où m'avait atteinte la bulle de savon. Mais pourquoi Shaun le mouton broute-t-il ici ? Oh, et regarde ! Un arbre-ballon de baudruche.

— Je savais bien que ça te plairait, s'amusa Henry. Bienvenue dans le monde rose des rêves d'Amy. N'est-ce pas merveilleux ici ?

Il me dirigea dans l'ombre d'un énorme pommier qui portait à la fois des fleurs et de grosses pommes rouges. Et j'y aperçus aussi quelques oranges.

— Qui est Amy ?

— Ma petite sœur, répondit-il en me montrant fièrement le manège. Elle a quatre ans et elle fait les rêves les plus cool du monde, comme tu vois. Je viens parfois ici quand j'en ai assez et que j'ai le sentiment que le monde est juste pourri. Ici, en tout cas, il est toujours parfait. Il ne se passe rien du tout. Une pomme ?

Je déclinai son offre.

— Elles n'ont aucun goût dans les rêves.

— Ça dépend de ta faculté d'imagination, remarqua Henry. Mais je ne suis pas non plus très bon en ce qui concerne le goût et l'odorat.

Il se pencha subitement sur moi et renifla mes cheveux.

— Dommage, d'ailleurs, ajouta-t-il.

Je sentis mon visage s'empourprer.

— Qu'est-ce que c'était là-dehors ? m'inquiétai-je.

— Probablement rien de bon, dit-il avant de se laisser tomber sur un doux coussinet de mousse à l'ombre d'un arbre.

— Et comment ai-je pu franchir cette porte ? Je ne connais pas ta sœur et je ne possède rien d'elle non plus.

— Ça tombait bien que tu te promènes avec moi, répondit-il tandis qu'une grosse bulle de savon atterrit dans ses cheveux. Sinon, tu serais peut-être encore en train d'errer dehors et d'essayer désespérément d'ouvrir les portes, la peur au ventre.

— Ne te moque pas. C'était vraiment inquiétant.

Je m'assis près de lui et pris mes genoux dans mes bras.

— Tu crois qu'il nous attend devant la porte ? demandai-je. Et si oui, comment allons-nous rentrer chez nous ?

— Pourquoi rentrer ? Nous n'avons qu'à rester ici jusqu'à notre réveil.

La bulle de savon était toujours là.

— *There is one moon and one golden sun*, chanta Amy là-bas sur son manège. *And a smile means friendship to everyone.*

— Elle est vraiment mignonne, murmurai-je.

— Toi aussi, dit Henry en me dévisageant. Mon cœur s'affola.

— Dès la première fois où je t'ai vue, à l'aéroport, avec ton fromage, je t'ai trouvée mignonne.

Eh bien, bravo ! Cette fois, j'avais même de la peine à respirer. Et ça ne s'arrangea pas quand il se pencha vers moi. Je n'arrivais même plus à me souvenir de ce qui venait de me traverser la tête. Quelque chose comme aéroport… Zurich… Saint Gall, n'était-ce pas à côté de Zurich ? Et… mon Dieu, Henry avait vraiment de beaux yeux ! S'il voulait m'embrasser maintenant… je ferais peut-être mieux avant… Vite, je tendis la main et crevai de l'index la bulle de savon sur ses cheveux.

Il ouvrit de grands yeux surpris.

— Excuse, mais c'était vraiment drôle, cette bulle sur ta tête, marmonnai-je.

Je poussai un soupir de déception en le voyant se redresser. Comme s'il n'avait jamais eu l'intention de m'embrasser.

Ce qui était d'ailleurs peut-être le cas.

Et à quoi venais-je de penser, là ? Il m'avait semblé que c'était important.

Derrière nous, j'entendis des pas de chevaux et aussitôt après, deux poneys passèrent au galop, l'un pommelé, l'autre tout blanc. À la vue de leurs crinières flottant au vent, Amy émit un rire d'enfant cristallin.

Ma respiration se calma un peu mais toutes sortes de pensées dansaient la sarabande dans ma tête. Et soudain, j'en eus assez. De tous ces secrets qui semblaient s'accumuler de jour en jour. De ces rêves défiant toute logique. De cet Henry qui transformait mon cerveau en barbe à papa rose dès qu'il se trouvait près de moi. D'Anabel et de son aveu singulier. D'Arthur qui ressemblait à un ange mais qui me faisait peur sans que je sache pourquoi. Et de cette… Chose… là, dans le couloir.

Je me frottai les yeux. Je me sentais soudain terriblement fatiguée, et pourtant j'étais en train de dormir.

— Ça va ? me demanda Henry.

J'inspirai un grand coup. Puis je cherchai l'une des bribes de pensée qui tournaient dans ma tête et l'amenai à la lumière.

— Tom Holland, dis-je. C'est vrai qu'Arthur le haïssait ?

Henry leva un sourcil.

— Voilà ce que j'appelle une façon élégante de changer de sujet, dit-il. Haïssait ?… Je ne sais pas, je n'irais pas aussi loin. Mais il est vrai qu'il ne pouvait pas l'encadrer. À vrai dire, Thomas n'était pas vraiment quelqu'un de sympathique, c'était plutôt un arrogant, un connard de première. Arthur était jaloux de lui parce qu'il était sorti avec Anabel avant lui. Tom le savait et il provoquait Arthur à la moindre occasion. Un jour, ils se sont tellement castagnés que Grayson s'en est sorti avec un œil au beurre noir quand nous nous sommes interposés. Quand il s'agit d'Anabel, Arthur perd un peu les pédales. Il en est dingue.

— Hmm, fis-je. Encore maintenant ? Anabel m'a raconté son… euh… son entorse aux règles. Tu crois qu'il lui a pardonné ? De l'avoir trompé, je veux dire.

Henry me regarda en plissant le front.

— Liv, Arthur est l'un de mes meilleurs amis. Je ne vais certainement pas te parler de lui, surtout pas de choses aussi intimes. Où est-ce que tu as rencontré Anabel ?

Non, non, non ! Ne noyons pas le poisson ! J'avais posé ma question d'abord. Et j'étais très heureuse d'avoir retrouvé des idées claires, pour changer.

— Mais… tu ne trouves pas ça étrange que Tom Holland soit mort ? insistai-je.

Henry détourna le regard.

— Il paraît que le chauffeur du camion était ivre. C'est terrible, mais ce sont des choses qui arrivent.

— Je sais. Mais ne se pourrait-il pas que cet accident ait un rapport direct avec le vœu d'Arthur ?

Je compris à son hésitation qu'il avait déjà pensé la même chose.

— Arthur ne pouvait pas blairer Tom, reprit-il. Mais de là à souhaiter sa mort… Non, c'est impossible. Ça ne lui ressemble pas.

À cet instant, il y eut un énorme raffut et la voix criarde d'une femme couvrit la musique du manège.

— Maudits mioches, lequel d'entre vous a laissé traîner par terre ces foutus Lego ?

Je cherchai à apercevoir celle qui avait posé ou plutôt rugi cette question. Mais il n'y avait personne.

— Vous voulez que je me brise le cou ? Ça ferait plaisir à votre père ? pesta la voix qui semblait venir de partout à la fois. Comme ça, il serait débarrassé de moi pour toujours et pourrait filer le parfait bonheur avec cette pute.

Le manège s'était arrêté de tourner. Le visage d'Amy avait maintenant pris un air soucieux.

— Qu'est-ce que… ? commençai-je.

En me retournant vers Henry, je m'aperçus qu'il avait disparu. Je bondis sur mes pieds. Où diable avait-il pu partir ? Pas la moindre trace de lui autour de moi.

— Henry ? Henry ? appelai-je, gagnée par la panique. S'il te plaît, reviens ! Ce n'est pas drôle.

Mais Henry avait bel et bien disparu.

— Va-t'en ! Laisse-moi tomber et mourir ici ! cria la voix de femme.

Là-bas, Amy tressaillit sur le manège.

— De toute façon, je ne manquerai à personne, à personne ! hurla encore la femme.

Et puis, comme si quelqu'un avait débranché la prise, la nuit se fit autour de moi. Le sol céda sous mes pieds et je tombai dans le vide.

Blog
à potins

Ici, le blog à potins de la Frognal Academy, avec les derniers ragots, les plus folles rumeurs et les scandales chauds bouillants de notre école.

Qui suis-je ? Je m'appelle ***Secrecy***, je suis parmi vous et je connais tous vos secrets.

UPDATE ACTIVITY

18 septembre

Florence Spencer ira au bal d'automne avec Callum Caspers. Si vous venez de vous demander « Callum qui ? », vous avez eu la même réaction que moi. J'ai d'abord dû vérifier que Callum était vraiment dans notre école. Il y est. Depuis six ans. Oups.

Je vous ai ressorti une photo de l'annuaire de l'année dernière. On y voit les élèves du cours de maths spé. Callum est le deuxième à gauche.

Donc, chers garçons insipides aux loisirs barbants, ne vous morfondez plus, et gardez espoir. Il se pourrait bien qu'un jour la plus jolie fille de l'école et la plus appréciée vous demande de l'accompagner au bal. Vous n'aurez qu'à retirer nonchalamment la mèche débile qui barre votre front et dire oui. C'est justement ce qu'a fait Callum Caspers (que nous appellerons C.C. pour faire plus court), et depuis, cette mèche n'est plus jamais revenue. Avec Florence à son côté, Callum n'a plus l'air aussi insignifiant et ennuyeux.

Malgré tout, il y a quelque chose qui m'échappe. Florence aurait pu avoir n'importe qui à son côté. Sauf un seul, c'est vrai. Et c'est bien là que le bât blesse : Florence se serait-elle entichée d'Arthur Hamilton ? Aurait-elle souhaité remplacer Anabel comme reine du bal au côté d'Arthur ? S'est-elle rabattue sur le premier venu en lui demandant de l'accompagner au bal quand elle a appris qu'Anabel allait venir de Suisse pour l'occasion ?

Eh bien, si c'est le cas, notre C.C. est un sacré chanceux.

D'ailleurs, je n'ai pas changé d'avis concernant les liaisons à distance. Arthur et Anabel vont peut-être se remettre ensemble pour le bal, mais, tôt ou tard, leur histoire prendra fin. Pensez à ce que je vous dis là : bien avant Noël, Facebook vous informera qu'ils sont passés de « couple » à « célibataire » et alors les jeux seront de nouveau ouverts. D'ici là, profites-en bien, C.C. ! Et haut les cœurs, Florence !

À plus.

Secrecy

PS : Après un rude combat contre le responsable des pompiers, le comité du bal donne le feu vert pour les feux d'artifice et les machines à brouillard... Je le sens bien, mes amis ! Une fois la partie officielle terminée et la Cook, notre dirlo, et Mrs Beckett reparties chez elles, ce sera parti pour le rock ! Et à nous le bal le plus enivrant que Frognal ait jamais connu.

Chapitre 26

Le cœur battant et trempée de sueur, je me redressai en sursaut. Dieu merci, j'étais réveillée. L'écho d'un cri planait encore dans l'air. La lune éclairait ma nouvelle chambre et, rassurée, je sentais le matelas blanc sous moi… C'était tout de même beaucoup mieux qu'une chute dans un abîme sans fond, avec le vide autour de soi.

Mais mon soulagement ne dura qu'une seconde. Un ramdam se fit dans le couloir, la porte de ma chambre s'ouvrit brusquement et ma mère se précipita vers le lit.

— Qu'est-ce qui t'arrive, ma petite puce ? Tu t'es fait mal ?

— Quoi ?

Je clignai des yeux, troublée.

Dans les secondes qui suivirent, je vis accourir aussi Mia, Buttercup, Grayson, Florence et, pour finir, Ernest.

— Un cambrioleur ? cria Mia.

— Tu as vu un fantôme ? demanda Florence en même temps. Spot a sauté sur ton lit ?

— Une chauve-souris, c'est ça ? dit Ernest en nouant sur son ventre la ceinture de son peignoir de bain. (Très bien : il ne se promenait donc pas à moitié nu dans la maison !) Pas de raison de paniquer. À cette saison, elles s'égarent parfois à l'intérieur… Oh, mais la fenêtre est fermée.

En dehors de Buttercup, le seul à ne rien demander fut Grayson. Il me regardait comme s'il savait pertinemment ce qui était arrivé.

Je mis du temps à me ressaisir et à reprendre plus ou moins ma respiration. Tous ces regards curieux et toutes ces questions ne me facilitaient pas les choses. Que faisaient-ils tous là ?

— Tu as crié, expliqua Mia.

Sans doute un cri terrible si on l'avait perçu à deux chambres de là. Seule Lottie, à l'étage au-dessus, ne semblait pas l'avoir entendu.

— Juste un rêve idiot, murmurai-je en évitant le regard de Grayson.

— Et qu'est-ce qui s'y passait ? On t'écorchait vive ? me demanda Florence en me fixant comme si elle n'avait jamais rien vu d'aussi pitoyable.

À juste raison : avec mes cheveux trempés de sueur et ma nuisette toute froissée, je n'offrais certainement pas un spectacle réjouissant.

— Au fait, ajouta-t-elle, ne dit-on pas que le premier rêve fait dans une nouvelle maison est exaucé ?

C'est ce qui se disait ? Eh bien, ma foi, c'était là d'agréables perspectives.

— Ce serait terrible, remarqua Mia en foudroyant Florence du regard. Surtout, si Liv a rêvé d'un meurtrier armé d'une hache prêt à te tailler en pièces.

— Ma pauvre petite puce, bâilla ma mère en me caressant les cheveux. S'il te plaît, tâche de faire de jolis rêves désormais.

— Et sinon, rêve discrètement au moins, grogna Florence. J'ai failli faire un arrêt cardiaque.

— Il n'est que 3 heures et demie. Je propose que nous allions tous nous recoucher pour essayer de dormir encore un peu, dit Ernest. Mais tu ferais peut-être mieux de laisser ta lampe de chevet allumée, Liv, tu ne crois pas ?

Ça au moins, c'était sûr. Je remontai ma couette jusqu'au menton, car le froid m'avait saisie tout à coup.

— Excusez-moi, fis-je, épuisée. Je ne voulais vraiment pas vous réveiller. Bonne nuit !

Ils quittèrent l'un après l'autre ma chambre. Seul Grayson se retourna encore sur le seuil de la porte et me regarda longuement.

— Quoi ? m'écriai-je pour l'amener à parler.

Il portait un simple pantalon de pyjama et, malgré mon émoi (ou peut-être justement à cause de cela), je ne pus m'empêcher de remarquer son torse musclé.

— Je suis désolé, dit-il. Je n'aurais pas dû t'entraîner là-dedans.

Puis il partit sans me laisser le temps de le contredire.

Je me laissai retomber dans les oreillers. Ce n'était pas sa faute, c'était uniquement la mienne. Je pensais avoir la situation en mains. Visiblement, ce n'était pas le cas.

Et ça ne m'amusait plus non plus.

Je revis défiler la peur dans la voix d'Anabel, le chien agonisant sur la pelouse, la lueur de triomphe dans les yeux d'Arthur et ce quelque chose invisible qui nous avait poursuivis dans le couloir, Henry et moi. Était-ce ce qui m'attendrait toutes les nuits ? Ce qui s'était passé avec Tom Holland me faisait réfléchir et ébranlait ma conviction que les démons n'existent pas. À supposer qu'Henry se soit trompé et qu'Arthur ait vraiment désiré la mort de Tom l'année précédente, à Halloween, quelle était la probabilité pour que – jeune et en bonne santé comme il l'était – ce dernier ait perdu la vie neuf mois après ? Je l'estimais à moins d'un pour cent, à beaucoup moins d'un pour cent. Ce qui expliquerait pourquoi Arthur prenait toute cette histoire très au sérieux : il était persuadé que l'accident de Tom était l'œuvre du diable. Et je pouvais le comprendre.

Je me retournai et fermai les yeux, épuisée. Dans les prochains jours, il faudrait que j'ignore de mon mieux la porte verte ou bien j'allais devenir folle. Plutôt rêver chaque nuit de Hamlet que de poursuivants invisibles ou d'une chute dans le vide. Et de garçons aux yeux gris qui disparaissaient au moment où tout devenait romantique. Il était grand temps de laisser de nouveau mon bon sens aux commandes.

Toutefois Henry n'avait peut-être pas disparu qu'en rêve ; j'eus beau ouvrir grand les yeux, je ne le vis nulle part au lycée le lundi. Cela m'inquiéta, mais quand il n'apparut pas non plus le mardi, mon inquiétude vira en légère hystérie. Que savais-je de ces rêves et de leurs lois ? Cette horreur bruissante l'avait peut-être piégé et… Ou alors Henry était simplement malade et moi sur le point de disjoncter… tout occupée que j'étais à me demander sérieusement si l'on pouvait s'enrhumer en rêve dans les couloirs remplis de courants d'air. Autant pour le bon sens.

En ne voyant toujours pas arriver Henry le mercredi matin alors que j'avais pourtant rôdé très longtemps du côté des casiers, je compris tout à coup à quel point il me manquait. Et que je ne pouvais pas supporter plus longtemps cette incertitude. Je ravalerais ma fierté et je m'obligerais à interroger Grayson.

S'il ne pouvait m'en dire plus, je franchirais la porte verte cette nuit même, en dépit de toutes mes bonnes intentions. Peut-être pourrais-je au moins trouver Henry en rêve.

À cet instant, j'entendis sa voix.

— Alors, hypnotisée par le casier, fille au fromage ? Ça fait plus d'une minute que tu le fixes !

J'étais si soulagée de le voir que mes jambes flageolèrent. Et naturellement, je ne trouvai rien d'intelligent à répondre.

— Henry ! fis-je seulement en parvenant tout de même à réprimer un soupir.

Il sourit.

— Toi aussi tu m'as manqué, dit-il.

Ses yeux brillaient mais on voyait très bien leurs cernes sombres.

— Où étais-tu passé ?

Il ouvrit son casier et en sortit quelques livres.

— J'avais des choses à faire chez moi… Ma mère a traversé une phase difficile. Mais tout va bien maintenant.

Était-ce la voix de sa mère qui avait retenti dans le rêve coloré de la petite Amy ? *Maudits mioches…* Ce n'était franchement pas ce que l'on attendait de la bouche d'une mère.

— Tu as brusquement disparu et tout est devenu noir, murmurai-je en réprimant l'envie de le toucher pour m'assurer qu'il était vraiment là.

Par mesure de prudence, je croisai les bras. La sonnerie annonça le début des cours.

— Désolé… Je me suis réveillé… Et Amy aussi, dit-il en refermant sèchement la porte de son casier. J'aurais aimé te l'expliquer mais, ces dernières nuits, tu ne t'es pas montrée dans le couloir.

— Tu aurais pu juste me téléphoner, remarquai-je. Dans la journée, je veux dire.

Il me regarda d'un air songeur.

— Oui, je l'aurais bien fait, répondit-il ensuite. Je dois y aller… Contrôle de bio. Transports actif et passif dans la membrane biologique. Croise les doigts pour moi !

L'instant d'après, il avait disparu dans la foule des élèves et il recommença à me manquer. Si Persephone n'avait pas surgi pour me coller sous le nez son portable avec une photo d'elle en robe de bal vert roseau, j'aurais sans doute essayé de le rattraper. Pour la première fois, je lui fus reconnaissante d'être là.

Toutefois, la nuit, personne ne m'empêchait de penser à Henry. Je mettais un temps fou à m'endormir et quand j'y parvenais enfin, je ne faisais certes plus de cauchemars (et je n'eus à subir *Hamlet* avec Florence dans les deux rôles principaux qu'une fois), mais je voyais partout la porte verte apparaître. Je me retrouvais toujours à deux doigts de l'ouvrir, avant de reculer brusquement.

Non, je ne lui faciliterais pas autant les choses ! Si Henry voulait me parler, il pouvait aussi bien le faire dans la journée. Il savait où me trouver… De plus, on ne savait jamais à quelles rencontres s'attendre dans ce couloir.

Cela dit, Henry paraissait m'éviter. Je rencontrai une ou deux fois Arthur et Jasper, mais, comme j'étais toujours en compagnie de Persephone, ils se contentaient de sourire en me lançant des regards lourds de sens. Ce qui amenait chaque fois Persephone au bord de l'infarctus mais qui me réjouissait un peu. En pensant au rituel dans le salon de Jasper, je ne pouvais m'empêcher de rire.

Les nuits n'en finissaient pas, les jours passaient au contraire étonnamment vite. Peut-être était-ce parce que la cohabitation avec les Spencer était si singulière et nouvelle pour nous. Mais cela fonctionnait mieux que je ne l'avais pensé. À vrai dire, je n'avais jamais vu Mum plus heureuse. Dans ces circonstances, Mia et moi avions de plus en plus de difficulté à faire semblant de détester Ernest. Nous évitions toujours de lui adresser la parole mais parfois, par distraction, un « Ernest » nous échappait au lieu d'un « Mr Spencer ». Et un sourire aussi.

Il ne fut pas difficile non plus de s'habituer à Grayson. Il avait bien deux ou trois habitudes désagréables comme celle de ne pas replacer le lait dans le réfrigérateur ou de laisser des taches de dentifrice dans le lavabo mais, à part ça, c'était un colocataire agréable. Buttercup l'appréciait particulièrement. Il faisait le fou avec elle tous les matins dans le jardin et s'amusait de la voir rapporter des objets, même quand elle mettait à mal son ballon de basket. Dans la semaine, il ne semblait pas passer beaucoup de temps avec Emily, mais on savait tout de suite qu'elle appelait quand il prenait une voix étrange en s'empressant de disparaître dans sa chambre. (Nous lui en étions d'ailleurs reconnaissantes, car les gazouillis amoureux de Mum et d'Ernest nous suffisaient amplement.)

En partant le matin au travail, Ernest nous conduisait, Florence, Mia et moi à l'école avant de déposer Mum à la gare. Grayson partait à vélo, et heureusement car il n'y aurait pas eu de place pour lui dans la voiture.

Lottie était contente de materner trois personnes de plus (… et un chat). Elle faisait les courses, préparait le dîner, mettait de l'ordre dans la maison et répandait comme toujours sa bonne humeur.

À la fin de la semaine, Spot et Buttercup dormaient paisiblement côte à côte sur le canapé.

Une harmonie presque ennuyeuse aurait régné si Florence ne nous avait pas terriblement énervées de temps en temps. Mais, par chance, on pouvait compter sur elle pour ça. Avec l'excuse de « vouloir simplement nous aider », elle se mêlait de tout : des devoirs, de l'éducation du chien, du choix de nos vêtements, de nos heures de sommeil et de tout organiser pour mes seize ans.

Alors qu'il n'y avait rien à organiser ! Chez nous, on ne faisait pas grand cas des anniversaires. Il y avait quelques cadeaux, un gâteau, le coup de fil obligatoire de Papa et, le soir, nous avions l'habitude d'aller tranquillement au cinéma. Le top ! À part pour partager le gâteau avec Florence, Grayson et Ernest, je ne voyais aucune raison de changer nos habitudes cette année.

Mais c'était compter sans Florence.

Le vendredi après-midi, je rentrai à la maison folle de rage, prête à l'étrangler. Florence était justement assise dans la cuisine avec Mum, Mia et Lottie et leur apprenait le bridge. Cette scène idyllique m'acheva. Je balayai les cartes de la table et me plantai devant elle, les mains sur la table.

— Comment se fait-il que Persephone Porter-Peregrin soit invitée à mon anniversaire ?

J'aurais voulu le crier mais je ne réussis qu'à produire un tout petit filet de voix. Florence parut étonnamment intimidée. L'espace d'une seconde.

— Mais ma puce, dit Mum, j'ai demandé à Florence d'inviter quelques-uns de tes nouveaux amis.

— Et c'est manifestement avec Persephone que tu passes la plupart du temps à l'école, ajouta Florence. Alors, j'ai pensé…

— Ça ne va pas, non ? hurlai-je presque cette fois. Persephone me suit comme mon ombre et ne s'arrête jamais de parler ! Si au moins elle pouvait dire quelque chose de sensé ! Mais non, elle me décrit dans les moindres détails toutes les robes de bal qu'elle *n'a pas* achetées ! C'est franchement insupportable. Le jour de mon anniversaire, je voudrais au moins en être épargnée !

— Ma puce, reprit Mum. Comme Florence l'a dit, on n'a pas tous les jours seize ans. C'est pourquoi nous avons pensé fêter ce jour-là avec un peu plus qu'un simple gâteau.

— Qu'il y aura de toute façon, objecta Lottie. Avec des ballons de baudruche !

— Nous organisons un pique-nique, m'annonça fièrement Mum. Un pique-nique typiquement anglais dans le parc, avec la famille et tous tes nouveaux amis ! Nous avons pensé à plein de belles choses et à toutes sortes de jeux. Emily apportera un jeu de croquet et…

… *Emily* ? suffoquai-je.

— Oui, naturellement, c'est l'amie de Grayson. Elle fait pratiquement partie de la famille.

— Et je dois amener Daisy Dawn, me dit Mia avec un clin d'œil. Euh… Je *peux*, voulais-je dire.

— Ça va être extra ! s'exclama Mum, radieuse. Henry a déjà accepté et Charles va peut-être installer un barb… *Henry* ?

— Oui, ma puce, ce garçon qui va t'accompagner au bal. Je me réjouis de faire sa connaissance… S'il te plaît, ne me dis pas qu'il te rend folle lui aussi.

Non !

Et pourtant, si. Enfin, non… Juste un peu. Mais qui diable Florence avait-elle pu encore inviter ? Son cavalier de bal extrait des profondeurs anonymes de son cours de maths spé ? Sam, le frère perturbé d'Emily ? Tison et Lison ? Jasper et Arthur ? L'Orchestre symphonique de Londres ? Et peut-être Secrecy pour les photos-souvenirs ?

— Nous avons pensé bien faire, ajouta Mum en posant sa main sur la mienne. Et je ne vois pas ce qui t'énerve autant. Ce sera une journée superbe et tu l'as bien méritée !

— Mais… mais… vous ne pouvez pas… c'est… bredouillai-je.

— Je sais. À ta place, je ne trouverais pas non plus les mots, dit Florence en souriant modestement. Mais ce n'est pas la peine de me remercier, je suis vraiment contente d'avoir pris cette initiative.

— On n'a pas tous les jours seize ans, répéta Mum.

Et Lottie ajouta :

— Nous sommes tous tellement contents !

J'abandonnai. Ils avaient gagné. Avec un peu de chance, il pleuvrait le jour de mon anniversaire et le pique-nique tomberait à l'eau. Après tout, nous étions en Angleterre et c'était l'automne.

— Bon, allez, je vais préparer mes affaires pour le cours de kung-fu, dis-je, résignée.

Chapitre 27

Malheureusement, un beau jour d'automne s'annonça pour mon anniversaire : ciel bleu radieux… une vraie journée de rêve. À midi, la température dépassait les vingt-cinq degrés et nous n'étions pas les seuls à avoir eu l'idée d'un pique-nique. Comme Lottie, Florence, Ernest et Mum avaient commencé dès l'aube à transporter, avec l'aide de Charles, la moitié de la maison dans le parc, nous avions pu nous réserver l'un des plus beaux endroits avec une vue impressionnante sur la ville. Je n'avais eu le droit de venir qu'à la fin des préparatifs et, après m'être libérée de l'étreinte chaleureuse de Persephone (elle m'avait offert un bracelet gravé de l'inscription *Best friends forever* – elle avait le même), je dus avouer que leurs efforts valaient vraiment la peine. Avec la profusion de coussins et de couvertures, les ballons de baudruche gonflés et les délicieuses friandises que Lottie avait disposées artistiquement sur une table de jardin nappée de blanc, les décors auraient fait honneur à un luxueux magazine de style. Tendue entre deux arbres, une banderole portant l'inscription *Sweet Sixteen* se balançait au vent.

Bon, peut-être en avaient-ils fait un peu trop.

— Oh mais ! entendis-je Emily dire à Grayson, ce sont bien vos chandeliers en argent que je vois là ?

Oui, c'étaient bien eux. Il y avait aussi un énorme bouquet de fleurs dans un vase en pur cristal, des assiettes en porcelaine fine et, dans un seau d'argent, le champagne, que l'on servirait évidemment dans de vraies flûtes.

Grayson se passa la main sur le front.

— On n'a pas tous les jours seize ans, déclara-t-il.

Il avait apparemment intégré lui aussi le mantra de Florence. Emily émit un petit son dédaigneux.

— Je ne l'apprécie pas, cette fille, me chuchota Mia en se prenant un toast au concombre et crème de saumon. Mais je vais lui fournir quelques fausses infos. Si quelques-unes ressortent sur le blog à potins, nous saurons qui est Secrecy.

Je voulus lui montrer mon approbation mais, au même instant, je vis Charles qui montait la colline, un parasol coincé sous le bras. Derrière lui, j'aperçus la silhouette élancée d'Henry et mon cœur fit des bonds.

— Mia, ça t'ennuierait que je ne sois plus immunisée contre les garçons ?

C'était sans doute inutile de le nier plus longtemps. Mia me lança un regard de côté et soupira.

— Est-ce que c'est agréable, au moins ?

Difficile à dire. Pour l'instant, oui. Simplement parce que Henry traversait la prairie sous le soleil et se dirigeait droit vers moi et parce que personne d'autre au monde ne savait sourire comme lui. Et parce que…

— Liv, arrête ! s'agaça Mia. Qu'est-ce que c'est que ces yeux de mouton amoureux ?

Je tressautai.

— C'est si grave ?

Et puis, j'ajoutai quelque chose que je ne tarderais pas à regretter au cours de la journée.

— Si tu me vois encore prendre cet air-là, promets-moi de me donner tout de suite un coup de coude ou de me balancer quelque chose.

— Avec plaisir, dit Mia.

Et, comme elle tenait toujours ses promesses, je me retrouvai trois heures plus tard avec des bleus au niveau des côtes et atteinte par toutes sortes de projectiles : marrons, sachet de thé et muffin aux myrtilles. Ou « murfin aux mutilles », comme le disait toujours Lottie dès que Charles l'écoutait.

Chaque fois que je regardais Lottie, je comprenais exactement ce que Mia avait voulu dire avec son « mouton amoureux ».

Mais, peu à peu, je me surpris à apprécier ce pique-nique. Le repas était fantastique, surtout les scones et les amuse-gueules indiens au curry préparés par Lottie. Grâce à de subtils déplacements (c'était mon anniversaire quand même !), j'avais réussi à coincer Persephone entre ma mère et Henry. Ainsi, Mum ne pouvait plus poser de questions gênantes à Henry ni, pire encore, lui raconter ma naissance en détail. De toute façon, Henry était complètement fasciné par Lottie, sans doute parce qu'elle ressemblait en tout point à la Lottie vue en rêve. Le jeu de *Time's up !* nous fit beaucoup rire aux dépens d'Ernest qu'on prenait pour Winston Churchill alors qu'il était en réalité Britney Spears ; et Grayson nous mima étonnamment bien Frodon. Tout le monde était tordu de rire, sauf Emily. Elle ne connaissait pas *Le Seigneur des anneaux* et considérait la fantasy comme une pure perte de temps. L'enquêtrice Mia Silver avait à présent acquis la conviction qu'Emily manquait trop de charme et d'insouciance pour pouvoir remplir le rôle de Secrecy. Mais ce qu'elle montrait de raideur intello n'était peut-être qu'un camouflage.

Quand, pour finir, tout le monde entonna *Happy birthday* (même nos voisins de pique-nique), je dus avouer que c'était dans l'ensemble un anniversaire vraiment réussi. Il me faudrait remercier Florence. Même si elle exagéra encore en nous faisant tous nous lever pour une partie de croquet.

Je passai mon tour pour aider Charles et Lottie à mettre la vaisselle sale dans les caisses, tandis que Mum et Ernest promenaient Buttercup dans le parc et que Mia et Daisy nourrissaient des écureuils avec de petits morceaux de pomme.

Plongé dans ses pensées, Charles contemplait un muffin aux myrtilles à moitié croqué.

— Je n'avais encore jamais entendu parler de mutilles, dit-il, mais j'aime ça.

— Des mutilles ? répliqua Lottie, troublée. Qu'est-ce que c'est ?

Je décidai de les laisser seuls et de ramasser plutôt les verres vides.

— On peut t'aider ? demanda quelqu'un derrière moi.

Je faillis en laisser tomber une flûte à champagne. Bon sang, où Henry avait-il appris à se faufiler ainsi en silence ? Il me sourit.

— Le croquet, là-bas, c'est insupportable. Florence fait n'importe quoi, Emily n'arrête pas de critiquer la manière dont Grayson tient son maillet et Persephone vient de me décrire ta robe de bal. En long, en large et en travers.

Le sang me monta aux joues. Je n'avais toujours pas évoqué le bal avec lui…

— Je n'en reviens pas de tout ce que j'ai appris sur ce genre de robe, dit-il : taffetas, tulle, perles, ruchés, roses, quatre nuances de bleu-gris…

Puis, m'interrogeant du regard, il ajouta :

— Et que peut bien être une robe duchesse ?

— Ce n'est pas parce que j'ai une belle robe que je suis obligée d'aller au bal, m'empressai-je de dire.

En le voyant lever un sourcil, j'ajoutai encore plus vite :

— C'est juste… que… Florence a raconté à ma mère que tu m'as demandé de… et alors, je me suis retrouvée avec cette robe… et je ne sais pas moi-même ce que peut bien être une robe duchesse.

J'inspirai un grand coup. Non, je ne m'en sortais pas.

— Quoi qu'il en soit, m'efforçai-je de conclure le plus dignement possible, je veux juste que tu saches que c'est sans importance. Je me fiche complètement de ce bal.

— Dommage, dit Henry. J'ai déjà ressorti la médaille que mon arrière-grand-père a reçue pour son courage au combat. Grayson est affreusement jaloux de cette distinction authentique sur mon frac. Le loueur de costumes et moi, on a bien essayé de le persuader de prendre un haut de forme pour lui permettre à lui aussi d'en jeter un peu, mais il n'y a rien eu à faire.

Je le fixai, ébahie. Et je reçus un morceau de pomme sur la tête.

— 'Xcuse ! me cria Mia.

— Si on allait faire un tour ? me proposa Henry.

Il me tendit la main et je la lui pris avant que Mia puisse m'expédier un autre bout de pomme. La main d'Henry épousait étrangement bien la mienne. Sa présence physique était au moins deux fois plus troublante qu'en rêve.

Nous marchâmes ainsi un moment en silence tandis que je m'efforçais de contrôler ma respiration. Nous nous engageâmes sur un chemin sablonneux entre les arbres.

Le soleil qui traversait le feuillage automnal dessinait des auréoles dorées sur le sol.

— Tu m'as manqué, dit soudain Henry.

Il s'éclaircit la voix et reprit :

— Tu m'as vraiment manqué.

Si Mia m'avait alors bombardée, je ne l'aurais même pas senti. Je m'arrêtai au beau milieu du chemin. Henry se tourna vers moi et me retira doucement une mèche du visage.

— Sans toi, je n'ai eu aucun plaisir à rêver, dit-il.

Il se pencha vers moi et m'embrassa tendrement sur la bouche.

J'en eus d'abord la respiration coupée puis je sentis mes bras se lever instinctivement et se glisser autour de son cou pour l'attirer contre moi. Cette fois, le doux baiser se fit beaucoup plus fougueux. Henry posa une main sur ma taille en me caressant tendrement les cheveux de l'autre. Je fermai les yeux. C'était ainsi que l'on devait ressentir les baisers, j'en étais sûre et certaine. Tout mon corps commençait à me picoter quand il me libéra soudain et m'écarta de lui.

— C'est vrai, tu m'as manqué, dit-il doucement en reprenant ma main pour m'entraîner plus loin.

Comment pouvait-il repartir comme si de rien n'était alors que personnellement j'avais du mal à m'en remettre. J'avais les jambes en guimauve. Heureusement, Henry ne voulait faire que quelques pas vers un banc tout proche et j'arrivai à l'atteindre de justesse.

Il posa son bras derrière moi sur le dossier du banc.

— C'est presque aussi beau qu'à Berkeley, non ? dit-il en désignant de son autre main le paysage au bas de la colline.

— Mmm, approuvai-je. Nous avons déjà vécu à tellement d'endroits différents… Celui-ci n'est pas le pire.

— Pas pire qu'Oberammergau ? demanda-t-il.

— Hein ? fis-je, effrayée, en m'écartant de lui.

— *Mais s'il passera au-dessus d'Oberammergau ou en dessous d'Unterammergau ou s'il décidera de ne pas passer n'est pas sûr*, débita-t-il en allemand. Les chansons populaires allemandes sont-elles toujours de tels casse-langues ? La Lottie de mon rêve voulait que je chante ça, mais elle a fini par abandonner. Eh, ne prends pas cet air horrifié, Liv ! Tu as vraiment cru que je n'arriverais pas à trouver ? Alors que tu m'avais donné tant d'indices ? *Heut kommt der Hans zu mir… Aujourd'hui, Hans vient me voir, se réjouit Liesel…* Est-ce que tu as vu cette vidéo marrante sur YouTube, avec ce type en culotte de cuir et sa mandoline ? J'étais mort de rire…

— Tu connaissais donc la réponse ! m'énervai-je.

— Pas depuis longtemps. Juste après avoir entré en allemand *Hans* et *nicht gewiss* dans le moteur de recherche.

Il fronça les sourcils puis reprit :

— Pourquoi ai-je soudain l'impression d'être ce mille-pattes à Hyderabad ? Tu devrais voir ton air choqué !

C'était inutile. J'étais vraiment choquée. Et déçue. Et furieuse.

— Qu'est-ce qui te prend ? m'écriai-je. Faire semblant de… et puis derrière mon dos…

Henry se radossa.

— Mais pourquoi tu t'énerves ? J'ai juste résolu ton énigme, c'est bien ce que tu voulais, non ?

— *Ce que je voulais* ? fis-je en le fusillant du regard. Ça ne va pas, non ? Qu'est-ce que tu m'as regardée faire en rêve ? Qu'est-ce que tu as fait avec moi ?

— Je n'ai rien fait du tout, se vexa-t-il. Je n'ai même pas passé cette porte.

— Comment peux-tu alors connaître cette histoire de mille-pattes ?

— C'est Lottie qui me l'a racontée. Elle aime parler de toi. Je sais que tu détestes les bananes, que tu as cessé de croire au père Noël à l'âge de trois ans et que tu pleures toujours au même endroit devant *Le Monde de Nemo*.

— Lottie ?

— La Lottie des rêves, dit-il en soupirant. Qui d'ailleurs est un pitoyable professeur de danse. Je crains que nous ne soyons obligés de nous offrir ce cours de valse si nous ne voulons pas nous couvrir de ridicule.

— Tu ne t'es donc pas introduit en douce dans mes rêves ?

Ma colère retomba comme un soufflé.

— Non, dit-il avec un nouveau soupir. Non, demande à la Lottie des rêves. Je suis resté sagement devant la porte et je t'ai attendue. En vain.

Le regard de ses yeux gris était franc.

— Excuse-moi, dis-je, piteuse. Et je regrette aussi que tu m'aies attendue. Tout ça était devenu trop pour moi. Ces rêves sont troublants. C'est à devenir fou. Et je déteste cette montagne de questions sans réponses.

— Ah oui ? Et qu'en est-il de la psychologie et de la science ? ironisa-t-il. Je croyais que tous les rêves avaient une explication rationnelle ?

Je haussai les épaules.

— J'ai dit qu'il s'agissait de domaines encore inexplorés de la psychologie. Ce ne sont pas tant les rêves qui me donnent la migraine ni même les êtres inquiétants qui bruissent dans les couloirs.

— Qu'est-ce que c'est alors ?

— Ce qui s'est réellement passé. Et ce qui va encore arriver. Les gens qui croient sérieusement aux démons me donnent mal à la tête.

— Tu penses à Arthur ?

J'acquiesçai.

— Tu ne crois peut-être pas qu'il a souhaité la mort de Tom Holland, mais moi j'en suis persuadée. Il pense que c'est pour lui que le démon a écarté Tom de son chemin. Et s'il continue à participer à tout ce bazar de conjurations, ce n'est pas parce qu'il est mal à l'aise et qu'il a peur, mais parce qu'il veut *vraiment* délivrer le démon des enfers. Il le fait avec passion, c'est évident.

Une ombre passa dans ses yeux.

— J'avoue qu'il a changé depuis que nous jouons à ce jeu. Et cette histoire avec Anabel l'a complètement perturbé. Mais il n'est pas méchant.

Non, peut-être pas méchant mais peut-être sur le point de devenir fou.

— Anabel a laissé entendre qu'elle n'avait pas trompé Arthur avec Tom Holland, dis-je.

J'hésitai un instant puis je finis tout de même par ajouter :

— D'après le blog à potins, tu t'entendais bien avec Anabel et si ce n'était pas Tom…

Henry leva les sourcils.

— Tu insinues que j'avais des vues sur Anabel ? Tu me prends vraiment pour un type capable de piquer la copine de son ami ?

Non, pas vraiment. Cela dit, Anabel était incroyablement sexy, quel garçon n'y succomberait pas ?

— Bon, bon, fis-je, je te crois. Mais comme tu étais dans le même avion que nous, j'ai pensé…

D'accord, peut-être devrais-je arrêter de penser.

— J'ai aidé Anabel à déménager, déclara Henry en secouant la tête. Je me suis fait du souci pour elle. Depuis la mort de Tom, elle était plutôt perturbée et après ce qui était arrivé à son chien…

Des cris d'enfants se firent entendre, deux gamins passèrent près de nous en trombe avec un ballon de foot et disparurent derrière un bosquet.

— Arthur est ton ami, dis-je. Et tu crois bien le connaître. Mais sais-tu vraiment ce qui se passe en lui ? À voir le zèle avec lequel il s'est proclamé invocateur suprême des démons… Que va-t-il se produire, d'après lui, une fois que le dernier sceau sera rompu ? Est-ce qu'il en parle avec vous ?

— Je… Arthur veut simplement lui aussi que tout cela se termine, répondit Henry d'une voix mal assurée.

Il fixa pensivement la ville en bas et je regrettai soudain d'avoir abordé ce sujet. Nous aurions dû continuer à nous embrasser. Je tendis une main timide vers lui et lui caressai les cheveux. J'en avais envie depuis si longtemps.

Il se tourna aussitôt vers moi.

— Tu as d'assez beaux yeux, dis-je doucement.

Un sourire éclaira son visage.

— Et chez toi, tout est assez beau, répliqua-t-il.

Il m'aurait embrassée à coup sûr si Mia et Daisy Dawn ne s'étaient pas, comme par magie, plantées devant nous.

— Nous allons faire un lâcher de ballons, dit Daisy Dawn.

— Bêêêêhhhh ! fit Mia.

Henry et moi repartîmes en silence, mais chemin faisant il me prit résolument la main. Je ressentis un immense bonheur. C'était vraiment le plus bel anniversaire de tous les temps.

Et sans ces idées noires dans ma tête, il aurait été encore plus beau.

Le soleil couchant enveloppait tout d'une chaude lumière d'automne et je ne pus m'empêcher de repenser à mon rêve de Berkeley. Je me rappelai ce qu'Henry m'avait dit cette nuit-là : « Les rêves sont le seul endroit qui nous permet de découvrir aussi bien quelqu'un et qui nous dévoile le plus ses faiblesses et ses secrets. »

Je compris soudain ce que j'allais devoir faire. Il y avait bien un moyen de savoir ce qui se passait chez Arthur. Il me suffisait pour cela de lui faucher quelque chose.

Et de mettre un terme à mon abstinence de rêves.

Chapitre 28

Mince ! J'étais dans une impasse. Arthur avait sécurisé sa porte avec un cadenas à quatre chiffres, comme les casiers au lycée.

Jusqu'alors, tout avait marché comme sur des roulettes. Il m'avait bien fallu la moitié de la semaine pour trouver enfin l'occasion de lui piquer un objet personnel mais ensuite tout avait été d'une facilité déconcertante : je lui avais emprunté un crayon au CDI et j'avais « simplement » oublié de le lui rendre. Il venait juste de le mâchouiller. On ne pouvait pas faire plus personnel.

Ce fut un moment presque solennel quand, après tant de nuits, je franchis de nouveau ma porte verte pour accéder au couloir, que je trouvai des plus silencieux et paisibles. Je m'étais aussi juré de ne pas me laisser perturber par d'invisibles présences bruissantes. Ce n'était qu'un rêve et j'avais une mission. Et, même si je ne connaissais pas la porte d'Arthur, je pensais pouvoir la trouver. Celle d'Henry se trouvait toujours juste en face de la mienne.

Les autres portes avaient de nouveau joué aux portes musicales, mais cela ne m'empêcha pas d'apercevoir assez vite celle d'Anabel dans un couloir annexe. Son portail gothique majestueux faisait face à une simple porte métallique, sans autre ornement que l'inscription CARPE NOCTEM gravée en son centre.

Même leurs portes allaient bien ensemble. Toutes les deux manquaient totalement d'humour. Je me rappelai en frissonnant ma rencontre en rêve avec Arthur et Anabel et me demandai de nouveau si je faisais bien d'être là. Je veux dire : ces deux-là étaient tout de même particuliers. Avais-je vraiment envie de savoir à quoi rêvait un type comme Arthur ?

Bon, peut-être aussi ne l'apprendrais-je jamais puisque de toute façon je ne m'en sortais pas. C'était à désespérer. Quatre chiffres idiots ! Quel manque d'imagination aussi ! Je m'étais attendue à des énigmes tarabiscotées, peut-être même à un gardien de porte avec un cimeterre ou ce genre de chose, mais pas à une serrure aussi simple. Dans ma frustration, j'avais envie de flanquer des coups de pied dans le mur. J'aurais peut-être pu m'en sortir avec un chalumeau mais, comme je ne savais pas à quoi ça ressemblait, je ne pouvais pas le faire apparaître. Je tapai encore une combinaison au hasard quand j'entendis derrière moi :

— Essaye voir avec dix-sept/zéro/quatre.

— Henry ! m'écriai-je en me retournant. Ça ne va pas, non, de me faire aussi peur ?

— Heureux de te voir aussi, répliqua-t-il avec un sourire en coin. Dix-sept/zéro/quatre. Anniversaire d'Anabel. Presse-toi un peu.

Il jeta un regard lourd de sens vers la porte d'Anabel derrière nous. Je compris que l'heure n'était pas au romantisme et je me consacrai de nouveau à la serrure.

— Chouette look, du reste ! dit Henry. Un mix élégant de Catwoman et de guerrier ninja.

Je me sentis rougir sous mon masque de chat. À vrai dire, j'avais d'abord essayé de me transformer en souffle d'air et puis je m'étais finalement rabattue sur cette option. Je n'étais pas encore assez au point pour un souffle d'air. Mais, dans ce déguisement au moins, Arthur ne me reconnaîtrait pas tout de suite quand je surgirais dans son rêve.

La serrure fit un clic. C'était la bonne combinaison.

J'ouvris prudemment la porte mais j'hésitai à franchir le seuil.

— Qu'est-ce que tu as piqué à Arthur ? demandai-je.

Je retirai mon masque et le laissai tomber par terre. Il m'apparaissait subitement tout à fait stupide. Et puis, j'avais de la compagnie maintenant.

— Rien du tout, répondit Henry. Nous avons bu mutuellement notre sang. C'est beaucoup plus personnel qu'un objet.

Oh !

Du coup, j'aurais aussi bien pu ne rien piquer. Et dire que j'avais eu peur de lâcher dans mon sommeil le crayon que je serrais en m'endormant. Par mesure de sécurité, j'avais même failli le fixer à ma main avec du ruban adhésif.

J'hésitai encore.

— Allez, viens ! dit Henry en poussant un peu plus la porte.

Il me prit par la main et nous passâmes le seuil côte à côte. Nous nous trouvâmes aussitôt au milieu d'un vaste paysage désertique, dans un large fossé semblable au lit d'une rivière qui n'avait pas charrié d'eau depuis longtemps. La terre était rougeâtre, poussiéreuse et sèche ; il y avait tout autour des roches et des éboulis et le fossé était bordé de buissons, d'arbres secs et d'énormes cactus. Des montagnes se profilaient au loin.

— Arthur est-il en train de rêver de western ? chuchotai-je dans le silence ambiant en escaladant un rocher vers la rive.

— Aucune idée, chuchota Henry, l'œil aux aguets.

— À coup sûr, il doit y avoir des crotales ici, dis-je en me demandant si je ne devrais pas m'imaginer de bonnes grosses chaussures.

Avec mon look de Catwoman, j'avais complètement oublié d'en mettre.

À cet instant, l'air s'emplit d'un étrange roulement de tonnerre et la roche trembla sous mes pieds.

— Viens, dit Henry.

Il m'entraîna vers la rive tandis que s'amplifiaient le grondement et le roulement du tonnerre. Mince ! Arthur devait rêver d'un énorme tremblement de terre ou d'un essai nucléaire souterrain ou…

— Les eaux montent ! hurla Henry.

Le tonnerre s'était rapproché et je vis soudain une énorme vague déferler vers nous, un mur d'au moins deux mètres de haut. Les masses d'eau emportaient tout sur leur passage, les branches, les pierres et, d'ici une fraction de seconde, elles nous submergeraient aussi. Nous allions périr lamentablement noyés ; la fraction de seconde restante suffit juste à nous en faire prendre conscience.

Mais, au lieu d'être arraché par ces énormes masses d'eau, le rocher se souleva sous nos pieds et s'éleva comme un champignon à plusieurs mètres d'altitude. Je faillis perdre l'équilibre et me cramponnai à la main d'Henry. L'eau s'engouffrait près de nous et dévalait en tourbillons le lit de la rivière. Nous n'avions même pas les pieds mouillés.

— Qu'est-ce que… ?

Mon cœur s'affola. La roche qui nous portait changea de forme, s'étira en largeur et forma un pont, qu'Henry me fit traverser tandis que, sous nos pieds, le bruit de l'eau s'atténuait. Tout cela en l'espace de quelques secondes. À notre arrivée sur la rive, quelqu'un nous applaudit.

Arthur ! Debout près d'un arbre. Je ne l'avais jamais vu aussi beau.

— Pas mal, dit-il. Tu t'améliores de jour en jour, Henry.

Henry ne répliqua pas. Quant à moi, j'essayais de calmer mon pouls et ma respiration et d'avoir les idées claires.

— Excuse cet accueil un peu rude, Liv, déclara Arthur avec un froid sourire. Normalement, je n'ai pas pour habitude de noyer mes visiteurs. Seulement les indésirables.

OK. Notre projet de le surprendre avait sans doute échoué.

— Je me demande pourquoi mon meilleur ami cherche à s'introduire en douce dans mon rêve, poursuivit-il en faisant un pas vers nous et en fixant Henry d'un regard perçant. Tu pourrais m'expliquer, s'il te plaît, Henry ?

— J'avais besoin de quelques réponses, répondit tranquillement Henry.

Arthur secoua la tête.

— Que croyais-tu apprendre ici que tu n'aies pu simplement me demander ? questionna-t-il, apparemment blessé.

— Ah, allez, Arthur ! Quand m'as-tu parlé franchement pour la dernière fois ?

Henry se tut un moment puis il reprit calmement :

— Je me fais du souci pour toi.

— Épargne-moi ton arrogance, Henry ! Oh, oui ! Je sais ce que tu fais la nuit. Ne crois pas que cela m'échappe. Tu viens de prouver une fois de plus à quel point tu maîtrises tout cela maintenant. Mais tu t'es engagé, comme nous tous.

D'un large geste de la main, il désigna la plaine du rêve puis il ajouta :

— Pour ceci. Pour un pouvoir incommensurable. Pour l'accomplissement de nos désirs les plus chers.

Une ombre passa sur son visage.

— Anabel est la seule à le comprendre, ajouta-t-il.

Évidemment, notre couple modèle ! Le plus zélé à l'école d'invocations de démons.

— Parce que le démon et toi avez sur la conscience la mort de l'ex-ami d'Anabel. Et de son chien, intervins-je. C'est logique qu'elle y croie.

Je croisai un peu trop tard le regard avertisseur d'Henry. D'accord, ce n'était pas la façon la plus subtile d'interroger un suspect. Sherlock Holmes n'aurait pas été fier de moi.

Arthur plissa les yeux.

— Ma petite Liv, dit-il d'un ton hautain, tu es encore trop novice dans tout ça pour comprendre, même un tant soit peu, de quoi il retourne ici.

Je croisai les bras. Quand on m'appelait « ma petite Liv », je voyais rouge.

— Mais c'est peut-être justement l'inverse. Contrairement à toi, j'ai encore tout mon bon sens et je ne me suis pas encore totalement laissé déboussoler par des pentagrammes et des formules nébuleuses, dis-je en le fusillant du regard. Que va-t-il se passer lors du dernier rituel ? Que vas-tu faire à Halloween ? Allumer encore quelques bougies noires ? Construire un autel et abattre un agneau ? Ou, tiens, pendant que tu y es, tu ne crois pas qu'un sacrifice humain ferait encore plus d'effet ?

Je faillis rire tant je m'étais emportée en parlant, mais un mouvement sur le visage d'Arthur m'arrêta. Mes paroles avaient fait apparaître dans ses yeux quelque chose de sombre et de sauvage...

Tout à coup, je me sentis mal. Non ! Avais-je mis en plein dans le mille ?

Mais non, c'était impossible. Cela ne se pouvait pas.

— *Pugio cruentus*... le poignard taché de sang, murmura Henry.

Arthur opina du chef.

— Les voilà, tes réponses, Henry. Et, au fond de toi, tu l'as toujours su. Tu as simplement refusé de voir la vérité en face.

— Vous plaisantez, là ? chuchotai-je.

Arthur ne me prêtait plus la moindre attention. Seul Henry semblait encore compter pour lui.

— Anabel est prête, dit-il. Elle voudrait réparer ce qu'elle a failli déclencher. Et elle veut mettre un terme à cette affaire. Pour nous tous !

Pendant qu'il parlait, le paysage s'était transformé, d'abord imperceptiblement puis de plus en plus vite, et nous nous trouvions maintenant dans un autre décor. Tout autour de nous était devenu plus vert et plus sombre ; le lit de la rivière, les rochers, la terre rouge avaient cédé la place à un fourré d'herbes, de fougères et de lierre. Le ciel d'un bleu radieux était devenu gris plombé.

La voix d'Arthur trembla légèrement quand il se tourna vers une tombe monumentale veillée par deux anges.

— Elle se sacrifiera à Halloween pour délivrer le prince des ténèbres du royaume des ombres. Et elle le fera ici même, précisa-t-il en levant le bras.

Je fixai les anges sans les voir vraiment.

— Mais… tu aimes Anabel, balbutiai-je. Et elle t'aime. Tu ne peux tout de même pas vouloir… Tu ne vois pas combien tout ça est dingue ?

Je me retournai vers Henry. Comment pouvait-il rester aussi calme ? Arthur venait de déclarer qu'il veillerait à ce que son amie – qui était aussi celle d'Henry – se fasse assassiner pour un démon inexistant !

Les yeux gris d'Henry étaient rivés sur Arthur.

— Tu crois que tu pourrais vraiment le faire parce qu'il ne s'agira que d'un rêve ?

Arthur acquiesça de nouveau.

Je faillis suffoquer de soulagement. Un rêve, naturellement ! Anabel ne devait mourir qu'en rêve. Mais… en était-ce moins effrayant ?

Henry s'avança vers son ami et s'arrêta juste devant lui. Tout près d'Arthur, une statue d'ange s'appuyait contre une pierre tombale moussue et, dans le fourré derrière lui, d'autres pierres émergeaient du lierre, telles dés dents cassées. Nous avions de nouveau atterri dans le Highgate Cemetery.

— Vous croyez que c'est le bon moyen de terminer cette affaire sans problème ? demanda Henry lentement, presque comme un enfant.

— Je n'en vois pas d'autre, répondit Arthur.

Puis, après un court silence, il demanda :

— Est-ce que je peux compter sur toi, Henry ?

Henry hésita à répondre.

Je me sentais mal à l'aise. Si Arthur et Anabel envisageaient de mettre fin au rituel en rêve, ils espéraient pouvoir se réveiller sans problème du cauchemar qu'ils avaient eux-mêmes mis en scène. Mais s'ils se trompaient ?

Je cherchai à tâtons une pierre tombale près de moi. Les rêves ici étaient différents. J'avais nettement senti sur ma peau les caresses d'Henry, chaque souffle d'air, la pression de sa main, son baiser et, maintenant aussi, je sentais la surface rugueuse de la vieille pierre sous ma main. Quel effet ferait alors une lame sur la peau, une coupure, du sang… ?

— Vous ne pouvez pas faire ça ! m'écriai-je, sur le point de perdre mon sang-froid. Vous ne savez pas ce qui arrivera à Anabel.

— Elle a raison, Arthur. Ça va trop loin, remarqua Henry.

— Tu ne comprends toujours pas, Henry ? Nous n'avons pas le choix ! glapit Arthur dans un mélange de colère et de désespoir. Il ne nous laisse aucune autre possibilité, et nous avons prêté serment.

— On a toujours le choix, insista Henry en lui posant une main sur l'épaule. Nous ne sommes pas obligés de faire ça. Tu n'es pas obligé de le faire.

Arthur se mordit la lèvre.

— Ce n'est pas le moment de me laisser tomber !

— Je ne te laisse pas tomber, répliqua doucement Henry. Nous trouverons bien une autre solution. Il nous reste encore presque un mois d'ici Halloween.

— Une autre solution… répéta Arthur.

Une étincelle d'espoir s'alluma dans ses yeux. L'espace d'une seconde, je crus que tout allait s'arranger. Henry maîtrisait la situation. Mieux encore : il maîtrisait Arthur.

C'est alors que j'entendis un grognement. Juste dans mon dos. Je fis volte-face et fixai les yeux vides d'une statue. C'était un énorme chien de pierre allongé sur le socle d'un monument funéraire moussu, à l'ombre d'un chêne couvert de lierre.

Un autre grognement, puis il tendit subitement l'une des ses pattes de pierre et leva lentement, très lentement la tête.

— Henry ?

OK, ne surtout pas paniquer !

— Arrête, Arthur ! dit Henry.

Mais Arthur secoua la tête.

— Je ne fais rien du tout, dit-il d'une voix pleine de crainte, de cette même crainte qui s'était aussi emparée de moi. Ce n'est pas moi !

Au même instant, la bête se dressa de toute sa hauteur et grogna en révélant une rangée de dents impressionnantes. Nous n'allions sans doute pas tarder à savoir ce que cela faisait d'être déchiquetés en rêve par de tels crocs. Bon sang ! Il fallait filer d'ici au plus vite !

La porte d'Arthur ! Où diable était-elle ? Je parcourus vite du regard les croix et les pierres tombales érodées. Là… la porte métallique ! Encastrée dans le mur du monument funéraire, veillée par les deux statues d'anges.

— Vite, Henry ! Par là ! criai-je.

Henry m'attrapa le bras.

— Recule, Liv ! s'écria-t-il, le regard dirigé vers la cime du chêne.

Le chien se ramassa pour bondir sur nous mais l'arbre s'abattit sur lui dans un bruit de tonnerre.

J'entraînai aussitôt Henry vers les anges de pierre, ouvris d'un coup la porte métallique et titubai dans le couloir.

Mais Henry se retourna encore.

— Bon Dieu, réveille-toi, Arthur ! cria-t-il à son ami qui n'avait pas bougé d'un pouce et fixait, hébété, l'énorme cime de l'arbre. Réveille-toi !

À l'instant où la porte se referma, je sentis quelque chose de chaud et d'humide sur ma joue et je vis alors le museau de Buttercup et sa langue râpeuse qui me léchait gentiment la figure. Le jour pointait derrière la fenêtre.

— Merci de m'avoir réveillée, Butter, murmurai-je, encore essoufflée, en me pressant contre son doux poil chaud. Je viens de rêver d'un chien vraiment méchant.

Et de quelques autres choses tout aussi inquiétantes.

Chapitre 29

— Salut, fille au from… commença Henry sans aller jusqu'au bout.

En frac et souliers de soirée, il se tenait dans l'entrée des Spencer et c'était bien la première fois que je le voyais aussi emprunté. Derrière lui, les lampadaires jetaient une chaude lumière sur l'allée gravillonnée et je n'aurais pas été étonnée qu'un carrosse tiré par des chevaux blancs apparaisse au tournant pour me conduire au bal. Ah, Cendrillon n'était rien à côté !

Tout le monde m'avait assuré que ma robe m'allait à merveille et un dernier coup d'œil au miroir m'avait mise de bonne humeur pour toute la soirée. Si cet amas de tulle m'avait paru idiot sur le cintre, force était d'avouer qu'il faisait de moi quelqu'un d'autre. De plus beau. Et ce ton bleu s'accordait parfaitement à la couleur de mes yeux, tout comme Mum l'avait dit. En deux heures environ, elle m'avait photographiée quatre cents fois (« Dire qu'il m'est permis de voir ça ! »), Lottie avait pleuré (« Ma merveilleuse petite elfe ! »), Florence avait acquiescé d'un air satisfait (« Vera Wang est toujours un bon choix ») et

Mia avait applaudi d'admiration (« Tu seras le plus beau mouton dans la salle de bal »). Seule la réaction d'Ernest tempéra quelque peu mon euphorie quand il déclara que je ressemblais comme une sœur jumelle à ma mère. Mais, de sa part, c'était sans doute un compliment.

Dans l'après-midi, Lottie m'avait bouclé les cheveux avec le fer à friser et les avait ensuite fixés en chignon sur l'arrière de ma tête. J'étais surprise que cela m'aille aussi bien. Il y avait eu un petit moment de panique quand je n'avais plus trouvé mes lentilles de contact et que je craignais de devoir aller au bal avec mes lunettes d'intello, mais il s'avéra ensuite que Florence les avait rangées par mégarde avec les détergents dans l'armoire de la salle de bains.

C'était sympa de savoir que j'avais belle allure mais c'était encore mieux de voir briller les yeux d'Henry. Il était lui-même plutôt élégant en frac, même si sa coiffure détonnait méchamment : ses cheveux partaient comme toujours dans tous les sens. Nous passâmes tout de même sans problème près de Mrs Lawrence et de Pandora Porter-Peregrin. Plantées à l'entrée vénérable de la Frognal Academy qui, avec les vasques de feu et les torches, avait aujourd'hui un air de Downton Abbey, elles ne laissaient passer que ceux qui avaient respecté le code vestimentaire.

— Robe longue et frac, dit impitoyablement Mrs Lawrence à un couple en robe de cocktail et smoking. Revenez après la partie officielle ou rentrez chez vous pour vous changer.

— C'est la porte la plus stricte de Londres, commenta Henry qui en chemin avait retrouvé sa décontraction coutumière.

Je ne pus m'empêcher de rire. Qui aurait pensé lors de mon premier jour à la Frognal Academy que j'irais à ce bal d'automne débile, juste cinq semaines après m'être trouvée devant l'affiche et avoir entendu Persephone me dire d'un ton méprisant « Oublie ça ! » ? Et surtout, qui aurait pensé que j'y prendrais plaisir ?

Le comité du bal avait fourni un travail impressionnant. La parfaite ambiance victorienne n'avait toutefois pas été difficile à créer : la salle de bal datait de l'époque de la création de l'école. Les grandes fenêtres en ogive sur le côté longitudinal conféraient à la salle quelque chose de majestueux, tout comme les peintures murales et le stuc au plafond. Le parquet ciré brillait comme un miroir et les énormes lustres jetaient leur lumière sur les arrangements floraux et les vêtements chatoyants des invités répartis en petits groupes. Je fus presque déçue de ne voir jouer qu'un quintette à cordes dans un coin : avec les talents organisateurs de Florence, je me serais attendue au moins au Philharmonique de Londres. Mais il était peut-être en tournée à l'étranger.

En tant que présidente du comité, Florence recevait personnellement chaque couple. Quand notre tour arriva, elle nous dirigea énergiquement vers le coin photo aménagé sur une estrade. Nous nous efforçâmes de poser avec le plus de classe possible et j'y parvins au moins une fois sans éclater de rire. Jasper, qui passa juste après nous, n'avait pas ce genre de problème. En parfait Ken-rasage, il s'était accroché une fille à chaque bras et il en avait probablement déposé une autre en réserve dans les toilettes des filles. Il donnait l'air d'être en pleine forme et son humeur s'améliora encore quand il aperçut Madison.

— Ouais, me glissa-t-il en s'avançant près de moi au bord de l'estrade. C'est sans doute le jour le plus triste de sa vie. Elle ne va pas arrêter de regarder Nathan en pensant qu'elle aurait pu être ici avec moi si elle n'avait pas été aussi stupide.

— Oui, c'est sûr, dis-je.

Je le laissai seul avec Henry et entrepris de mon mieux la descente en remontant mes jupons. Les yeux rivés sur les marches, j'étais presque arrivée en bas quand je me heurtai à une fille.

Anabel !

C'était elle en effet, toute frêle et merveilleuse dans une robe corset noire et crème dont le bas était tout autant surchargé de tulle que la mienne. Comme dans mes rêves, elle paraissait nerveuse et tendue, et un peu triste aussi. Pas étonnant. Arthur avait posé une main sur son épaule. Il semblait s'être remis du rêve de la veille.

— Liv Silver ! s'écria Anabel en faisant glisser sur moi son regard turquoise. Jolie robe. Vous êtes superbes, Henry et toi.

— Vous vous connaissez ? s'étonna Florence qui se trouvait près des marches avec son porte-bloc.

— Euh… non, répondit Anabel, tout sourire. Juste par le blog à potins. Secrecy semble s'intéresser particulièrement à nous, n'est-ce pas, Liv ?

Je fis oui de la tête.

— Tu vas bien ? m'inquiétai-je.

Anabel baissa les yeux.

— Elle va très bien, répondit Arthur à sa place en la poussant vers l'estrade.

Henry et moi les regardâmes monter.

— Tu lui as parlé ? Il a l'air un peu perturbé, chuchotai-je à Henry. Et Anabel est d'une pâleur cadavérique.

Ce « cadavérique » fit visiblement tressaillir Henry.

— Je n'ai pas eu le temps de discuter avec lui ; j'ai dû m'occuper de quelques trucs chez moi et me mettre à la recherche de ces saletés de souliers vernis et…

Il soupira, puis reprit :

— Écoute, il nous reste encore trois semaines et demie jusqu'à Halloween. D'ici là, on trouvera bien quelque chose. Mais aujourd'hui, on va se changer les idées. On va oublier les démons et danser ! dit-il en bombant le torse.

Je ne pus m'empêcher de rire en constatant qu'il y avait vraiment épinglé la décoration.

— Tu as piqué ça dans un film ! dis-je sans arriver à me rappeler lequel.

— Pas que je sache, répondit-il avec un sourire en coin.

Quoi qu'il en soit, il avait raison. Car pour danser, on dansa ! Ce qui ne fut pas une mince affaire. Pendant la première heure, il n'y eut que de la musique classique ; non pas celle du quintette à cordes (qui s'était retiré après les photos officielles) mais celle de la chaîne hi-fi… qui diffusait l'Orchestre philharmonique de Londres ! La traditionnelle valse d'ouverture, menée par Mrs Cook, notre directrice, et un homme à la barbe blanche et aux cheveux pommadés, fut réservée aux fans purs et durs du bal de l'Opéra de Vienne.

Henry et moi trouvions beaucoup plus amusant de regarder les autres couples se mettre en rang et traverser la piste au pas sous les accords straussiens de l'*Hommage à la reine Victoria*, avec quelques courbettes et – summum absolu – quelques « portés ». Nous éclatâmes de rire en voyant le regard angoissé de Grayson au moment de soulever Emily et nous comprîmes aussi pourquoi Florence, avec son talent inné pour toujours prendre la bonne décision, avait pu accrocher Callum Caspers. Il paraissait certes aussi insignifiant que dans les descriptions de Secrecy mais il dansait excellemment bien, peut-être mieux que tous.

Contrairement à Persephone. Celle-ci me fit un signe condescendant en valsant près de moi mais jeta ensuite le trouble dans toute la formation en se figeant comme d'habitude à la vue de Jasper.

Arthur et Anabel ne dansaient pas. En haut de l'estrade, ils se tenaient par la main, l'air absent.

— Ne devrions-nous pas… ? demandai-je à Henry.

Mais il se contenta de secouer la tête.

Plus tard, nous nous risquâmes aussi sur la piste et je regrettai un peu de ne pas avoir écouté Mum qui voulait m'inscrire à un cours de danse. Henry, quant à lui, me surprit plutôt par son aptitude à danser les valses viennoises. Non pas que cela l'aidât beaucoup avec moi. Mes capacités de danseuse se limitaient malheureusement à ce que Mum, Lottie et YouTube m'avaient appris et, comme je devais tout le temps marmonner « un, deux, trois » pour garder la cadence, ça ne facilitait pas non plus la communication. Là, Cendrillon aurait marqué des points, elle qui était une danseuse-née.

Je fus donc ravie qu'Henry me propose d'attendre la « vraie musique » en allant nous chercher quelque chose au fabuleux buffet dressé sur le perron. Nous y retrouvâmes Jasper, qui avait réussi le tour de force d'être légèrement éméché alors qu'il n'y avait aucune boisson alcoolisée à disposition.

Je venais de prendre une flûte au fromage quand Henry se trouva soudain près de moi, me la retira de la main et saisit mon bras.

— Eh ! protestai-je. Danser me donne toujours faim.

— À moi aussi, murmura-t-il en m'entraînant derrière une colonne qui séparait le perron de l'entrée.

Il posa ses mains sur mes épaules, m'attira à lui et planta ses yeux dans les miens.

— Tu sais que tu es sacrément belle, Liv Silver ? dit-il en commençant à couvrir ma bouche puis mon cou de petits baisers.

Du coup, j'en perdis l'envie de manger. Qui aurait pu se douter que les baisers puissent faire ce genre d'eff…

Je fondis littéralement dans ses bras. Aucune idée de la manière dont il s'y prit, mais, quand il m'embrassa, tout le reste me fut égal. Ma main glissa dans sa nuque. Je sentis la chaleur de sa peau.

— Aujourd'hui serait peut-être un bon jour pour mettre un terme à cette histoire de démon et de ce débile sang de vierge, murmurai-je.

— Tu veux dire… pour ne pas finir comme ta tante Gertrude ?

Henry s'écarta un instant avant de me serrer de nouveau plus fort et de m'embrasser, cette fois avec nettement plus de fougue.

— Là, tout de suite ? demanda-t-il ensuite.

Je n'eus pas le loisir de répondre parce qu'au même instant Grayson surgit de derrière la colonne.

— Ah, vous voilà, dit-il en nous dévisageant, le front plissé.

Je m'empressai de reculer d'un pas en espérant que mes cheveux ne soient pas aussi ébouriffés que ceux d'Henry.

— Je vous ai cherchés partout ! s'énerva Grayson. Jasper et Nathan sont près d'en venir aux mains, à l'intérieur. Jasper vient de le traiter de « mini-knacki ». Henry, il faut que tu m'aides à le calmer un peu.

— Cet idiot de… mini-knacki ! dit Henry en me lâchant à contrecœur. Tu permets que je te laisse seule un instant, Liv ?

— Je voulais justement… euh… aller aux toilettes, répondis-je, gênée.

— C'est ça, dit Grayson d'un ton qui me parut légèrement réprobateur. Un peu d'eau froide ne te ferait certainement pas de mal.

Qu'est-ce qu'il lui prenait ? Il ne s'était pas gêné pour flirter davantage encore à la fête d'Arthur ! Et je ne lui avais rien dit alors. Je le gratifiai d'un regard glacial, rassemblai mes jupons et partis en froufroutant le plus dignement possible.

En jetant un œil dans le miroir des toilettes, je dus tout de même donner raison à Grayson : j'avais bien besoin d'une bonne dose d'eau froide sur le visage. Mon rouge à lèvres était parti, mais mes joues étaient anormalement rouges. Je me serais bien poudrée un peu mais je n'avais pas pu caser le poudrier dans mon sac. C'était vraiment une toute petite pochette de soirée : j'avais tout juste pu y glisser mon rouge à lèvres, un mouchoir, des bonbons à la menthe, deux billets de dix livres et les clés de la maison. Et je n'avais même pas essayé d'y fourrer mon gros téléphone portable. Derrière moi, une porte se referma, et je vis apparaître le visage d'Emily dans la glace.

— Bonjour ! fis-je en m'efforçant de sourire.

Je ne l'aimais pas particulièrement et il n'était pas exclu non plus qu'il s'agisse là de Secrecy, l'être le plus méchant au monde… Mais elle était la petite amie de mon futur beau-frère et je devais me forcer un peu.

— Ah, te voici, Liv ! dit-elle sans grand enthousiasme.

Elle portait une robe de bal noire toute simple, à coup sûr le modèle le plus sombre et le plus collet monté de la soirée. Tout à fait convenable pour une veuve victorienne.

— Grayson te cherche partout, m'informa-t-elle. Pour je ne sais quelle raison, il pense devoir veiller sur toi. Bon, on ne peut pas lui en vouloir, tu es venue avec Henry Harper…

— Que cherches-tu à insinuer ? Non, je ne l'aimais pas du tout.

— Je sais que toutes les filles en pincent pour les types dans son genre, dit Emily en ouvrant sa pochette pour en sortir un tube de rouge à lèvres. De ces garçons comme Arthur, Jasper et Henry. Sûrs d'eux, nonchalants, légers, égoïstes, superficiels et absolument irresponsables. Les classiques bourreaux des cœurs, bien entendu. Je n'arriverai jamais à le comprendre.

— C'est marrant, j'étais persuadée que tu étais aussi une fille, dis-je.

Je trouvais amusant qu'elle mette Jasper, Henry et Arthur dans le même sac, alors qu'ils étaient totalement différents.

— Oui, mais une avec de la jugeote, répondit Emily. Et du bon goût. Grayson est le seul garçon raisonnable de la bande. J'aimerais tant qu'il se trouve d'autres amis. Prends par exemple Jasper : aujourd'hui, il a introduit des litres d'alcool en douce pour se pinter avec les filles qu'il a amenées. Arthur et Anabel étaient aussi dans le coup. Sans doute pour noyer ensemble leur relation mourante dans l'alcool. L'année dernière, ils étaient le roi et la reine du bal, et maintenant ils ne sont plus que pitoyables. En tout cas, Anabel m'a marmonné en titubant de te passer le bonjour. Je me demande comment on peut être bourrée à ce point. Elle reste encore tout le week-end à Londres, elle pourrait très bien le faire elle-même.

Mon regard se fixa sur Emily. Toutes les sonnettes d'alarme qui s'étaient mises à tinter légèrement aux mots « relation mourante », hurlaient maintenant à pleine puissance.

— Où sont-ils passés ?

Emily me jeta un regard étonné, sans doute parce que, dans ma frayeur, je lui avais saisi le bras.

— Arthur et Anabel ? dit-elle en haussant les épaules. Partis.

— Partis ?

— Ils viennent de s'en aller, Anabel ne tenait plus debout. Elle était tellement soûle qu'Arthur devait la soutenir. On aurait dit un agneau qu'on mène à l'abattoir.

— Quoi ?

« Agneau » et « abattoir » déclenchèrent en moi une terrible association d'idées.

— Anabel et Arthur ont quitté le bal, répéta patiemment Emily comme si j'étais une triple idiote. Sans doute pour, dans l'état où ils sont, se consacrer aux choses qu'ils savent faire le mieux. J'espère au moins qu'ils ont eu la sagesse de prendre un taxi.

La frayeur s'était portée sur mon estomac et je compris soudain que nous avions peut-être été complètement à côté de la plaque. Et que nous n'avions plus le temps jusqu'à Halloween.

Merde, merde, merde !

Et si Arthur nous avait menés consciemment en bateau, la nuit dernière ? S'il n'avait pas eu du tout l'intention d'accomplir le rituel en rêve ? S'il…

— Ce ne serait pas la pleine lune aujourd'hui ? criai-je à Emily.

— Euh… fit-elle, déconcertée.

— Quand ça exactement ? Quand sont-ils partis tous les deux ?

Emily me regarda fixement.

— Eh bien, là, à l'instant.

Oh non ! Non ! Je pris Emily par les épaules et la secouai.

— Dis à Henry que je vais essayer de les arrêter ! Dis-lui qu'il doit oublier cette affaire d'Halloween, que ça va se passer cette nuit ! Et pour de vrai ! Tu te le rappelleras ? C'est vraiment important ! Henry doit…

Je la lâchai, attrapai ma petite pochette sur le lavabo et fonçai vers la porte.

— Bon sang, il doit trouver quelque chose à faire !

Pour aller encore plus vite, je retirai mes chaussures et courus pieds nus. Je me trompais peut-être, c'était peut-être moi qui déraillais, mais, si j'avais raison, si la révélation qui venait de me frapper ne provenait pas de mon imagination délirante, il se passerait quelque chose de terrible cette nuit. Et je devais l'empêcher. Je slalomai dans les couloirs, les jupons retroussés et à toute vitesse, sans me soucier des autres. « Pourvu qu'ils soient encore là ! » suppliai-je en pensée.

Mais Anabel et Arthur avaient déjà quitté le lycée. En franchissant le portail, je les vis en bas dans la rue. Prêts à monter dans un taxi.

— Eh ! criai-je. Anabel ! Arthur ! Attendez !

Anabel tourna la tête vers moi mais elle s'engouffra ensuite dans la voiture derrière Arthur et ferma la portière.

Mince !

Je dévalai l'escalier et traversai la cour. Le taxi démarra lentement. Un autre attendait juste derrière lui, apparemment pour le vieil homme qui avait ouvert le bal avec la directrice et qui se dirigeait droit vers lui. Mais l'heure n'était pas aux politesses. Je le bousculai et ouvris vite la portière de la voiture.

— Mademoiselle ! se fâcha le vieillard.

— Je sais, ça ne se fait pas, mais c'est un cas d'urgence, répliquai-je.

Et, sans attendre sa réponse, je me laissai tomber sur la banquette arrière en criant quelque chose que je n'aurais jamais prononcé si je n'avais pas été à ce point dans tous mes états.

— Suivez cette voiture, s'il vous plaît. Vite !

Chapitre 30

J'aurais vraiment tout donné pour me réveiller.

C'était malheureusement pleinement éveillée que je me glissais dans le cimetière de Highgate en robe de bal et les pieds nus. Mes bas de soie étaient certainement fichus depuis longtemps, à vrai dire, je sentais à peine mes pieds. C'était sans doute dû à l'adrénaline. Arthur et Anabel avaient une lampe de poche avec laquelle ils éclairaient les sentiers envahis par les herbes, ce qui me permettait de les suivre plus facilement. Ils se tenaient par la main et marchaient droit devant eux, sans hésiter, comme s'ils avaient déjà effectué ce trajet une centaine de fois.

Henry s'était-il déjà mis en route ? Emily lui avait-elle bien transmis mon message ?

J'avais tellement espéré me tromper, qu'Arthur raccompagnait simplement Anabel chez elle pour qu'elle puisse dormir et dessoûler. Mais mon taxi avait suivi le leur jusqu'à l'entrée du cimetière et, en les voyant tous les deux franchir le portail gothique, je ne pouvais plus croire que tout cela relevait de mon imagination débordante. Je les avais suivis aussitôt.

Et maintenant, je fonçais dans la nuit sans aucun plan précis. Je savais seulement que je devais empêcher Arthur de commettre l'irréparable. Anabel avait-elle vraiment l'intention de se sacrifier ou était-ce un mensonge d'Arthur ? Je n'arrivais toujours pas à m'imaginer qu'elle puisse se laisser assassiner pour cette histoire de démon, que ce soit par sentiment de culpabilité ou sous l'effet d'un tsunami amoureux.

Dans la nuit, je discernais des pierres tombales érodées et des croix brisées et il me semblait entendre partout des bruissements… Des rats, des chouettes, des loups-garous.

J'avais du mal à respirer. Un vent froid passait dans les arbres et je claquais des dents.

Surtout pas de panique. Henry ne tarderait sûrement pas à arriver. Il parlerait à Arthur. La nuit dernière m'avait montré qu'il avait une grande influence sur lui. Il le détournerait de son projet et nous sauverions ensemble Anabel et… où avaient-ils donc disparu ? Là ! Le faisceau de lumière de la lampe sautillait au-dessus d'une pierre tombale et éclaira une porte. Il me sembla reconnaître les deux anges de pierre qui montaient la garde devant.

De frayeur, je trébuchai sur une racine et faillis me heurter le front contre une statue qui se dressait devant moi sur son socle. En me relevant, je compris où j'étais. Devant moi se trouvaient la tombe et le terrifiant chien de pierre qui nous avait attaqués la nuit précédente en rêve. Ici, il paraissait tout aussi menaçant avec ses yeux de pierre vides, mais au moins il gardait ses pattes là où elles étaient. J'avais bien assez de problèmes comme ça.

Arthur et Anabel ne semblaient pas m'avoir entendue. Ils disparurent dans le mausolée et, quand la porte se referma derrière eux, je restai seule dans le noir.

Silence.

Et aucune trace d'Henry nulle part.

Bon sang ! J'étais complètement débile ! J'aurais dû attaquer Arthur en chemin et par-derrière ! Il n'aurait eu aucune chance. À l'intérieur de ce caveau, ce serait beaucoup plus difficile.

Je fermai les yeux un court instant. J'hallucinais peut-être et, dans ma panique, je n'avais suivi qu'un couple d'amoureux qui ne voulait pas être dérangé.

Oui, tout à fait ! La nuit, dans un cimetière. Dans un caveau.

Parce que c'était si agréable ici.

Rien à faire : je ne pouvais plus attendre.

Je viendrais bien seule à bout d'Arthur, en cas de nécessité. Il avait beau être grand et musclé, je pratiquais le kung-fu et je bénéficiais de l'effet de surprise. D'accord, c'était peut-être un peu léger et pas vraiment futé de vouloir contrer seule quelqu'un qui avait sérieusement l'intention de délivrer un démon des enfers et qui ne reculait pas devant les sacrifices humains… mais avais-je le choix ?

Je fixai le chien de pierre qui dormait devant moi. Et si Henry ne venait pas ? Si Emily ne lui avait rien dit ? C'était bien possible de sa part, à en croire les méchancetés qu'elle venait de débiter sur les amis de Grayson. Et elle n'avait peut-être pas non plus compris un traître mot de ce que je lui avais crié.

Il fallait prendre une décision. Repartir en courant vers la rue pour chercher de l'aide n'était pas la bonne option.

D'ici l'arrivée des secours – à supposer qu'il en arrive –, il serait déjà trop tard. Non, je ne pouvais plus rester là à attendre. Qui sait ce qui se passait en ce moment même dans ce mausolée ? Arthur aurait-il le cran de tracer des pentagrammes et de déclamer des formules latines ? Peut-être en viendrait-il directement au fait afin de terminer tout ça rapidement et sans douleur.

J'enfilai lentement mes chaussures. Elles n'étaient peut-être pas des plus pratiques pour marcher, mais elles pouvaient tout à fait se révéler utiles dans un combat.

D'une main tremblante, j'ouvris la porte du mausolée, puis je pénétrai à l'intérieur et jetai un regard autour de moi. Le caveau offrait un espace d'environ trois mètres sur quatre, faiblement éclairé par des bougies dans des niches creusées dans les murs. Anabel était sur le point d'allumer une torche et Arthur me regardait. Pas effrayé, pas même étonné, mais comme s'il s'attendait à me voir arriver. La lumière vacillante éclairait le contour parfait de son visage.

— Liv, dit-il en amorçant un pas vers moi.

Je ne le laissai pas s'approcher et bondis sur lui. Il n'était pas armé. Je lui décochai un coup de pied au menton, fis une volte en l'air et lui collai une manchette à l'estomac. J'aurais pu me dispenser du coup dans le tibia… Arthur s'affala comme un arbre abattu. Le bruit atroce qui avait suivi mon premier coup de pied annonçait une mâchoire brisée.

D'accord, je ne l'avais pas prémédité. Mais c'était arrivé.

L'effet de surprise avait vraiment fonctionné, mais je n'eus pas le loisir de m'en satisfaire, car quelque chose (le support métallique de la torche, comme il s'avéra plus tard) s'abattit sur l'arrière de mon crâne. Je ne compris mon erreur qu'au moment où ma tête heurta le sol pierreux et où tout devint noir pour moi ; je n'avais pas respecté le principe de combat numéro un énoncé par Mr Wu : éliminer d'abord l'adversaire le plus dangereux.

— J'aime quand un plan se déroule sans accroc, dit Anabel alors que je revenais à moi.

Elle avait dû aussi chiper ça dans un film mais, là encore, je ne me rappelai pas lequel. J'avais un terrible mal de crâne, comme si un petit bulldozer s'y promenait. Tout mon corps me faisait mal ; je sentais même à présent mes pieds écorchés. Je gisais sur le dur sol de pierre et quelqu'un – sans doute Anabel – m'avait attaché les chevilles et les poignets avec une bande adhésive. De toute façon, même sans cela, je n'aurais certainement pas pu bouger. Le simple fait d'ouvrir les yeux m'était douloureux.

— Oh, comme c'est bien ! se réjouit Anabel. Je craignais que tu ne puisses assister à ta mise à mort. Ce pauvre Arthur va sans doute manquer ça, mais je ne t'en veux pas. Je n'étais pas certaine qu'il puisse le supporter.

J'avais la gorge si sèche que je ne pus que croasser :

— Toi ? Pourquoi ?…

Je fus incapable d'en dire plus. Anabel m'avait lié les mains sur la poitrine et je manquais d'air.

Elle se pencha sur moi et vérifia mes liens.

— Pourquoi… quoi ?

Dans la lumière faiblarde du caveau, ses pupilles me parurent étrangement petites et, l'espace d'une seconde, je vis en elle le démon en personne.

— Pourquoi tu vas mourir cette nuit ? poursuivit-elle en riant. À ta place, je ne le prendrais pas personnellement. Quoique tu l'aies bien cherché aussi, petite fouineuse.

J'avais quelques autres candidates vierges en tête. Elles ne sont pas aussi rares que Jasper le croit.

Elle semblait vraiment d'une humeur excellente.

— Mais tu t'es glissée dans le rêve de Grayson, continua-t-elle. Je ne crois pas au hasard. Je crois que c'est Lui qui t'en a indiqué le chemin. Et cette nuit, Il va retrouver la vie par ton sang.

Non, elle n'était pas un démon ; juste une folle qui croyait aux démons. Mais, vu de mon poste d'observation, c'était à peu près aussi grave. D'autant plus que par terre, là-derrière, se trouvait le livre qu'Arthur avait utilisé pour le rituel d'intronisation et, juste à côté, le couteau de chasse dont la lame luisait funestement à la lueur des bougies. Je jetai un regard désespéré à Arthur qui n'avait toujours pas bougé. Il était encore vivant, sa poitrine se levait et s'abaissait régulièrement au rythme de sa respiration. Comment avais-je pu être aussi stupide ? Anabel m'avait attirée froidement dans un sale piège et j'avais en plus assommé la seule personne qui aurait peut-être pu m'aider.

— Le portail ouvert du cimetière… murmurai-je. Tu t'es bien débrouillée pour que je vous suive.

— Bof, ce n'était pas plus intelligent que ça, répondit-elle avec un petit rire. Mais, au cas où tu te demanderais comment je m'y suis prise : les gardiens de nuit rêvent aussi. Il suffit de leur dérober un objet personnel pour trouver sans problème tout ce qu'il nous faut, comme par exemple l'endroit où ils ont mis le double des clés. Ces rêves offrent vraiment des tas de possibilités.

Anabel soupira tout en se penchant pour ramasser le livre.

— Du reste, reprit-elle, nous sommes ici dans le mausolée des ancêtres d'Arthur. Tous les Hamilton morts avant 1970 y sont inhumés. J'ai tout de suite compris que c'était l'endroit parfait pour accomplir ce rituel.

Je m'aperçus alors que les trucs ronds dans les niches, que je croyais être des pierres, étaient en fait des têtes de morts.

— Ton rituel à toi ! s'enthousiasma-t-elle. Tu peux à juste titre te sentir honorée. Car c'est ton sang qui va changer la face de ce monde. Une nouvelle ère va s'instaurer. Le Seigneur des ombres va se lever et revendiquer son droit.

Au moins, elle parlait. J'avais appris ça dans les séries télévisées. Tant que les fous furieux parlaient, ils ne vous tuaient pas. Il fallait faire en sorte qu'elle ne s'arrête pas de parler.

— Tu les as tous manipulés, lançai-je au petit bonheur la chance. Cette histoire de sang de vierge…

— C'était simple, répondit Anabel dans un rire. Ils n'ont même pas compris la différence entre sang innocent – *innocens* – et vierge – *virginalis*. Il n'est nulle part écrit qu'il faille du sang de vierge pour rompre le premier sceau. Ce qui nous aurait d'ailleurs posé problème car aucun de nous n'en avait, moi encore moins que les autres. Et crois-moi, si quelqu'un le savait, c'était bien Arthur…

Elle se dirigea vers moi.

— Mais… il était jaloux de Tom… remarquai-je.

— Oui, c'est sûr. Et il a été plus qu'horrifié quand Tom est mort. Un parmi beaucoup d'autres hasards heureux… Mais il n'y a pas de hasards, n'est-ce pas ?

Elle s'accroupit près de moi avec un sourire radieux et poursuivit :

— Les garçons ont commencé à se méfier les uns des autres. Quand Henry était avec moi en Suisse, il m'a demandé sérieusement si Arthur me traitait bien... Je vais te dire quelque chose : être frêle et blonde donne des avantages incroyables. Tout le monde se sent obligé de vous protéger. Je tirai sur mes liens mais Anabel avait autant de rigueur que de folie. Parler ! Je devais absolument faire en sorte qu'elle ne s'arrête pas de parler.

— Et... pour ton chien ?

— Lancelot, le petit chien le plus mignon du monde ? *Qu'est-ce qu'il a donc ?* dit-elle en singeant ma voix. La mort-aux-rats était tout ce qu'il y a de plus infect. Le pauvre chien a beaucoup souffert. Mais j'ai dû le faire pour maintenir les garçons dans le coup. Afin qu'ils comprennent que cette affaire était vraiment sérieuse. Et qu'ils se mettent en quatre pour faire entrer dans le cercle la mignonne petite vierge que tu es.

Ses yeux brillaient.

— Je regrette presque que tout ça se finisse aujourd'hui, poursuivit-elle, pensive. Je me suis beaucoup amusée. Des garçons aussi beaux et aussi intelligents ! À part Jasper, naturellement, qui n'est que beau, hélas... Je n'aurais pas pu trouver de meilleurs coéquipiers qu'eux.

Bon sang ! Je devais trouver quelque chose pour me sortir de là. Mais rien ne me venait à l'esprit. Il me fallait plus de temps. Et des superpouvoirs.

— Mais n'as-tu pas besoin d'Henry, de Grayson et de Jasper pour terminer le rituel ?

— Non. En fait, ils ne m'étaient utiles que pour briser le premier sceau.

Anabel feuilleta le livre.

— Attends, me dit-elle, il est écrit ici : « Le cercle des cinq, un cercle de sang, farouche, innocent, franc, courageux et libre, octroie au gardien des ombres l'accès à la première dimension… » J'aurais pu aussi faire tout le reste sans vous, mais je n'y aurais pas pris autant de plaisir toute seule. Pour le dernier sceau, il ne nous faut plus que ton sang, du sang vierge. Mais il en faut beaucoup. Mieux encore, il nous faut tout ton sang.

Elle se pencha de nouveau et posa ses doigts sur mon cou. Ma gorge se serra d'effroi.

— L'*arteria carotis externa* doit être quelque part par là, murmura Anabel. Je vais la sectionner et tout ira très vite.

Ça n'allait tout de même pas finir là ? J'aimais ma vie. Seize ans, ce n'était pas assez. Je ne voulais pas encore mourir. Je louchai vers le sol. Certes, je ne pouvais pas bouger les mains, mais en me tournant sur le côté, je pourrais atteindre une torche avec les pieds. Et, avec un peu de chance, je pourrais l'expédier sur Anabel. Tout ce tulle s'enflammerait certainement comme de l'amadou…

— Une chose encore… dis-je vite sans savoir ce que j'allais demander.

— Je comprends que tu ne veuilles pas mourir ignorante, répondit Anabel.

Elle avait ouvert le livre à l'endroit où le dernier sceau retenait deux pages ensemble et brillait funestement.

— Mais il va bien falloir en finir, déclara-t-elle en se levant souplement.

Oh, mon Dieu, non ! Voilà qu'elle s'approchait du couteau maintenant ! Il fallait l'arrêter !

— Anabel, suppliai-je en bandant mes muscles.

Là ! Elle ne me regardait pas ! C'était le bon moment !

Quand elle se pencha pour prendre le couteau, je roulai brusquement sur le côté et donnai un violent coup de pied vers la torche. Mais le coup ne suffit pas à l'expédier au loin ; il suffit juste à la bousculer un peu.

Lentement, comme au ralenti, la torche tomba. À un bon mètre des jupons de tulle d'Anabel. Voilà, c'en était fait de moi. Je fermai les yeux, frustrée, tandis qu'Anabel éclatait de rire.

Et puis, j'entendis quelqu'un hurler son nom et les cris effrayés d'Anabel, et je rouvris les yeux. Henry ! C'était lui ! Enfin ! Mais n'aurait-il pas pu arriver une minute plus tôt ? Avant qu'Anabel ne prenne le couteau en main et ne se mette à pousser des cris comme une possédée ?

C'est alors que je vis pourquoi elle criait ainsi, et cela n'avait rien à voir avec Henry. La torche avait enflammé le livre, son sacro-saint livre des démons ! Anabel en laissa tomber son couteau et se jeta par terre à côté de moi pour le ramasser. De sa main nue, elle tenta d'étouffer les flammes. Sans s'arrêter de crier.

Henry se précipita vers elle et fit tomber d'un coup le livre de sa main, et quelqu'un – Grayson – la saisit par-derrière et la fit reculer.

Elle hurlait toujours. Ça n'avait presque plus rien d'humain. Ses yeux étaient si révulsés que l'on n'en voyait plus que le blanc. Elle se débattait de toutes ses forces, mais Grayson la tenait bien.

Henry éteignit le feu sous ses pieds puis il s'agenouilla près de moi et dit :

— On ne peut donc pas te laisser une minute toute seule ?

Blog
à potins

Ici, le blog à potins de la Frognal Academy, avec les derniers ragots, les plus folles rumeurs et les scandales chauds bouillants de notre école.

Qui suis-je ? Je m'appelle ***Secrecy***, je suis parmi vous et je connais tous vos secrets.

UPDATE ACTIVITY

13 octobre

D'accord, les amis, oublions le vote démocratique (vous l'avez de toute façon trafiqué : pouvez-vous me dire comment Arthur a pu obtenir 2341 voix sur 924 votants ? Je soupçonne certaines très jeunes filles hyper amoureuses d'avoir fait plus de cent fois usage de leur droit de vote...) et je vous annonce ici MA reine du bal incontestée. Mon avis est, de toute façon, le seul décisif. ☺

Pour moi, si quelqu'un a mérité la couronne, c'est bien Hazel Pritchard. Elle n'était pas seulement renversante dans sa robe corset jaune tendre, elle a aussi montré une grande classe en balayant d'un haussement d'épaules l'importance de la tache (voir photo) qui déparait le dos de sa robe, en prétendant s'être assise dans un gâteau au chocolat. C'est ainsi, chers amis, qu'agit une vraie reine de bal. Personne n'a besoin de savoir qu'il s'agissait en fait d'un accident dû à une prise excessive de laxatifs. Il fallait bien qu'Hazel se débarrasse des cupcakes divins de *Bake-a-boo* dont elle s'était goinfrée dans ses accès boulimiques de frustration prémenstruelle.

Je vous ai déjà rapporté avant-hier qu'Arthur Hamilton est de nouveau un cœur à prendre, mais je vais aujourd'hui vous en donner les raisons : Anabel Scott a modifié son statut sur Facebook : elle n'est plus « en couple » mais « à l'asile ».

Non, sérieusement, on ne plaisante pas avec ça : on a diagnostiqué chez cette pauvre Anabel des « bouffées délirantes aiguës à tendance schizophrénique » et les initiés disent qu'elle ne sortira pas de si tôt de l'hôpital psychiatrique. Et qu'elle a brisé le cœur d'Arthur. Gravement brisé... Ça fait déjà une semaine qu'on ne l'a pas vu à l'école et personne n'a de nouvelles.

Mais, même sans leur capitaine, les Frognal Flames ont pu confirmer aujourd'hui leur position de leader avec une victoire sensationnelle sur les Hampstead Hornets. Félicitations, les gars !

Courage, Arthur ! Tu t'en remettras. Une de perdue, dix de retrouvées ! Et moi, j'ai besoin d'avoir de quoi alimenter mon blog !

À plus.

Secrecy

PS : Liv Silver, qui a eu la chance de chuter dans l'escalier lors du bal et de s'en tirer avec une commotion cérébrale, est de nouveau sur pied. Elle a assisté au match d'aujourd'hui et, les amis, j'ai comme l'impression que ça marche super bien entre elle et Henry. En tout cas, le garçon a marqué dix-huit points époustouflants.

Chapitre 31

Peu de choses avaient changé dans le monde onirique coloré d'Amy. Le ciel était violet, le soleil riait et des bulles de savon flottaient toujours dans l'air avec des papillons multicolores. Le manège tournait maintenant sur l'air de *London bridge is fallen down*, et Amy, assise sur une escarpolette fixée sur un immense châtaignier, se balançait doucement.

— Elle n'a pas encore pigé le truc, dit Henry. Il faut lui lancer la balançoire pendant des heures… Mais elle sait faire du vélo depuis avant-hier, ajouta-t-il fièrement.

Je lui souris et clignai des yeux au soleil. Londres avait retrouvé son sale temps ; il n'arrêtait pas de pleuvoir depuis des semaines et c'était agréable de pouvoir, au moins en rêve, se dorer au soleil. Novembre était arrivé. Halloween était passé sans problème. Pas de démon à l'horizon ; personne n'avait perdu ce qu'il avait de plus cher et de plus précieux ; tout allait bien.

Henry m'entraîna à l'ombre d'un arbre à ballons de baudruche afin que deux poneys arc-en-ciel puissent trotter près de nous.

— Comment va Arthur ? demandai-je.

Il était réapparu au lycée depuis quelques jours mais nous ne nous étions pas encore parlé. Et comme il avait dû, par ma faute, se promener pendant trois semaines avec la mâchoire coincée par des fils et une gouttière, je ne pensais pas qu'il ait envie de me dire des gentillesses. Comme par exemple : « Excuse-moi de t'avoir livrée à ma copine cinglée. »

Henry haussa les épaules tout en suivant des yeux les poneys.

— Comme il peut, répondit-il. Nous n'avons plus grand-chose à nous dire. Il a beau jurer qu'il n'aurait jamais permis qu'Anabel te fasse du mal, je n'arrive pas à lui pardonner.

Il n'était pas le seul. Grayson aussi avait coupé les ponts avec Arthur. Il ne voulait pas en parler. Mais, la nuit suivant le bal, alors que j'avais peur de fermer les yeux plus d'une minute parce que je voyais toujours devant moi Anabel et son couteau, il était tout naturellement entré dans ma chambre. Il avait avancé un fauteuil près de mon lit et m'avait dit avec son sérieux habituel : « Tu peux t'endormir, Liv. Je veille sur toi. » Comme un vrai grand frère. Grayson m'avait aussi aidée à fournir à notre famille (et à Emily) une version plausible pour expliquer ma présence aux urgences du Royal Free Hospital. Mum avait heureusement tout de suite cru que j'étais tombée dans l'escalier en me prenant les pieds dans ma robe longue. Et Secrecy en avait parlé dans son blog comme si elle l'avait vu de ses propres yeux. Ma blessure à la tête avait été recousue avec quatre points de suture et j'avais dû garder le lit quelques jours en raison d'une légère commotion cérébrale.

Là-bas, sur la balançoire, Amy entonna une chanson. Elle ne semblait pas dérangée par notre présence, au contraire. Elle nous jetait un coup d'œil de temps en temps et nous faisait joyeusement signe.

— D'où venait ce bouquin, au fait ? Je veux dire : comment est-il arrivé dans les mains d'Anabel ? demandai-je.

— Je suppose qu'il provient de sa mère. Anabel était encore toute jeune quand sa mère a quitté son père. Elle était tombée dans les griffes d'une douteuse secte satanique et elle est partie avec elle. Le père d'Anabel et ses avocats ont mis des mois à obtenir le droit de garde et à récupérer l'enfant. Peu après, sa mère a été internée en clinique psychiatrique et je te laisse deviner avec quel diagnostic. Elle y est morte, il y a quelques années. Anabel n'était plus en contact avec elle mais il doit bien lui en être resté quelque chose…

— Et comment sais-tu ça ?

Henry ne répondit pas. Il tendit le bras vers une branche pour me cueillir un ballon vert.

— Merci.

Je pris le ballon et le laissai s'envoler aussitôt. Quelques secondes plus tard, il ne fut plus qu'un petit point vert dans le bleu du ciel. Henry n'avait pas changé. Il ne répondait qu'aux questions qui lui plaisaient. Mais cela ne me gênait pas plus que ça. Chacun a son jardin secret et, apparemment, celui d'Henry lui était nécessaire. J'étais simplement heureuse que tout cela soit fini et que plus personne n'ait besoin de croire aux démons.

— J'ai encore quelque chose pour toi, dit Henry.

Il sortit de sa poche un petit écrin noir et me le tendit.

— Attends, ajouta-t-il.

Un nœud rouge apparut sur le couvercle.

— C'est mieux comme ça ? Ou plutôt bleu ?

— Non, le rouge est parfait, répondis-je en dénouant le ruban. Les cadeaux en rêve sont si pratiques. Et coûtent si peu. Tu peux m'offrir un truc à huit carats ou le plus gros diamant du monde sans débourser un seul penny ou t'introduire dans les chambres du trésor royal. Je me demande si je ne vais pas t'offrir pour ton anniversaire un joli voilier. Avec cette petite île des Caraïbes…

— Allez, ouvre-le ! dit Henry en souriant.

Je soulevai doucement le couvercle.

— Oh, fis-je, plutôt déçue.

C'était une petite clé en argent pendue à un fin cordon de cuir noir.

Take a key and lock her up, lock her up, chanta Amy au même instant.

— C'est la clé de ma porte, dit Henry. Pour que tu puisses aussi me rendre visite.

— C'est vraiment… fis-je, émue. Elle ouvre les trois serrures ?

— Non, dit-il en hésitant. Juste celle du milieu. Mais je ne verrouillerai pas les autres.

Je ne pus m'empêcher de rire.

— Et si elles sont fermées tout de même, je saurai que tu es en train de rêver quelque chose dont tu préférerais m'exclure, n'est-ce pas ?

— Pas très romantique ? dit-il avec un sourire narquois.

— Si, d'une certaine manière… dis-je en passant mes bras autour de son cou. Merci.

Henry ferma les yeux juste avant que mes lèvres n'effleurent les siennes. L'embrasser n'avait pas perdu de son charme, bien au contraire. Je n'en serais jamais rassasiée. Il posa ses mains sur mes hanches et me poussa contre l'arbre à ballons pour, le souffle court, reculer aussitôt d'un pas en secouant la tête.

— Non, pas possible, pas dans les rêves de ma sœur, dit-il en regardant Amy. Viens, partons d'ici !

Il m'entraîna par la porte rose dans le calme du couloir. Quand il finit par se détacher de moi, ses joues d'ordinaire si pâles s'étaient pour la première fois joliment colorées.

— Et si on se réveillait maintenant ? proposa-t-il, encore tout essoufflé. Je pourrais être chez toi d'ici vingt minutes. En vrai, je veux dire.

Je lui souris.

— Mais nous sommes en plein milieu de la nuit.

— Je pourrais jeter des cailloux sur ta fenêtre…

— Ou tu n'aurais qu'à passer dans quelques heures pour le petit déjeuner.

— Oui, c'est une idée.

Henry me caressa les cheveux en me regardant avec une telle intensité que j'en frissonnai.

— Tu sais pourquoi j'ai commencé à croire à ce démon ? me demanda-t-il doucement.

Je fis non de la tête.

— Parce que mon vœu s'est réalisé juste à l'instant où je t'ai rencontrée.

— Tu souhaitais rencontrer quelqu'un qui transportait un fromage puant dans sa valise ?

Sans rire de ma plaisanterie certes un peu faiblarde, il suivit d'un doigt le contour de mes lèvres.

— Tu es comme moi, dit-il sérieusement. Tu aimes les énigmes. Tu aimes jouer. Et prendre des risques. C'est quand les choses deviennent dangereuses que tu commences à les trouver passionnantes.

Il se pencha encore un peu plus pour me dire :

— C'est ce que je désirais. Rencontrer quelqu'un dont je puisse tomber amoureux. Tu es mon souhait le plus cher, Liv Silver.

— Comme c'est émouvant ! dit une voix cristalline derrière nous quand nos lèvres se frôlèrent.

Nous nous séparâmes d'un sursaut et fîmes volte-face. Anabel était appuyée contre le mur, près de la porte d'Henry. Ses cheveux dorés chatoyaient sur ses épaules ; ses grands yeux bleus brillaient. Elle était magnifique, et les papillons qui dansaient dans mon ventre cédèrent la place à un sentiment de malaise. La dernière fois que je l'avais vue, Anabel avait voulu m'égorger avec un couteau. Pour de bon. Après m'avoir d'abord collé une plaie ouverte et une commotion cérébrale. En vrai aussi. Absolument impardonnable. L'endroit rasé à l'arrière de mon crâne me le rappelait chaque jour.

— Tu déranges, Anabel ! dit Henry en posant un bras sur mes épaules.

C'est ça. Et maintenant, dégage ! Anabel pinça les lèvres avec mépris.

— Vous croyez avoir gagné, n'est-ce pas ? Vous croyez que l'affaire est classée maintenant que vous avez brûlé le livre et que vous nous avez séparés, Arthur et moi ?

Tout juste.

— Alors que le fait de nous trouver là dans ce couloir et de parler ensemble prouve justement le contraire ?

Anabel nous défia du regard.

— Non, répondit tranquillement Henry. Mais parce qu'en ce moment même tu es à l'hôpital de Surrey, bourrée d'antipsychotiques et attachée à ton lit pour ta sécurité.

Puis, avec un sourire de pitié, il ajouta :

— C'est fini, Anabel.

Les lèvres d'Anabel tressaillirent ; elle parut un instant au bord des larmes. Puis elle rejeta la tête en arrière et dit en riant :

— Tu te trompes, Henry. Ça ne fait que commencer.

À suivre…

Ohé, les rêveurs et rêveuses là-bas !

Si l'histoire de Liv Silver vous a plu, réjouissez-vous car elle ne fait que commencer, comme Anabel l'a justement fait remarquer. (N'est-elle pas tout ce qu'il y a de plus horrible, celle-là ?)

Dans le prochain volume, le deuxième livre des rêves, il y aura encore un secret sur lequel Liv va vouloir enquêter. Quelqu'un a été frappé d'une malédiction… Heureusement que Liv ne croit pas à tout ce fatras surnaturel. Enfin, cette histoire de rêves mise à part… très pratique, d'ailleurs. Incroyable, tout ce que l'on peut découvrir dans la nuit !

Et vous voulez peut-être savoir si Lottie et Charles vont se mettre ensemble ou si Mia va réussir à accoupler Lottie avec le séduisant vétérinaire de la Pilgrim's Lane. Et ce que va penser la grand-mère de Florence et de Grayson des changements familiaux en revenant de son tour du monde. Et si Liv et Henry vont rester ensemble ou si Henry n'aurait pas un secret à cacher…

À propos de secret : quelqu'un parmi vous a-t-il déjà une petite idée de qui pourrait bien se cacher derrière Secrecy ?

À bientôt !
Kerstin Gier

PS : Au fait, à quoi ressemble la porte de vos rêves ? En ce moment, la mienne est noire et argent avec des chouettes rouges et un lézard-vampire des plus dangereux comme poignée :-)

APPENDICES

Table des personnages

Liv Silver, qui a toujours eu des rêves très vivants
Mia Silver, petite sœur de Liv, passionnée d'enquêtes en tous genres
Ann Matthews, mère de Liv et de Mia
Lottie Wastlhuber, fille au pair, nounou de Liv et de Mia
Ernest Spencer, nouvel amour d'Ann
Grayson Spencer, fils d'Ernest et frère jumeau de Florence
Florence Spencer, fille d'Ernest et sœur jumelle de Grayson
Charles Spencer, frère d'Ernest, dentiste
Mrs Dimbleby, employée de maison et cuisinière des Spencer
Henry Harper, qui n'aime rien tant que rêver
Arthur Hamilton, le plus beau garçon de l'hémisphère occidental
Jasper Grant, le garçon le plus débile de l'hémisphère occidental
Persephone Porter-Peregrin, cauchemar incarné de Liv
Anabel Scott, amie d'Arthur à l'enfance tragique

Emily Clark, amie de Grayson, rédactrice en chef de la revue du lycée
Sam Clark, frère acnéique d'Emily
Tom Holland, ex-petit ami d'Anabel, décédé
Secrecy, eh bien… il faut bien garder le mystère…
Princess Buttercup, chienne bâtarde, de son vrai nom *Princess Buttercup formerly known as Doctor Watson* et, depuis peu, classée sur la liste des chiens de la biosphère de l'Entlebuch, race rare
Spot, chat des Spencer, ressemble à un coussin de canapé
Callum Caspers, génie des maths et partenaire de bal de Florence

Quelques invités de passage : divers professeurs (mais qui se soucie d'en noter les noms ?) ; Amy Harper, la petite sœur d'Henry, quatre ans ; Lancelot, le terrier écossais d'Anabel ; la pauvre Hazel Pritchard, qui n'apparaît que dans le blog ; Mr Wu, l'ancien professeur de kung-fu de Liv ; les quatre pestes de la Junior High School à Berkeley… et tout un tas d'ombres anonymes.

Courte explication du système scolaire anglais

La Frognal Academy que fréquentent Liv et Mia est un établissement du secondaire où l'on entre à partir de la cinquième. Les élèves anglais passent leur premier diplôme (GCSE, *General Certificat of Secondary Education*) à la fin de la classe de première. Ils peuvent poursuivre ensuite leur scolarité pendant deux ans dans ce que l'on appelle la *Sixth Form*, divisée en *lower 6th* et *upper 6th*. L'examen final, le A-Level, est comparable au baccalauréat français. Par souci de simplicité, nous avons appelé ici « cycle supérieur » la *Sixth Form*, « cycle moyen » les classes de troisième, seconde et première et « premier cycle » les classes de cinquième et de quatrième.

PAPIER À BASE DE FIBRES CERTIFIÉES

Le Livre de Poche s'engage pour l'environnement en réduisant l'empreinte carbone de ses livres. Celle de cet exemplaire est de :
400g éq. CO_2
Rendez-vous sur www.livredepoche-durable.fr

« Pour l'éditeur, le principe est d'utiliser des papiers composés de fibres naturelles, renouvelables, recyclables et fabriquées à partir de bois issus de forêts qui adoptent un système d'aménagement durable. En outre, l'éditeur attend de ses fournisseurs de papier qu'ils s'inscrivent dans une démarche de certification environnementale reconnue. »

Édité par la Librairie Générale Française – LPJ
(58, rue Jean-Bleuzen, 92170 Vanves)

Composition Nord Compo
Achevé d'imprimer en Espagne par Blackprint
Dépôt légal 1re publication : janvier 2020
14-4250-6 / 01 – ISBN : 978-2-01-786874-3
Loi n° 49-956 du 16 juillet 1949 sur les publications destinées à la jeunesse
Dépôt légal : janvier 2020